# Comme la nuit
## embrasse le jour

## DE LA MÊME AUTRICE

ROMANS

*Ces petits détails qui font la différence,* juillet 2023, BoD
*J'avais pas prévu la suite !,* juillet 2022, BoD
*Nos vies en Rose,* juillet 2021, BoD
*Dans mon cœur chantent les étoiles,* juin 2020, BoD
*J'avais prévu autre chose…,* nov. 2018, ebook Librinova & mai 2019, broché BoD.

NOUVELLES

*Love, etc.* février 2021, BoD
*J'ai toujours rêvé,* août 2019, BoD

DÉVELOPPEMENT PERSONNEL

Collection de carnets pratiques *12 mois pour moi, 2020*
*Janvier : Célébrer le nouveau*
*Février : Je M'aime !*
*Mars : Bas les masques !*
*Avril : Ma petite voix intérieure*
*Mai : Nettoyage de printemps*
*Été : Mes vacances Zen*
*Septembre : Ma rentrée Zen*
*Octobre : Bonne nuit*
*Novembre : Même pas peur !*
*Décembre : Ma liste au père Noël*

www.cecileblanche.com

# CÉCILE BLANCHE

# Comme la nuit
## embrasse le jour

*Et si la mort nous apprenait à vivre ?*

ROMAN

© Cécile Blanche, aout 2024.

Tous droits réservés. Le Code de la propriété intellectuelle interdit les copies ou reproductions destinées à une utilisation collective. Toute représentation ou reproduction intégrale ou partielle faite par quelque procédé que ce soit, sans le consentement de l'auteure ou de ses ayants cause, est illicite et constitue une contrefaçon sanctionnée par les articles L335-2 et suivants du Code de la propriété intellectuelle.

Ceci est une œuvre de fiction. Les personnages et les situations décrits dans ce livre sont purement imaginaires : toute ressemblance avec des personnes ou des événements existants ou ayant existé ne serait que pure coïncidence.

Le visuel de couverture est reproduit avec l'aimable autorisation de : © Cécile Blanche
Photo libre de droit : Pixabay/Richard Reid
Conception graphique : © Cécile Blanche
Fonts : Georgia, Cabin Sketch Regular, Bebas Neue, Clicker Script, Lemon Tuesday, Selima, Gellatio, Marcellus, Pirou
*Tous droits réservés*

ISBN : 978-2-3225-4084-6

Édition : BoD • Books on Demand GmbH, In de Tarpen 42, 22848 Norderstedt (Allemagne)
Impression : Libri Plureos GmbH, Friedensallee 273, 22763 Hamburg (Allemagne)
Dépôt légal : Août 2024

*À Brigitte et Brad, les nouvelles étoiles qui veillent sur nous.*

*À vos étoiles, tant que vous vous souviendrez, elles brilleront.*

★

*Et si je m'en vais avant toi*
*Dis-toi bien que je serai là*
*J'épouserai la pluie, le vent*
*Le soleil et les éléments*
*Pour te caresser tout le temps*

Françoise Hardy

## PROLOGUE

*Il se fait tard. J'attends la mort comme on attend une vieille copine. Finalement, elle n'aura eu de cesse de me tourner autour, la bougresse ! Il faut croire qu'avant, ce n'était pas mon moment.*
*Mon corps est fatigué, certes, mais mon esprit demeure alerte. J'ai communiqué mes dernières volontés. Tout est en ordre. C'est mon neveu qui me préparera, il est d'accord. Il l'a fait pour sa mère, puis son père avant moi, il est rodé. J'ai hâte de voir si je vais retrouver tout le monde, comme on l'entend souvent dire. Et puis, j'ai quand même quatre-vingt-dix ans. C'est un bel âge pour mourir, non ?*

# 1

Il est six heures. Comme tous les matins, j'arrive dans les premières. Je salue Sabine. Elle veille à ce que tout reste impeccable sur le plateau. Je pénètre dans ma caravane. La fraîcheur de ce mois d'avril m'étreint dès que je quitte ma doudoune. Je me prépare un café, je fais suivre ma Nespresso sur tous les tournages. Je jette un œil à la feuille de service et vérifie aussi le plan de travail suspendu au-dessus de ma ribambelle de trousses, une pour chaque comédien.

Isabelle est la première que je dois préparer. J'ouvre sa pochette et m'assure que rien ne manque. Elle arrive souvent en avance. Je veux être prête. J'entends de plus en plus de vacarme dehors. J'écarte les lamelles du store et constate que les éclairagistes sont arrivés et déplacent leur matériel. La ruche s'anime avant que la Reine entre en scène. Toujours en retard, elle. Et après, on te dira *le temps, c'est de l'argent*.

Fred arrive un peu après moi, entre sans frapper, me vole un baiser entre deux bulles de chewing-gum mentholé, m'offre un clin d'œil en subtilisant mon café et repart sans se retourner. J'ai mal dormi. Fred n'a pas arrêté de gesticuler. Je commence à comprendre les couples qui font chambre à part. J'ai besoin de mes huit heures de sommeil.

On gratte timidement à la porte que j'ouvre sur Léa, mon assistante. Je lui ai dit que c'était inutile qu'elle vienne si tôt, mais elle se donne à fond et je reconnais que j'apprécie. Ça me rassure d'être entourée de gens consciencieux et fiables. Ma réputation n'est plus à faire depuis quinze ans que j'exerce ce métier, mais je ne supporterais pas pour autant qu'une erreur l'entache.

Léa vérifie le sac raccord[1] de la journée. On doit suivre nos comédiens et pallier les imprévus tout au long des scènes. Le maquillage doit rester le même, quoi qu'il arrive.

---

[1] sac qui contient tout le nécessaire pour les retouches maquillage

Bien qu'on ait tout calé avec le réalisateur en amont, les changements de dernière minute sont monnaie courante. Il faut savoir s'adapter et se montrer réactive, sans broncher.
Il est six heures quarante-cinq. J'avale mon deuxième café, j'ai fini d'effectuer ma check-list tandis que je reconnais le rire d'Isabelle à l'extérieur, puis le son s'arrête net. Elle toque trois coups.
— Entrez, Isabelle.
Je vouvoie tous mes comédiens. J'ai appris, à mes dépens, combien c'était nécessaire de savoir rester à sa place dans ce métier si l'on voulait ne pas avoir d'ennuis, mais surtout être respectée et appréciée. Mon sens de la réserve et de la discrétion ont payé avec le temps. Aujourd'hui, je suis la maquilleuse attitrée de plusieurs grandes comédiennes, dont Isabelle.
Elle pénètre dans ma caravane, arborant une mine consternée. On se situe loin de l'éclat de rire perçu quelques minutes plus tôt. J'ai l'habitude que mes comédiens tombent les masques sitôt à l'intérieur de mon antre. Je suis souvent la première à les découvrir de bon matin, sans fard justement. Cette position force parfois l'intimité, même si je me contente d'observer, d'écouter et de hocher la tête. Je dissimule pour eux le sommeil haché par le petit dernier qui ne fait toujours pas ses nuits. Je masque les heures à sangloter à cause d'un petit ami volage. Je camoufle les marques du temps, effroyables pour celle qui redoute le moment où son agent lui demandera de se faire tirer la face.
Isabelle se laisse choir sur le fauteuil en soupirant. Je mets en marche la bouilloire et lance un regard à Léa qui glisse vers la sortie. Elle connait nos rituels. Isabelle tolère ma présence pendant ce temps avec elle-même, mais personne d'autre.
Elle se redresse en avant, se jette un regard dans le miroir, remonte ses pommettes et ses paupières du bout des doigts, les relâche avant de s'avachir un peu plus au fond du fauteuil. À soixante-dix ans, elle a subi plusieurs interventions pour conserver ce visage lisse. Pour autant, je constate chaque jour combien les comédiennes peuvent se montrer fébriles face à

ce miroir qui ne leur pardonne aucun excès, aucune faille.
— Tamara ?
Je me retourne, un mug fumant à la main et interroge son reflet dans la glace.
— Isabelle ?
— Je suis fichue. Ma journée est fichue, Tamara.
— Mais non, Isabelle. Je suis sûre qu'on va trouver une solution.
— Cela m'étonnerait fort, malheureusement.
— Bon, et si vous m'expliquiez plutôt ce qui se passe, je lui propose en lui tendant une tasse de son thé préféré.
Elle attrape le mug trop chaud, le pose sur la tablette devant elle et soupire à s'en fendre l'âme avant de déclarer :
— J'ai oublié ma crème. J'aurais dû t'écouter et te laisser la garder. Comment va-t-on faire maintenant ? C'est trop court pour aller la chercher et je n'arrive à me la procurer que sur commande. C'est une préparation spéciale. Tu sais bien, avec ma peau de rousse...
— Je sais, Isabelle.
Je la regarde, un sourire attendri sur le visage. Je me sens parfois comme une mère qui recueillerait les états d'âme de ses enfants.
— Pourquoi souris-tu, bon sang ? Je te dis qu'on ne va pas pouvoir me maquiller et qu'on va encore nous tomber dessus à cause du retard occasionné et toi, tu souris.
J'attrape la trousse qui lui est dédiée et la lui pose sur les cuisses. Elle m'interroge du regard. Je me penche, ouvre le zip et lui fais signe du menton de jeter un œil à l'intérieur. L'actrice s'exécute, écartant les bords de la pochette, et fouille un moment avant d'en sortir, victorieuse, mais incrédule la fameuse crème.
— Mais ? Comment as-tu...
— J'en avais commandé plusieurs tubes, au cas où.
— Tu es une magicienne, Tamara ! Comment faisais-je sans toi ? Sais-tu combien tu m'es devenue indispensable ?
— Personne ne l'est, Isabelle. Et vous connaissez le dicton sur les gens soi-disant indispensables : *les cimetières en sont*

*remplis.*
Mon portable sonne. *Maman* s'affiche sur l'écran.
— Tu peux décrocher si tu veux, m'invite Isabelle.
— Non, ça peut attendre.
J'appuie sur le bouton rouge et fais glisser mon téléphone à l'autre bout de la tablette pour revenir me poster devant mon actrice.
— Merci encore, Tamara.
Elle saisit mes mains et dans un élan grotesque, les porte à ses lèvres. J'ébauche un sourire avant de me dégager au plus vite de cette étreinte embarrassante.

Après un moment câlin, Fred fume une cigarette, la tête posée sur mon ventre. Je caresse ses cheveux.
— Alors, mon amour, tu as réfléchi à ce projet d'enfant ?
— Je ne sais pas.
— Tu ne sais pas, genre *tu ne sais pas si tu as réfléchi* ou genre *tu ne sais pas si tu es partante* ?
— Fred, ce n'est pas un appart qu'on achète à deux et qu'on peut revendre si on a changé d'avis.
Elle se redresse et me fait face en me crachant sa fumée au visage.
— Parce que tu crois que c'est un coup de tête pour moi ce projet, Tam ? C'est ça ?
Je remonte la couette sur moi et me prépare à me défendre.
— Ce n'est pas ce que j'ai dit.
— Tu crois que je n'ai pas souffert quand j'ai vu mon ex tomber enceinte et me quitter dans la foulée parce qu'elle était tombée amoureuse du donneur ?
— Fred, évidemment que je sais.
— Mais...
— Mais ce n'est pas une raison pour que moi, je te dise oui sur un coup de tête justement.
— Je ne comprends pas ce qui te bloque. Tu n'es pas heureuse ? Tu doutes de tes sentiments ?
— Tu sais très bien que mes sentiments n'ont rien à voir là-

dedans. Au contraire.
Je tends le bras vers elle en signe d'apaisement. Elle croise les siens sur sa poitrine.
— Comment ça, au contraire ?
— Je me dis que ce qu'on partage, c'est trop précieux pour risquer de le briser avec la venue d'un enfant. Et puis...
— Et puis ?
— Qu'est-ce que tu fais de nos carrières ? Je ne suis pas certaine qu'elles soient compatibles avec une vie de famille. Cette vie, en permanence sur les plateaux, toi à coiffer et moi à maquiller, jour et nuit.
— Les autres y arrivent, non ?
— Y arriver, qu'est-ce que cela signifie pour toi ? Est-ce réellement satisfaisant ?
— Oh, tu m'énerves ! Tu tournes toujours autour du pot. Tu évites la vraie discussion et on ne peut jamais à aller jusqu'au bout. Dès que le sujet devient sensible, tu te fermes comme une huître. Toujours.
Fred s'allonge brusquement de son côté du lit en me tournant le dos. Elle éteint sa lampe de chevet, me signifiant que le sujet est clos pour aujourd'hui. Je musèle un sanglot au creux de ma main, me tourne vers celle que j'aime le plus au monde et lui effleure l'épaule en lui murmurant :
— Je te promets d'y réfléchir plus sérieusement.
Le silence emplit la pièce un trop long moment avant que, de guerre lasse, je me retourne pour éteindre de mon côté.

## 2

Les fêtes pascales demeurent une grande tradition dans la famille, aucune chance d'y couper. Même du temps où Bastien n'est pas encore né, nous cherchions encore les chocolats dans le jardin. Ma mère insiste pour les célébrer chez eux.

Ma petite sœur Florence est arrivée tôt pour l'aider à ce que tout soit parfait, comme chaque année. De mon côté, mon train a subi un gros retard. Je suis arrivée en fin de matinée, après un détour par la boulangerie pour le dessert. Je voulais rester un peu avec Fred qui ne viendrait pas ce week-end, d'autant plus que je ne pouvais décemment pas rater la soirée de fin de tournage hier. Dans ce milieu, il existe une loi selon laquelle on soulignera davantage votre absence que votre présence à ce genre d'événements.

Nos parents habitent toujours cette vieille longère de pierre, dans son écrin de verdure, à l'abri du chahut angevin. Mon père a mis des années à la retaper de ses propres mains, profitant, comme bien des artisans, d'un des rares avantages offerts par son statut : le *hors taxes*.

Aujourd'hui, elle doit coûter une belle petite fortune. Après tout, Angers ne se trouve qu'à trois heures de la capitale en voiture et à peine une heure et demie en train. Évidemment, à leurs yeux, elle vaut bien plus qu'un bon investissement. Elle nous a vues grandir, ma sœur et moi. Cette vaste cuisine a reçu bien des confidences et conservé le coin de mur servant de toise. Le studio dans lequel les invités sont accueillis les week-ends fut d'abord le bureau de l'entreprise de notre père. À l'époque, ma mère a rapidement abandonné son métier de fleuriste pour le seconder sur le plan administratif et comptable. Ainsi, elle pouvait aménager son emploi du temps pour s'occuper de nous. Partenaires à la ville comme au travail, leur union semble avoir fonctionné puisqu'ils fêteront leurs noces d'argent dans deux ans, si mes calculs sont exacts.

Je finis de dresser la table en installant les chandeliers au centre quand je sens un petit bulldozer plaquer mon bassin contre le dossier de la chaise en me percutant.

— Tatam, tu es là !
Il étreint mes cuisses, je pivote et lui frotte les cheveux en guise de réponse.
— Je n'aurais raté ça pour rien au monde. Et puis, quelqu'un doit t'aider à manger tous ces chocolats, sinon tu pourrais tomber malade.
Je lui offre mon plus grand sourire et m'agenouille afin de me trouver à sa hauteur.
— Tu m'as trop manqué !
— Toi aussi, mon chéri.
Ses yeux plongeant dans les miens me chavirent le cœur. Il se jette dans mes bras avec une telle force qu'il manque de me faire basculer à la renverse.
— Je t'aime, tatam !
— Moi aussi, je t'aime mon Bastounet.
— Pourquoi tu viens pas plus souvent me câliner ?
Flo pouffe dans sa main et hausse les épaules.
— Parce que tatam est très occupée par son travail, mais rassure-toi, tu restes son préféré.
— C'est vrai, tatam ?
— Oui, mon Simba. *C'est toi mon roi*, je déclare en lui ébouriffant la crinière.
— *Ah ah ah, je me ris du danger !*[2] réplique-t-il.
La sonnerie de mon portable vient interrompre notre récital. Le prénom d'une de mes comédiennes s'affiche sur l'écran. Je me dégage de l'étreinte de mon neveu avec un sourire désolé. Le tournage commence dans une petite semaine et je déteste avoir à gérer les changements à la dernière minute. Plus j'anticipe, moins je stresse. Cinq minutes de perdues tout de suite, c'est souvent une heure de gagnée plus tard.
On passe à table après la chasse aux œufs traditionnelle. Mon père et Mathieu, mon beau-frère, devisent sur la santé de l'économie mondiale au salon tandis que Flo et moi multiplions les allers-retours jusqu'à la cuisine. Ma mère nous jette des regards tendres en préparant le plateau avec les cafés.
Ma sœur et moi attaquons la vaisselle à la main. Une

---

[2] réplique du dessin animé *le roi Lion* de Walt Disney

mécanique bien huilée, comme du temps de notre adolescence : je lave et elle essuie. Maman râle gentiment :
— J'aurais pu la laver, les petites nénettes.
— C'est vite fait à deux, maman. Et ça nous fait apprécier nos lave-vaisselles, argumente ma petite sœur.
Je pivote vers notre mère, l'éponge pleine de mousse dans une main et un verre à pied dans l'autre.
— Tu pourrais en racheter un, maman.
— Oh, tu sais, on n'est que deux la plupart du temps. Et comme dit ta sœur, *c'est vite fait.*
— Veux-tu que je t'accompagne chez Darty ? Je suis là plusieurs jours, c'est l'occase.
— À t'entendre, je ne pourrais pas l'acheter toute seule, Tam.
— C'est vrai qu'heureusement que tu viens de temps en temps voir ta pauvre mère sénile sinon, tout irait à vaux l'eau ! renchérit Flo.
— Mais enfin sœurette, n'es-tu pas d'accord avec moi ? Maman a assez trimé toute sa vie. Elle peut bien s'offrir le luxe d'une machine qui bosse à sa place, non ?
J'ai haussé le ton plus que je l'aurais souhaité. Les joues rosies, je murmure :
— Désolée. Je ne comprends pas pourquoi je prends fait et cause pour cette histoire débile de vaisselle. On s'en fout et tu fais bien comme tu veux, maman. Pardon.
Ma sœur se rapproche de moi, m'attrape le bras avant de me répondre :
— On te connaît, Tamtam. On voit bien que c'est de l'amour. Mais tu sais bien que nous ne sommes pas comme toi, maman et moi. Nous sommes de bons produits du patriarcat, dépendantes de nos maris et coincées dans nos cuisines.
— Tu ne te moquerais pas un peu, par hasard ? je lui lance en la poussant tendrement du coude tandis qu'elle essuie le dernier verre à pied.
— L'essentiel, mes nénettes, ce n'est pas qu'on tombe d'accord, mais qu'on s'accepte avec nos différences.
— Oui, maman ! on clame en chœur, un brin taquines.

Notre mère quitte la pièce en riant, se régalant visiblement de cette complicité. Ma sœur en profite pour me glisser plus bas, une fois que nous nous retrouvons côte à côte, face à l'évier :
— Qu'est-ce qui cloche, Tamtam ?
— Comment ça, *qu'est-ce qui cloche* ?
— Je te connais, alors, épargne-moi les salades que tu sers à tes potes parisiens. Peut-être qu'eux les mangent sans broncher, mais moi, je sais.
Je hausse les sourcils avant d'abdiquer en soupirant.
— Que veux-tu que je te dise, que je me suis disputé avec Fred au sujet du projet bébé, que cela m'angoisse qu'elle semble de plus en plus obsédée par ça ?
— Et toi ?
— Quoi, moi ?
— Qu'en dis-tu de ce *projet* ?
— Je ne me sens pas prête.
— OK.
— De toute façon, je ne sais pas si je le serai un jour. Mais...
— Tu as peur de l'avouer à Fred et qu'elle te quitte. C'est ça ?
Je hoche la tête en m'agrippant à l'évier en faïence pour m'aider à ravaler mon angoisse.

# 3

*Je me souviens, j'ai dix ans.*

— Je suis triste. Notre grand-mère paternelle vient de mourir et nos parents ont refusé qu'on aille aux obsèques, Flo et moi. Ils disent que ce n'est pas un endroit pour les enfants. Je ne vois pas pourquoi. Et plus je pose de questions et plus ils se fâchent, comme si c'était mal de chercher à comprendre. Est-ce qu'ils ont peur qu'on se tienne mal ? Notre voisine nous garde à la maison. Elle ne veut pas allumer le salon. Elle répète que ce n'est pas Versailles. C'est triste. Elle fait une partie de dominos avec ma sœur. Elle râle que je pourrais faire un effort et venir jouer avec elles. Je m'ennuie et je suis triste, si triste que j'aimerais mourir, comme mamie. J'aurais aimé lui dire au revoir, comme avec mon canari Kiki. Mes parents l'avaient jeté à la poubelle. Heureusement, je l'y ai retrouvé et l'ai enterré dans le jardin en cachette. Florence m'a aidée. C'est notre secret maintenant. J'ai peur qu'elle me menace de cafter dès que je ne veux pas jouer à la poupée avec elle. Moi, j'en ai marre de jouer à la poupée, je ne suis plus un bébé. Tu comprends, non ?

» Je me suis retranchée dans ma chambre, comme à chaque fois que je me sens incomprise, c'est-à-dire, de plus en plus souvent. J'adore ma chambre. C'est le seul endroit où je peux vraiment me laisser aller, le seul endroit qui me ressemble. Maman m'a aidé à changer les meubles de place et j'ai mis une photo de ma jument Bulle juste au-dessus de mon lit. Je l'embrasse et lui souhaite bonne nuit tous les soirs. C'est elle ma véritable amie. Elle me comprend. Quand je pense à elle toute seule dans son box, dans le noir, je pleure sous mes couvertures. J'ai aussi accroché un poster de Vanessa Paradis. J'ai la cassette de son album. C'est mamie qui me l'a achetée. Elle savait toujours comment me faire plaisir, mamie. Je sanglote sans pouvoir m'arrêter. Qui va me comprendre maintenant qu'elle n'est plus là ? Je glisse la cassette dans mon baladeur et Vanessa chante en boucle *Maxou*. C'est l'histoire d'un petit chat. Dans le clip, il est tigré. J'adore les chats, mais papa est allergique. J'espère que ce n'est pas une excuse et que c'est vraiment vrai. Parfois, je sais que les parents mentent. Ceux de Jeanne lui ont dit qu'ils ne pouvaient pas lui fabriquer une petite sœur, car la machine à faire des bébés était cassée. Elle est un peu naïve, Jeanne. En même temps, on souffre moins comme ça, j'imagine. Heureusement que tu es là. Tu m'écoutes toujours et je ne me sens jamais différente avec toi. Ça fait du bien.

Ma sœur déboule dans ma chambre comme un boulet de canon.

— Eh, tu n'as pas lu la pancarte ? Tu n'as pas le droit de rentrer sans frapper !

— À qui tu parlais ?

— C'est un secret.

— Tu dis ça pour me rendre jalouse. Tu es une menteuse. Tu parlais toute seule.

— Arrête de dire ça.

— Je vais dire à maman que tu parles toute seule et on t'enfermera avec les fous, comme Mariette, la voisine qui faisait trop peur !

— Je ne parle pas toute seule. Je parle à mon ami imaginaire.

Florence marque une pause. J'ai réussi à lui couper le sifflet pour quelques secondes avant le début de l'interrogatoire. Je compte dans ma tête : trois, deux, un...

— Et il te répond ?

— Bien sûr.

Elle se redresse comme un point d'exclamation qui se serait reposé un peu. Ma petite sœur mesurera bientôt la même taille que moi. Elle se poste devant moi en sautillant et enfile ses grands yeux à la Candy qui scintillent de l'intérieur.

— Comment ?

— Dans ma tête.

Soudain, on dirait un Chamallow oublié en plein soleil. Elle croise les bras sur sa poitrine avec une moue de Caliméro, donnant des coups de pied dans un ballon invisible.

— Moi aussi, je veux un ami imaginaire. Où tu l'as

rencontré ?
— C'est lui qui est venu un jour.
Elle se pose à côté de moi sur le lit en balançant ses jambes toutes fines. Avec son fuseau rose et son sous-pull à rayures, elle a des airs de scoubidou.
— Comment ?
— Je ne sais pas. Une fois où j'étais si triste, que je criais fort dans ma tête, il s'est assis à côté de moi. C'était quand je suis tombée à cheval et que j'ai eu très peur, je crois.
— Parce que, en plus, tu peux le voir ?
— Oui, il a un sourire très doux.
— Tu es sûre qu'il est gentil, au moins ? Tu devrais en parler à maman.
— Non, j'en suis certaine.
— Et comment tu le sais ?
— Je le sens dans mon cœur, c'est tout.

# 4

*Je me souviens, j'ai dix-huit ans.*

Ça y est, j'ai mon premier chez moi : neuf mètres carrés, soit trois fois plus petit que ma chambre chez les parents. Un petit chez soi certes, mais dans la Ville lumière. J'en ai pour deux années d'école de maquillage artistique avant de pouvoir sortir du statut de stagiaire. J'ai contracté un prêt étudiant à hauteur de vingt mille euros. Quand je convertis en francs, ça fait un peu peur, mais il était hors de question que la famille se saigne pour que je réalise mon rêve.

La vie est toute autre ici que celle que j'ai connue dans ma campagne angevine et c'est tant mieux. C'est tellement bon de rencontrer de nouvelles personnes tous les jours, au détour d'une rue ou d'une rame de métro. Des visages et des accents d'horizon différents, pouvoir manger ce qu'on veut à n'importe quelle heure de la nuit en sortant de boîte.

Je commençais à me sentir comme dans un tupperware à Angers. Il me fallait une ville à la hauteur de mes ambitions. Mon père dit que je me montre trop naïve et que je vais me faire bouffer dans ce milieu de requins. *Merci pour les clichés, papa.* Et surtout, c'est si bon de faire enfin ce que j'aime ! Je n'en pouvais plus de travailler en institut depuis le début de mon CAP. Dorénavant, finies les épilations de la moustache de madame Bregnon ou du maillot *mais pas trop échancré* de madame Chevrain. Sans parler de ma collègue Ludivine, plus douée pour colporter les derniers potins que pour créer un maquillage naturel à cette pauvre Natasha pour la fête de ses quinze ans.

Désormais, j'apprends à maitriser tous les types de maquillage : beauté, naturel et de composition. Je profite des vacances de Noël pour m'entraîner sur les membres de la famille. Si ma mère et ma sœur se plient volontiers au jeu, mon père se montre récalcitrant.

— Mais tu ne l'as pas maquillée, là ?
— Papa, c'est le principe d'un maquillage naturel réussi au cinéma, c'est qu'on ne le remarque pas.

— Décidément, je n'y comprends rien.
Dans la foulée, j'installe une fausse barbe à mon père. Il se tortille avec une moue comique.
— Arrête de bouger, papa !
— Je ne savais pas que c'était la maquilleuse qui s'occupait de ce genre d'accessoires, s'étonne ma mère.
— En fait, elle gère tout ce qui est sur le visage et sur la peau : faux poils, cicatrices et autres prothèses.
Plus tard, je suis installée à la table de la cuisine, recouverte de livres et feuilles polycopiées. Je perçois les rires de ma sœur et la voix plus basse de son nouveau petit copain, Mathieu, provenant du salon. Elle m'a l'air mordue et lui aussi. Peu importe le temps que cela durera, c'est bon de la voir si rayonnante.
Je relis mes cours, un stabilo à la main. Ma mère pénètre dans la pièce, les bras chargés d'un grand plateau avec les vestiges du goûter.
— Ma chérie, tu es encore avec ces fichus cours. Tu devrais décrocher un peu. C'est censé être les vacances.
— Maman, si je veux être la meilleure, je ne peux pas me permettre de prendre du retard. Ils ne me feront pas de cadeau. C'est un milieu dur, je te l'ai déjà expliqué. J'ai bien vu lors de mon premier stage à la télé, l'autre maquilleuse n'a pas fait long feu. Sais-tu pourquoi ?
— Parce qu'elle était moins bonne que toi, j'imagine.
— Non, maman. Parce qu'elle est arrivée en retard une fois de trop, à cause des grèves. On ne me fera pas de cadeau, alors, autant que je m'habitue à ne pas m'en faire. *L'avenir appartient à ceux qui...*
— *Se lèvent tôt.*
— Raté ! *À ceux qui se sortent les doigts*, maman.
— Charmant.
— Arrête de penser que la chance a son mot à dire là-dedans. On doit se montrer tenace et irréprochable, c'est tout.
— On croirait entendre ton père.
— Ça lui a plutôt bien réussi, non ?
— Professionnellement, oui. Mais le boulot ne fait pas tout,

tu sais.
— C'est sûr qu'on ne peut pas dire que toi, tu aies misé là-dessus pour t'épanouir.
— Et alors ? Ce n'est pas une honte de vouloir offrir une meilleure qualité de vie à sa famille en travaillant avec son mari à la maison.
— Et en sacrifiant ton rêve d'ouvrir ta propre boutique de fleurs ? Quel exemple nous donnes-tu ?
— Ce qui compte pour moi, c'est que nos enfants soient heureux. Si vous êtes heureuses, je le suis.
— C'est pour ça que moi, je n'aurai pas d'enfant. Je refuse de devoir choisir entre mon rêve et mon rôle de mère, entre leur bonheur et le mien.
— Tu n'as que dix-neuf ans, Tamtam. Tu verras les choses autrement quand tu auras rencontré celui qui te donnera envie, crois-moi.
— Tu n'as aucune idée de ma façon de voir les choses, maman. Aucune.

## 5

Premier jour de tournage. C'est l'effervescence sur le plateau. Les câbles serpentent au sol en tous sens, obligeant les actrices et figurantes à lever leurs jupons en permanence. J'adore les films d'époque et le type de maquillage que je suis amenée à y composer. J'aime participer à ces sauts dans le temps à l'aide de mes pinceaux, reconstituer ce grain de peau, cette ambiance libertine, de confidences, d'interdits à peine voilés.

Mon tout premier tournage était un film d'époque. C'était il y a huit ans. Une copine m'avait proposé de venir en renfort dans son équipe. Je commençais à m'ennuyer sec à la télévision et mes rares expériences au théâtre ne m'avaient guère emballée. Là, c'était un autre monde. L'énergie, le rythme et l'atmosphère m'ont immédiatement happée. Ces espaces fabriqués et pourtant, plus vrais que nature me fascinent. Je me régale encore aujourd'hui à observer le chef décorateur installant les cloisons avec son équipe. Transformant ainsi un vulgaire studio de banlieue en appartement du seizième arrondissement avec vue sur des platanes, parés de feuilles vertes éternelles.
 Quand Isabelle dit que je suis magicienne, je pense qu'elle n'a pas tout à fait tort. Nous sommes tous magiciens sur la réalisation d'un film. Nous travaillons de concert, techniciens et acteurs. Nous créons une illusion si authentique qu'elle arrachera au spectateur les mêmes émotions viscérales que s'il avait assisté à la scène dans la cour de son immeuble ou dans le bistrot de son quartier.
 C'est là que j'ai rencontré Fred. Elle était coiffeuse de cinéma depuis plusieurs années. Elle m'a tout de suite impressionnée et prise sous son aile. Fred représentait tout ce que je n'étais pas encore : une homosexuelle assumée et une professionnelle reconnue dans le milieu. Le cinéma est, dit-on, une grande famille, à condition d'en respecter les codes. Elle me les a tous enseignés. Savoir se rendre omniprésente *et* transparente.

Pouvoir écouter sans jamais engager son opinion, se montrer néanmoins capable de l'imposer s'il en va de la qualité de son propre travail et de la satisfaction de ses acteurs. Et bien sûr, le plus important, elle m'a appris l'amour avec un grand A.

Avant Fred, ma sexualité n'a été qu'une succession de relations décevantes tantôt avec des hommes qui me mettaient mal à l'aise, tantôt avec des filles me renvoyant à la honte de mes préférences. Fred est la femme de ma vie, la première histoire qui a compté. Elle est la première personne avec qui j'ai pu être moi, tout simplement, sans artifices. Malgré nos plans de travail de dingues, nous arrivons à voler quelques moments, des escapades le temps d'un long week-end à Rome, comme dans la chanson de Daho que j'aime tant.

Je rentre enfin du tournage. Les autres ont insisté pour prendre un verre, j'ai décliné l'invitation. Il est minuit passé. Même si mon scooter ne s'est pas transformé en citrouille, je ne suis pas loin de ressembler à une souillon en guenilles avec mes cernes et mon chignon de chat ébouriffé. J'imagine assez bien également ma dulcinée déguisée en *belle au bois dormant* dans notre canapé, ronflant devant la dernière série coécrite par notre amie Fanny. Je gare mon carrosse juste en bas de notre appartement, rue Alibert près du canal Saint-Martin. L'avantage de posséder un deux roues ? Aucun problème de place de parking ni de bouchons. Ce serait une autre affaire avec un enfant : finies les escapades en boîte et en scooter ! Fred serait là, elle me dirait que je cherche toujours des arguments pour ne pas en avoir, mais suis-je la seule à réaliser que c'est une fausse bonne idée ?

Les bras chargés des victuailles offertes par le catering[3], je parviens à me libérer une main pour composer le code et me laisse tomber sur la lourde porte cochère pour la forcer à s'ouvrir. Je réitère l'opération avec l'ascenseur. Je chatouille un moment à tâtons la serrure et lâche un soupir de soulagement en me délestant de mes chaussures une fois

---

[3] Service spécifique de restauration disponible dans les coulisses des spectacles.

arrivée chez nous. Nul besoin d'une application pour deviner que je les fais mes dix mille pas par jour recommandés par l'OMS.

Je me dirige vers le coin repas. Toutes les lumières sont restées allumées. Je bougonne et caresse les interrupteurs les uns après les autres à mesure que je progresse dans le couloir qui mène à la pièce principale. Je pose les sacs sur le bar en zinc de la cuisine et pivote vers le salon. Bingo ! Je constate que ma belle au bois dormant prend son rôle très au sérieux, à fond dans le personnage. J'éteins la télévision et soupire, assise du bout des fesses à l'extrémité du canapé. Je saisis le plaid sur le dossier et le déplie sur elle. Le silence baigne à présent la pièce d'une atmosphère qui m'apaise. J'allume la bougie laissée sur la table basse et sourit à la flamme qui danse rien que pour moi, douce et réconfortante. Je me lève, entrouvre la fenêtre côté cuisine et me penche pour savourer ma dernière cigarette de la journée, seule avec moi-même. En cet instant, j'aime ma vie. En cet instant, tout me semble parfait.

# 6

Cinq heures du matin. Je regagne mon scooter après une nuit de tournage compliquée. Je me refuse à ressasser les moments difficiles. Selon moi, cela ne sert qu'à les prolonger davantage, aucun intérêt de se faire du mal deux fois pour le prix d'une. Fred est rentrée plus tôt avec une belle migraine. Pour ma part, j'ai accepté de boire un dernier verre avec les filles. J'en avais besoin. Même si nous restons pour la plupart de simples collègues, cela fait du bien de débriefer de temps en temps, tourner ces mini drames en dérision pour nous rappeler que la vraie vie, c'est autre chose ; que pendant ce temps, d'autres sauvent des vies ou meurent.

J'adore mon métier plus que tout et remercie ma bonne étoile d'avoir pactisé avec ma ténacité pour arriver à mes fins. Cependant, tout cela me parait bien futile au regard de tous les événements qui se déroulent partout ailleurs pendant que nous, artistes, jouons. Malgré tout, il s'agit bien de cela : de jouer. Jouer à se déguiser, raconter des histoires, s'inventer d'autres vies. Certes, c'est aussi pour divertir les spectateurs, les alerter, les bousculer parfois. Néanmoins, c'est *pour de faux* comme disent les enfants.

Sur ces réflexions, j'enfile mon casque, chevauche mon fidèle destrier rouge et tourne la clé. Je rêvasse en remontant l'avenue de Clichy jusqu'à la place du même nom, continue vers Pigale puis Anvers, Blanche et rejoins Barbès qui se trouvent encore — ou déjà ? — fort animés à cette heure. Le feu passe au vert. L'air est doux et je me surprends à apprécier sa caresse sur mon visage fatigué. Je tourne à droite et accélère pour rattraper le canal Saint-Martin et les quais par Bastille quand mon véhicule glisse, se couche et vient percuter de plein fouet la voiture en stationnement la plus proche.

Je n'entends plus rien qu'une sorte de bourdonnement lointain. Je crois que je suis encore consciente. Je ne sens plus mon corps. Est-ce mauvais signe ? Je perçois une forme un peu floue. Je pense que c'est un homme. Il me supplie de rester tranquille. Il me demande de bouger les doigts si je le peux. Je m'exécute comme au ralenti. Mon corps est à présent atrocement lourd. Je ne vois plus rien. Tout est devenu noir. Je le sens se relever, m'agite pour l'en dissuader, trop faible pour prononcer la moindre phrase. J'ai peur à l'idée qu'il s'en aille, qu'il me laisse seule. Il semble comprendre puisqu'il s'assied tout près de moi. Je tente d'ébaucher un sourire pour le remercier.

Je ne sens toujours pas mes membres. Je perçois l'homme, agenouillé à côté, je le devine penché sur moi, comme du dessus. Ai-je quitté mon corps ? Je survole la scène à la manière d'un songe. Je ressens un amour immense, comme si plusieurs personnes invisibles me câlinaient tendrement. Je nage dans un gigantesque bain d'amour et une grande joie autour de moi, qui m'enveloppe. J'entends des rires d'enfants. Qui sont-ils ? Je ne peux pas les voir. Je flotte dans les airs. Sans limites. Je n'ai plus de limites. Soudain, je découvre une prairie très lumineuse, l'herbe y semble presque fluorescente. Cela me rappelle le film *La belle verte* de Coline Serreau. Je ne comprends pas ce que je fais là. Suis-je morte ? Je me sens si bien. Je sais que je ne peux pas rester là, sans trop saisir pourquoi. Mon cœur s'accélère, une sorte de chute, un sursaut au bord du sommeil. Je ressens de nouveau le contact de mon corps contre le bitume froid et dur. La prairie s'est évaporée. Je ne perçois plus la présence des enfants. J'ai l'impression désagréable que quelqu'un me sort du bain sans que je puisse m'y préparer ou m'y opposer. Je ne suis pas prête. Je voudrais rester avec eux. Je reviens à moi, comme si j'étais partie ailleurs, au cœur d'un rêve éveillé. Ouvrir les paupières me parait insurmontable. Je sens mon corps et c'est insoutenable. Je geins comme une sorte d'animal pris au piège.

— Reste tranquille. Les secours sont en route. Tout ira bien, mais tu dois rester tranquille. Je vais demeurer à tes côtés jusqu'à leur arrivée, me promet la voix de l'homme, toujours près de moi.

Je crains que ce ne soit assez grave, car je ne peux plus bouger et ma jambe me fait atrocement souffrir. Par ailleurs, je me figure que si ma jambe me fait mal, c'est que je la sens et que, par conséquent, ma colonne n'a pas été touchée.

J'entends le chant lancinant des sirènes des pompiers s'approcher, le crissement des pneus du camion se garant à la hâte comme dans les films, les portières qui claquent, le roulement de la civière sur le bitume. Je recouvre un peu la vue. Je cherche des yeux mon bienfaiteur. Il a disparu. Je balaye les alentours du regard, plus loin, sur le trottoir d'en face, en vain. Mon cœur se serre, je m'agite malgré moi.

— Là, tout doux, mademoiselle. Vous allez rester sagement comme vous êtes, OK ? m'ordonne gentiment le pompier.

Je tente de protester, mais aucun mot intelligible ne sort de ma bouche. Je perçois une immense lassitude dans mes membres, sensation qu'il rend les armes. J'aurais voulu remercier cet homme, mais je ne le reverrai plus. Je n'ai pas pu identifier ses traits, mais je pourrais reconnaître sa voix entre mille. La sienne est douce et grave à la fois, de celles qui racontent des histoires à la radio. Une voix familière, en qui on a envie d'avoir confiance, qui soulage rien qu'à l'entendre.

Je retrouve un peu d'énergie vers la fin du parcours, dans le camion. J'ouvre les yeux, plus grands, le visage du pompier resté à mes côtés devient net. Il est tout jeune, la vingtaine débutante.

La douleur me fait bondir. Son collègue saisit ce qu'il se passe et me pose la main sur l'épaule.

— Là, nous sommes bientôt arrivés, mademoiselle. Ça va aller. Courage !

— Un homme se tenait près de moi. Ce doit être lui qui vous a alertés.

— Vous étiez seule. Il est sans doute parti avant notre arrivée.

— Non, il était là, j'en suis sûre. Il m'a promis de rester.

— C'est une femme qui nous a appelés. Une vieille dame insomniaque qui promenait son chien. Comme quoi, le malheur des uns fait le bonheur des autres. Si cette dame avait dormi comme un bébé, nous aurions été prévenus bien plus tard.

— J'ai très mal.

— On vous a donné des calmants. Ça va bientôt faire effet. La bonne nouvelle, c'est que la colonne ne semble pas touchée. Où avez-vous mal ?

— À la jambe droite.

— Logique, le scooter s'est couché de tout son poids dessus. D'après les traces grasses sur vos pneus, vous avez dû glisser sur une plaque d'huile. Le coup classique en deux roues. Heureusement, vous portiez un casque. Allez, essayez de fermer les yeux et respirez profondément. Vous allez vous sentir partir, mais c'est normal, c'est la morphine. Tout va bien. Laissez-vous aller.

# 7

*Je me souviens, j'ai treize ans*

— C'est nul la vie. Je voudrais mourir.
— Pourquoi ressens-tu cela ?
— Parce que Virginie m'a dit qu'Olivier était amoureux de moi et qu'il m'attendrait à côté du gymnase à la récré. Quand je suis allée le voir, le cœur battant, il n'était au courant de rien et j'ai aperçu cette peste de Virginie qui gloussait avec ses copines en me montrant du doigt. Je la déteste. Et je me déteste.

Mon ami m'écoute attentivement avant de déclarer, solennel :
— Ça ne vaut pas le coup de mourir pour ça.
— Toi, tu es plus grand. C'est facile pour toi. Personne n'osera venir t'embêter. Mais moi, je suis plus petite que les autres et je gobe tout ce qu'on me dit. J'en ai marre d'être moi.
— Je pense que ça n'a rien à voir avec la taille.
— Tu crois ?

Il semble s'amuser de mes réponses, même si je sens que ce n'est pas pour se moquer. Il me prend au sérieux, lui.
— J'en suis certain. Un jour, tu trouveras des amis qui te ressemblent et tout ira mieux, tu verras.
— Ce sera dans longtemps, tu crois ?
— Je ne sais pas.
— Ça m'a fait du bien de te parler. Je dois te laisser, ma mère m'appelle. C'est l'heure du repas.
— Je comprends. Vas-y ! Et sois tranquille, tout va s'arranger, tu verras.
— Merci. C'est bon d'avoir un ami qui me veut du bien.
— C'est le principe d'un ami, non ?
— C'est vrai. Tu as raison. D'ailleurs, maintenant, je vais faire passer des sélections pour devenir mon ami. Et toi, tu seras engagé d'office !
— Tu m'en vois honoré.

Je m'éloigne du fond du jardin en sautillant.

# 8

— Tu m'as fait une de ces peurs...

Je crois reconnaître la voix de Fred. Mes yeux restent clos. C'est la nuit depuis l'accident. Je perçois un raclement de chaise, la chaleur de sa main sur la mienne, son haleine de fumeuse mêlée à *La petite robe noire* de Guerlain et la douceur de ses lèvres contre les miennes. Je hisse péniblement la commissure des miennes pour lui dessiner un sourire.

— Alors, ma belle au bois dormant ? Le doc dit que tu dois te reposer. Je repasserai plus tard, mon amour. Sois sage.

J'entrouvre à peine les yeux. Une silhouette masculine, je crois. Et puis, je l'entends, cette voix, celle de l'autre nuit. Est-ce possible ? Suis-je dans un songe ? Je lutte pour revenir davantage à moi, mais l'infirmière a dû augmenter la morphine. Mes paupières pèsent trois tonnes chacune. Je replonge dans ce trou noir qui m'absorbe depuis des heures, des jours, des nuits. Je ne sais plus. Vais-je finir par en sortir ? Je ne sens plus rien, je glisse. C'est bon de se laisser partir.

Je réouvre les yeux, il fait jour. Ces murs trop blancs sont presque douloureux à regarder. J'entends sangloter. Je tente de tourner la tête vers le bruit, mais abandonne l'idée, elle aussi pèse trois tonnes.

— Là, là, ne bouge pas ma puce. Nous sommes là, mais repose-toi.

C'est mon père et la forme que je devine à côté doit être ma mère qui saisit ma main et la porte à ses lèvres mouillées.

— Mam...

— Là, mon ange, je suis là aussi. Reste tranquille. Ne te fatigue surtout pas. Tu dois te reposer. Nous serons là à ton réveil. Promis.

— Maman, des enfants devaient être tout près, ils riaient.

— Où ça, Tamtam ? m'interroge mon père.

— Autour de moi. Avant les pompiers. C'était joyeux et je

sentais tout cet amour, c'était la première fois.
— Je pense que c'est la morphine qu'ils lui donnent. Elle délire. Elle prétend avoir entendu des rires d'enfants, mais on l'a trouvée toute seule à trois heures du matin en plein centre de Paris.
— Je n'étais pas toute seule, je vous dis.
— Ne t'énerve pas. Reste tranquille, Tam.
— Il y avait un homme. Il est resté avec moi jusqu'à l'arrivée des pompiers. Je m'en souviens très bien. C'est marrant, j'ignorais qui c'était, mais je me sentais en totale sécurité avec lui.
— À quoi ressemblait cet homme ?
— Je ne sais pas. Ses contours étaient flous. Mais il était là et il m'a parlé, j'en suis sûre. Vous me croyez, hein ?
— Bien sûr, Tamtam, on te croit, mais maintenant, tu dois te reposer.

Cela fait une semaine que je suis à l'hôpital. J'attends que l'ambulance vienne me chercher pour me conduire dans un centre de rééducation situé à Asnières. Fred a proposé de me retrouver là-bas. C'est idiot, mais ça me fait quelque chose de quitter cet endroit. Pourtant, on ne peut pas vraiment dire qu'il soit associé à de bons souvenirs. Sans préambule, j'éclate en sanglots et plonge mon visage dans mes mains.
— Tout le monde m'abandonne !
— Je suis là, moi.
Je relève brusquement la tête et découvre un homme assis dans le fauteuil au coin de la pièce. Il porte un manteau sombre en laine et me sourit.
— Je vous ai déjà vu, non ?
— En effet.
Je plisse les yeux, fouille dans ma mémoire et m'écrie :
— C'est vous qui êtes resté avec moi en attendant les pompiers !
— En effet.
— Mais comment avez-vous fait pour me retrouver ?
— Disons que j'ai des relations.

— Merci d'avoir veillé sur moi.
— Je n'ai fait que mon devoir. Je dois partir à présent.
Il se lève et se dirige vers la porte. Mon cœur s'accélère. Je lui lance, dans l'urgence :
— Moi aussi, je pars. Je vais à Asnières, en centre de rééducation. J'attends l'ambulance.
— Je reviendrai vous rendre visite, si vous êtes d'accord.
— La dernière fois, vous me disiez *tu*. Je préférais.
— Dans ce cas, je reviendrai *te* rendre visite, Tamara.
Je sursaute et tente de me redresser, la poitrine comprimée.
— Comment connaissez-vous mon nom ?
— On se connait déjà. Tu as oublié, c'est tout. Ça arrive.
— C'est bizarre. Je sais que vous avez raison, même si je ne me souviens de rien.
Il me sourit. Cette remarque semble lui faire plaisir. J'ai envie qu'il reste encore un peu. Et s'il ne me retrouvait pas, là-bas ? Et s'il mentait ? Après tout, qui suis-je pour lui ?
— Promettez-moi de revenir ! je lui crie presque.
— Je te le promets, Tamara. Sois tranquille.
Je soupire, telle une enfant prête à s'endormir après qu'on ait vérifié l'absence de monstres sous son lit. Il me sourit une dernière fois avant de tourner les talons. Sans se retourner, il a quitté la pièce. Je n'entends pas la porte se refermer. Pourtant, je sais qu'il n'est plus là, car je ressens cette même panique que lorsque je l'ai cherché du regard à l'arrivée des pompiers, en vain. La brûlure de l'absence, cette même panique que lorsque j'ai compris que mamie ne reviendrait pas, que mourir, c'était partir pour toujours. Enfin, je crois.
J'aurais pu mourir. Pour autant, je n'ai pas vu défiler ma vie, le tunnel, la lumière. J'ai seulement senti cette présence chaleureuse et douce à mes côtés, les rires d'enfants et surtout, cet amour indéfinissable qui m'enveloppait. Puis, le retour à la dure réalité de mon corps meurtri, amorti par le soutien de cet homme, qui me connait d'avant. D'avant quand, d'avant quoi ? Comment ai-je pu l'oublier alors qu'il me fait tant de bien quand il est là ? Je croyais qu'on enterrait seulement les souvenirs douloureux. À moins que ce souvenir ne le soit ?

# 9

J'arrive au Clinéa à Asnières sur Seine avec l'ambulance. Le centre longe les quais. Le temps est couvert et donne des teintes grisâtres au fleuve. Néanmoins, la présence de l'eau et des saules pleureurs bordant les berges me réconforte. J'espère que le soleil du mois de mai ne tardera pas à se montrer. Mes parents m'ont proposé de trouver une structure similaire vers Angers, à la campagne. Néanmoins, la perspective de me rapprocher d'eux autant que celle de m'éloigner de Paris, de Fred et de nos amis m'angoissait. Si cela n'avait tenu qu'à moi, j'aurais passé ma convalescence à la maison avec un kiné à domicile. Fred a su me convaincre, arguant qu'avec le fils de madame Mesnard qui s'était mis au saxo et ses propres horaires en ce moment, c'était plus sage d'opter pour un centre. Il me tarde de la retrouver. Je n'ai pas vu grand monde depuis l'accident.

Une infirmière à la blouse rose m'invite à prendre place dans un fauteuil roulant qu'elle pousse dans le dédale de couloirs de l'établissement. Elle chantonne tandis que l'ascenseur nous fait grimper au dernier étage.

— Vous verrez, votre sœur vous a réservé la plus belle chambre.

— Ce n'est pas ma sœur, c'est ma femme.

Je perçois une légère rupture dans le refrain de la soignante. Je pourrais presque l'entendre déglutir. Je brise le silence afin d'abréger son agonie.

— Ne vous inquiétez pas, ça nous arrive tout le temps. On a l'habitude, à force.

— Pardon. J'aurais dû...

— C'est oublié. Rassurez-vous.

— Je m'appelle Valentine. N'hésitez pas si vous avez besoin de quoi que ce soit. Et vous, comment vous prénommez-vous ?

— Tamara.

— Tamara, comme la peintre russe ? s'enquiert-elle avec fougue.

Je pivote sur mon siège et la dévisage, suspicieuse :

— Vous connaissez Tamara Lempika ?

— J'ai commencé les Beaux Arts de Rennes avant de tenter le concours, semble-t-elle s'excuser. Une artiste brillante, très engagée, marginale, inspirante donc. Mes parents qualifieront cet épisode rennais de lubie passagère. Quoi qu'il en soit, ils ont été soulagés que je revienne rapidement à la raison.

D'ordinaire, ce genre de phrases toutes faites me fait bondir. Je décide de ne rien laisser paraître. Je ne connais pas cette jeune fille. Je ravale la militante en moi et réplique :

— Si vous aimez ce que vous faites, oui.

— Absolument. Créer manquait trop de sens à mes yeux. Je trouvais cela finalement vain et égocentrique. Soigner, s'occuper des autres, ça, c'est concret. Ici, en particulier, je les aide à se reconstruire. Pas que physiquement, je veux dire.

— J'imagine.

— D'ailleurs, si vous avez besoin, des séances de groupe sont proposées avec une art-thérapeute deux fois par semaine. Elle est géniale.

Nous sortons de l'ascenseur, un silence s'installe. Je n'ai pas le cœur à rincer son enthousiasme. J'opte pour la diversion.

— Moi aussi, j'aime aider les autres et j'adore mon métier.

— Vous travaillez dans le soin également ?

Je souris à cette idée.

— Si on veut… Je soigne les apparences. Je suis maquilleuse pour le cinéma.

— Oh, c'est fantastique ! Vous devez voir plein de stars. Ils sont vraiment comme à la télé ?

— Non.

— Ah, je me disais bien aussi.

Le fauteuil s'arrête devant la porte 325. Je serre les dents, n'y tenant plus, je reprends les commandes de mon véhicule et manque de lui broyer les pieds en pivotant :

— Quoi ? Qu'est-ce que vous vous disiez ? Qu'ils sont tous capricieux et pourris gâtés, c'est ça ? Les stars sont à l'image de l'être humain, ma petite Valentine : certains sont pourris et d'autres ont le cœur qui déborde. Vous devez en avoir aussi

des pourris dans le soin, non ? À moins que vous ayez droit à un vaccin ou quelque chose qui vous immunise ?
— Je suis désolée, je ne voulais pas…, elle bafouille.
Je suis confuse à mon tour. Sa mine terrifiée me renvoie à la violence de mon attitude.
— C'est moi. Je vous prie de m'excuser. Je n'aurais pas dû réagir comme ça. Je me sens un peu à bout. J'ai mal, je déteste être enfermée et seule. Il me reste encore plusieurs semaines de rééducation ici et je pète un câble dès le premier jour. Ça promet !
Elle sourit, pose une main sur mon épaule.
— Je vous laisse vous installer, je repasse plus tard, Tamara. Ça va aller mieux. Vous devez vous laisser le temps.
Je sens tout mon corps fondre contre le dossier et l'assise du fauteuil. Je voudrais disparaitre à l'instant. Elle pousse la porte de ce qui va devenir ma chambre, révélant la silhouette de Fred au milieu de la pièce, de dos.
La pièce est lumineuse, la tapisserie couleur vanille y ajoute un bel éclat. Le mobilier en bois clair rend le tout accueillant et chaleureux. Quelques reproductions d'impressionnistes viennent agrémenter l'espace mural. Bien que j'aurais choisi plus moderne, je reconnais que la désuétude peut revêtir un caractère réconfortant par le manque de surprise qu'il évoque. Et comme je me dis souvent : pas de surprise, pas d'insécurité.

## 10

Fred parle au téléphone, dos à la porte. Je me redresse pour mieux l'examiner. Elle porte son casque que je lui ai offert, les deux poings enfoncés sur les hanches, tout près de la fenêtre.

— Cette fois-ci, tu as intérêt à tenir ta promesse. OK, bye.

Elle raccroche et pousse un juron en frappant la vitre. Je me crispe, soupire avant de me racler la gorge pour lui signaler ma présence. Elle se retourne.

— Oh, Tam ! Quelle journée de merde !

Elle vient à ma rencontre et se penche pour m'embrasser les cheveux.

— Ça va, ma puce ?

— Génial. Un peu comme commencer une thalasso.

— Oh ! Ne déconne pas, j'en rêve ! Ne rien glander de la journée, se faire masser par une belle kiné...

— Dis comme ça, ça paraitrait presque sympa, la rééduc.

— En tout cas, moi, ce n'est pas la thalasso du tout. Ils ont décalé tout le plan de travail. Avec leurs conneries, je vais devoir me faire remplacer sur le prochain Gaspard Noé.

— Ah, la galère.

J'observe un couple de mésanges qui batifole dans le feuillage du charme, visible de la fenêtre. Cela me fera au moins un peu de compagnie.

— Et Valérie qui me balance à l'instant qu'ils ont pris Sandrine pour te remplacer sur le Klapisch. Il manquait plus que ça !

Je sors de ma contemplation, douche froide.

— Mais elle avait promis de m'attendre. C'est l'affaire de quelques semaines tout au plus ! Si j'avais fait plus attention ce soir-là, je serais déjà en tournage avec elle.

— Je sais, Tam.

— C'est dur d'être ici. Coincée.

— Laisse-toi le temps. Tu viens d'arriver. Tu vas être bien ici. C'est Canet qui m'a recommandé ce centre. Il y a séjourné après sa dernière chute de cheval.

— On croirait que tu essaies de convaincre une ado qui

rentre à l'internat.

Elle suit son idée, pianote sur son portable, sort une cigarette et la coince entre ses lèvres. Je la regarde ouvrir les deux portes de l'armoire. Ses yeux balayent les étagères tandis que ses doigts caressent les cintres de la penderie afin de finir son inventaire.

— Bon, je pense que tout y est. Si tu as besoin de quelque chose, tu me le dis, je te l'apporterai la prochaine fois. OK, ma puce ?

Je hoche la tête. Elle avance vers moi, se penche pour m'embrasser. Je me raidis.

— Qu'est-ce que tu as ?
— Tu me manques.
— Toi aussi, mon amour.

Elle caresse ma joue, je ferme les yeux. Nos lèvres s'effleurent. Ma gorge se noue. Je redoute déjà le moment où elle va quitter la pièce.

— Je ne vais pas traîner. Tu sais, je vais à l'anniv de Marie et je dois m'arrêter chez le fleuriste en chemin. Tu la connais, elle ne tolère aucun retard.

— Tu passeras le bonjour à tout le monde.
— Bien sûr.
— Je te raccompagne et on fume une clope ensemble avant ?
— OK, vite fait.

On se retrouve dans une sorte de parc qui a des airs de mini-golf avec ses bandes de gazon tondu à ras en forme de haricots. On s'approche du premier banc sur lequel Fred se laisse tomber. Je refuse son aide et gare tant bien que mal mon nouveau carrosse.

— Je préférais mon scooter. C'était plus maniable, dis-je pour détendre l'atmosphère.

— Quand tu vois comment tu as fini grâce à lui.
— Fred...
— Oh, c'est bon. C'est toi qui m'as tendu la perche aussi.

Elle me lance un clin d'œil.

— Tam, arrête de me servir ton regard SPA.

Elle se rapproche de l'extrémité du banc pour m'attirer à elle.

— J'aimerais tellement repartir avec toi, reprendre ma vie d'avant, dès maintenant.

— Tu vas devoir te montrer patiente, ma puce.

— T'es marrante. C'est facile, pour toi, rien n'a changé.

Elle se détache de moi et me mitraille du regard.

— Facile ? Ma femme a failli mourir et je dois tout gérer financièrement, car elle ne peut plus travailler et c'est *facile pour moi*, dis-tu ?

— Ça y est ! Une fois de plus, tu ramènes tout à toi. C'est dingue. Je pensais que justement, ce qui s'était passé t'aurait aidé à prendre du recul. Au lieu de ça, rien n'a changé. J'ai un accident et tout ce que tu vois, c'est que tu vas devoir adapter ton budget. Excuse-moi de chambouler tes plans tracés au cordeau.

— Il faudrait savoir, Tam. Y'a cinq minutes, tu veux que tout redevienne comme avant et maintenant, tu me reproches que rien n'ait changé ? Et puis, dans le genre *madame je contrôle tout, je ne veux que rien ne bouge,* tu n'es pas mal non plus.

Fred bondit du banc, mes paumes sont moites et l'envie de pleurer m'ostrue la trachée.

— Ne pars pas tout de suite. Raccompagne-moi à la chambre, s'il te plaît. Je déteste qu'on se quitte fâchées.

— OK, vite fait.

Cette fois-ci, elle prend les choses en main et opère un demi-tour avec mon fauteuil en mode handisport avant de s'engouffrer dans le hall. Je la laisse diriger. Nous demeurons silencieuses durant le trajet qui me permet de recouvrer un peu mes esprits. On arrive à la chambre. Elle me soutient tandis que je m'installe au lit. Je soupire.

— Tu sais, Fred. Je repense à ce que tu as déclaré dehors. Ce n'est pas parce que tu focalises sur le tictac de ton utérus et que moi, j'ai encore besoin de temps que cela signifie que je veux tout contrôler. Tu l'as dit, je me suis vue mourir. Donc, excuse-moi d'être un peu secouée.

— Tam, tu ne peux pas constamment demander à tout le monde de changer sans jamais te remettre en question. Tu te plains de te sentir abandonnée depuis ton accident, que personne ne te rend visite. Pose-toi les bonnes questions. C'est peut-être l'occasion, ces moments seule, de réfléchir et modifier ta façon de voir les choses. Tu ne crois pas ?

— Tu ne comprends pas. Personne ne peut. C'est pour cette raison que je ne voulais pas en parler.

— De quoi parles-tu, Tam ?

— Laisse tomber... Peu importe.

— Calme-toi. Ça va passer. Bientôt, tout pourra redevenir comme avant.

— Mais Fred, tu n'as pas compris. Je ne peux pas...

— Mais que vas-tu faire alors ? Tu vas lâcher ton boulot et me quitter, c'est ça ?

— Ne rends pas les choses plus compliquées, s'il te plaît. Je suis la première à me sentir perdue. Ne me demande pas, en plus, de te rassurer.

— Et pour couronner le tout, on va encore devoir reculer le projet bébé avec tout ça !

— Comment oses-tu ramener ce projet sur le tapis alors que je viens de frôler la mort ? Il y a peut-être d'autres priorités, non ?

— Ouais, enfin, ce n'est pas comme si c'était ta priorité avant l'accident.

— En attendant, je vois que les tiennes ne bougent pas, quoi qu'il arrive.

— Tam, arrête.

— Je suis fatiguée. J'aimerais que tu me laisses seule, s'il te plaît.

— Et voilà, *je suis fatiguée*, histoire de couper court à la conversation plutôt que d'assumer.

— Fred, j'ai juste besoin de me reposer. OK ?

D'un geste sec, elle saisit sa sacoche en cuir, abandonnée sur le fauteuil quelques instants auparavant et me balance sans un regard :

— Ne t'inquiète pas, va. Je vais te laisser seule, sois tranquille. Allez, ciao !

La porte claque, comme une gifle bloquant mon souffle. Impossible de le retrouver. Je songe aux vacances dans les

Pouilles, aux paysages à couper le souffle justement, longeant la falaise en scooter, ma bien-aimée agrippée à ma taille. *Un souvenir heureux.* Ça marche toujours quand la panique survient. J'expire lentement. Je reprends peu à peu le contrôle. Ça, au moins, je sais encore à peu près gérer. Jusqu'à quand ? Je secoue la tête. Ça ne me ressemble pas.

Tamara, ressaisis-toi ! Tu n'as pas fourni tous ces efforts pour réussir à en arriver là aujourd'hui et baisser les bras au premier contretemps. Tu vas la retrouver ta vie d'avant. Tu vas leur montrer qu'il en faut plus pour te décourager.

## 11

*Je me souviens, j'ai quinze ans*

Je suis encore tombée de cheval. J'aurais dû écouter Bulle qui me disait qu'elle ne sentait pas ce sentier. Un sanglier a traversé droit devant nous. Dans la panique, elle s'est cabrée et j'ai chuté. Verdict : trauma crânien plus luxation du genou pour moi et entorse pour elle.

Je m'en veux terriblement. Je me suis blessé encore une fois et elle aussi. Résultat : encore plusieurs semaines sans monter et autant de temps sans travailler ni progresser. L'examen d'entrée aux écuries de concours hippiques arrive à grands pas et j'ai bien peur de ne pas pouvoir être prête. Je sens bien que papa et maman s'inquiètent suite à cette dernière chute.

Pourtant, depuis dix ans que je pratique l'équitation, je suis tombée cinq fois dont une avec plusieurs fractures. Cette fois-ci, le docteur a souhaité voir mes parents sans moi. Quand je suis revenue dans son cabinet, ma mère avait les yeux rouges et mon père serrait les poings. J'ai compris que c'était plus sérieux.

Le silence règne dans la voiture qui nous ramène à la maison. Je suis déçue à l'idée que Bulle ne puisse pas passer sa convalescence dans le pré attenant à notre jardin. Je tente de me consoler, je me dis que ce sera plus gai pour elle de rester au centre équestre avec ses copains. Maman m'a promis qu'on pourrait aller la voir mercredi après-midi, si j'ai bien avancé dans mes révisions du brevet.

Je monte directement dans ma chambre en arrivant à la maison. J'entends ma sœur gratter à la porte quelques instants après. Je lui crie d'entrer. Elle passe le nez dans l'entrebâillement et se faufile jusqu'à mon lit sur lequel je suis étendue avec mon casque dans les oreilles. Elle se jette dessus, me vole un des deux écouteurs en venant se coller à moi. La prochaine chanson s'appelle *Music* de Madonna. J'augmente le son, Flo fait danser ses bras en l'air en mesure. Sentir son énergie à côté de moi m'apaise.

Plus tard, nous nous tenons tous les quatre à table, papa m'annonce que je ne pourrai plus monter à cheval, qu'une nouvelle chute pourrait s'avérer fatale. Maman ajoute qu'elle est désolée pour moi et qu'on pourra aller ensemble au CIO d'Angers pour étudier ce que je pourrais faire à la place.

J'avais beau avoir compris que cette chute était celle de trop, tant que je ne l'avais pas entendu, je pouvais croire qu'un espoir persistait. Je me raccrochais à une chance infime de réaliser mon rêve de devenir cavalière professionnelle. Même si mes parents paraissent sincèrement peinés pour moi, je ne peux m'empêcher de les détester, comme si le fait qu'ils m'annoncent cette tragédie les en rendait responsables.

Ma sœur pleure en silence au-dessus de son bol de soupe tiède. Elle exprime tout ce que je ne parviens pas à évacuer. Elle le fait souvent. Elle pleure pour soulager les autres quand ça ne sort pas. J'ai l'impression que quelque chose meurt en moi.

— Si tu veux, on peut quand même garder Bulle pour le moment, ma puce, propose ma mère.

— Le temps qu'il te faudra, promet mon père.

— Je ne pourrai plus la monter. Que va-t-elle devenir ?

— Préfèrerais-tu qu'elle reste au centre ?

— Je ne sais pas. Je suis fatiguée, je vais me coucher.

— Mais tu as à peine touché à ton assiette, déplore ma mère.

Mon père pose une main sur la sienne.

— Laisse-la, Armelle.

— Je peux monter avec elle ?

— Bien sûr, Flo. Vous mangerez mieux demain. Je vous préparerai des crêpes pour le petit déjeuner. Ne vous couchez pas trop tard, les filles.

Une fois dans la chambre, Flo me demande ce que je vais faire tandis que je suis penchée à la fenêtre pour tirer sur ma cigarette. Je hausse les épaules. Je voudrais rembobiner le film, comme dans *Un jour sans fin* avec Bill Murray et Andie MacDowell et que cette chute n'ait jamais eu lieu.

— Je ne sais faire que ça, Flo. Je n'aime que ça. Je ne me suis jamais imaginé faire autre chose. Pour moi, c'était ce à quoi j'étais destinée. Tu comprends ?

— Oui, mais tu ne peux plus. C'est comme ça, Tamouille. Tu pourrais tenter un CAP d'esthétique à la place, toi qui adores maquiller.

C'est marrant, n'importe qui m'aurait proposé cette idée, je l'aurais envoyé balader puissance mille. Florence a ce don de retenir mon attention, cette forme d'intuition de qui je suis, de qui je pourrais devenir. Lors de nos séances de shopping, elle sait d'un simple coup d'œil repérer ce qui va me mettre en valeur.

Cette idée d'esthétique a fait son chemin, un chemin pénible à débroussailler, tant entamer le deuil de mon rêve me coûtait. C'était douloureux, physiquement. Quelques mois après, une fois inscrite en CAP à Angers, la mort dans l'âme, je me résignais à dire adieu à ma jument Bulle et à notre avenir glorieux.

## 12

J'ai trouvé ma routine depuis deux semaines au centre. Le matin, je me lève à sept heures. Désormais, je me déplace en béquilles et me prépare seule. Quand j'ai bien dormi, je prends mon petit déjeuner à la salle commune et file directement au bassin retrouver le *coach*. C'est le kiné spécialisé dans la rééducation des membres inférieurs. Il a travaillé avec beaucoup de sportifs professionnels, d'où son surnom.

Ce matin, il a rallongé la séance de piscine, après que je lui aie dit que j'aimerais progresser plus vite. Je me demande encore ce qui m'a pris tandis que je transpire en marchant dans l'eau entre deux barres parallèles.

— Allez la star, si tu veux retrouver tes fans au plus vite, il va falloir se donner un peu plus que ça.

Je lui offre une grimace en guise de réponse, ce qui ne manque pas de le faire rire. Cet homme prend plaisir à nous torturer. Au début, j'avais des doutes, maintenant, j'en suis certaine.

Il me laisse continuer toute seule pour courir aider une vieille dame arrivée suite à une chute. Il prend le relais de l'aide-soignante et l'accompagne jusqu'au bassin, dans la ligne d'eau à gauche de la mienne. Avec son bonnet de bain molletonné et son maillot une pièce shorty rouge assorti, elle a tout d'une star de cinéma des années cinquante.

— Alors, madame Belin ? Comment allez-vous aujourd'hui ? Prête pour le marathon de New York ?

— On va attendre encore quelques jours, si vous voulez bien, mon grand.

La coach lui offre son plus beau sourire. Il a vraiment la côte avec tout le monde. J'ai déjà constaté ce phénomène dans le milieu du cinéma. Certains savent s'attirer la sympathie de n'importe quelle pimbêche revêche tandis que d'autres semblent avoir perdu le mode d'emploi pour cohabiter avec leurs semblables. Fascinante espèce humaine.

— Dis donc, la star du tapis rouge. Je ne te paie pas à

rêvasser !

— Peut-être que si j'étais payée, je rêvasserais moins.

— Elle a de la répartie, la petite. Je l'aime bien.

Il se penche à son oreille, faisant mine de lui faire une confidence, assez fort pour que je l'entende.

— Madame Belin, Tamara se tient juste à côté de vous. Vous n'êtes pas censée parler des gens en leur présence comme s'ils étaient absents. On ne vous a pas enseigné ça à l'Éducation nationale ?

— Les professeurs sont ceux qui savent, pas ceux qui apprennent, selon eux. C'est bien là tout le problème de cette institution, si vous voulez mon avis, coach.

J'effectue les exercices jusqu'au bout et file prendre une pause au coin détente après une longue douche.

Je repense à mon parcours professionnel. Ceux qui me croisent sur un plateau pour la première fois ont la sensation que je suis chanceuse de savoir m'imposer auprès de certains techniciens ou même du réalisateur. Nous arrivons avec plusieurs d'entre eux à travailler d'égal à égal, car ils ont l'intelligence de comprendre que la qualité du résultat final dépend de cette bonne communication. Si la comédienne se plaint à son agent du rendu de son visage parce qu'on n'a pas tenu compte de mes remarques concernant l'éclairage, par exemple, le réalisateur peut se retrouver à devoir couper voire retourner des scènes jugées insatisfaisantes et perdre ainsi beaucoup de temps. Et tout le monde le sait, le temps sur un tournage, c'est le nerf de la guerre.

Après le déjeuner, je regagne ma chambre pour m'octroyer une sieste et un moment de lecture. Je croise Valentine dans les couloirs en chemin.

— Oh, Tamara. Je vois que vous avez encore progressé depuis ma dernière garde. Bravo !

— Merci, Valentine pour vos encouragements, mais j'avoue que j'aimerais que cela aille plus vite. Le travail m'attend et mes actrices aussi.

— Oh, vous savez. Ils savent bien nous dire que nous ne sommes pas indispensables quand on demande une

augmentation... Alors, elles se débrouilleront !
Cette idée m'angoisse. La jeune fille voit à mon expression qu'elle a touché un point sensible. Elle s'approche, faisant mine de m'attraper par les épaules. Je la stoppe net d'un geste de la main.
— C'est bon, Valentine. Arrêtez de me traiter comme une pauvre petite chose fragile.
— Oh... Pardon...
— Et puis, cessez de vous excuser, bon sang ! Au fond, c'est vous qui avez raison. Je ne suis pas irremplaçable et c'est bien ce qui me désole. J'ai pourtant tout mis en œuvre pour le rester, depuis des années ; anticipant leurs désirs, m'adaptant à leurs manies, leurs rituels, recueillant leurs états d'âme entre deux scènes, au moment des retouches.
— Je réalise en vous écoutant que ce n'est pas un métier facile.
— Quand on fait ce qui nous fait vibrer, on est prêt à supporter le revers de la médaille.
— C'est ce que j'explique à mes copines. Les gardes, les week-ends travaillés, c'est parfois pénible ce décalage avec les emplois plus classiques, mais je n'échangerais ma place contre la leur pour rien au monde. Et puis, entre nous, le côté routinier m'ennuie.
— Comme je vous comprends !
J'ouvre la porte de ma chambre en lui adressant un sourire en guise d'au revoir. Quand je me suis plainte auprès de Fred à mon arrivée d'être au monde, c'était la vérité. Aujourd'hui, ce n'est plus le cas. Les échanges avec les autres patients et l'équipe de soins rythment mes journées et l'état de certains m'aide à relativiser.
Je chasse ces pensées en pénétrant dans ma chambre et tombe nez à nez avec ma sœur, un plat à cake dans une main et un bouquet de fleurs dans l'autre.
— Surprise ! s'écrie-t-elle en me sautant au cou.
Je me crispe avec un sourire qui peine à donner le change.
— Je sais, tu détestes les surprises, mais j'avais affaire à Paris. Alors je me suis dit que tu ne devais pas être trop

overbookée dans ton centre et que cela te ferait plaisir de recevoir de la visite.

— C'est gentil, sœurette. Merci.

Florence me laisse regagner mon lit tandis qu'elle dispose les fleurs dans un vase sur la table ronde. Elle s'apprête à couper le gâteau qu'elle a apporté quand elle suspend son geste, avec un sourire.

— Dis donc, tu as meilleure mine que la première fois que je suis venue. Ils te font des UV, ma parole !

— Non, c'est la diététicienne. C'est une espèce de maniaque de la carotte. On en mange sous toutes les formes.

— Je pense qu'elle s'est surtout dit que cela pourrait te rendre plus aimable.

— Ah. Ah.Ah. Hilarant. Et toi, comment vas-tu ?

— Oh, la routine. Mathieu a été promu, tu sais ?

— Oui, c'est super. Est-il content, ça se passe bien ?

— Oui. Même s'il est pour l'instant beaucoup à l'étranger pour se former, il se montre hyper enthousiaste quand on s'appelle. Bastien râle un peu de ne voir ni son père ni sa tante, mais je lui dis que bientôt, ça va s'arranger.

— J'espère, oui.

— Tamtam, tu progresses de jour en jour. Il y a encore une semaine, tu te déplaçais en fauteuil. Tu es juste hyper impatiente, comme d'hab'.

— Moi, impatiente ? Tu exagères. Disons que je suis aussi patiente que tu es de bonne foi.

— Ah.Ah.Ah. *Hilarant* toi-même.

Elle me tire la langue en faisant sa grimace où elle arrive à se tordre la bouche, à loucher et écarter les narines en même temps. Je craque et pouffe de rire. Nous enchaînons les blagues débiles chacune notre tour et le rire prend de l'ampleur. C'est bon de partager un rire bête avec ma sœur. Ces rires où le corps fait des vagues et vous embarque loin du mental qui voit le verre à moitié vide, loin de cette vie d'adulte trop sérieuse. Je songe aux rires des enfants, sur le trottoir, dans cette autre dimension, quand je ne sentais plus rien que cet amour.

— Parfois, j'aimerais bien avoir encore sept ans, Flo. Pas toi ?
— Pourquoi ? Pour porter ces affreux sous-pulls ?
— Oh, la vache, les sous-pulls... Le cauchemar ! Non, je pensais à l'époque de notre insouciance, où maman nous préparait des chocolats chauds à la cannelle et où tu me forçais à jouer à la Barbie avec toi.
— C'est un bon souvenir, ça ?
— Bon, celui-là, peut-être un peu moins.
Nouveau rire niais partagé.
— Et tes cauchemars, ça va mieux ?
Sa question douche brusquement mon enthousiasme et ma mine réjouie.
— Comment sais-tu ça ?
— C'est toi qui m'en as parlé quand tu étais à l'hôpital.
— J'avais oublié.
— C'est normal de perdre la mémoire après un choc. Ça s'appelle l'amnésie rétrograde.
— Tu as un diplôme de neurologue toi, maintenant ?
Elle se redresse avec une moue contrariée. Elle s'est angoissée pour moi, bien entendu. Mais elle ne veut pas m'embarrasser, donc elle n'en dira rien.
— Non, mais figure-toi que depuis ton accident, je me suis documentée.
— Ne t'inquiète pas, Flo.
— Je ne suis pas inquiète, je...
— Flo, ne te fatigue pas. Je sais. Tout ira bien. Je vais vite reprendre le travail, retourner à la maison avec Fred et...
— Et avec Fred, comment ça va ?
— Sœurette, c'est très gentil d'être venue, mais si tu es venue pour me soumettre à un interrogatoire...
— C'est normal quand on aime quelqu'un, Tamtam. Franchement, tu n'es pas commode ces temps-ci.
— J'aimerais t'y voir, toi. Coincée ici à avoir pour seul but quelque chose qui échappe complètement à ton contrôle : la guérison du corps. J'ai beau faire de la piscine, des séances de gym, suivre un régime orange, j'ai l'impression de progresser à pas de fourmis. Et tu sais bien que je suis plutôt du genre

guépard.
— Peut-être que la vie t'envoie cette expérience pour t'apprendre à faire autrement. Peut-être que ce serait le bon moment.
— Épargne-moi tes phrases toutes faites de développement personnel. Ça me gave !
— OK. C'est très gentil de m'avoir reçue, mais je dois filer.
— Tu es fâchée ?
— D'après toi ?
— Ce n'est pas facile, tu sais.
Florence se lève d'un bond, cale les mains sur ses hanches et fronce les sourcils.
— Tu comptes arrêter de te plaindre cinq minutes ?
J'écarquille les yeux. Je n'ai pas souvent vu ma sœur sortir de ses gonds.
— Tu crois que c'est facile pour moi de devoir sans cesse rassurer les parents qui ont cru perdre leur fille aînée ? Tu crois que c'est facile de gérer seule Bastien qui pose dix mille questions existentielles à la minute et qui ne veut plus aller à l'école ? Tu crois que c'est facile d'entendre sans cesse les gens dirent *oui, mais toi, ce n'est pas pareil, tes parents sont en or et ton mec est génial* ? Mon mec génial en ce moment, il est aux abonnés absents. Et en plus, je suis censée être heureuse pour lui, en bonne épouse. Sauf qu'il me manque, mais j'ai honte de l'avouer. Et puis, peut-être suis-je un peu jalouse qu'il s'éclate dans son nouveau poste pendant que je fais ce job alimentaire à la con. Mais ça, bien sûr, c'est pareil, je ne peux pas me plaindre puisque j'ai déjà la chance d'avoir du boulot et pas trop mal payé de surcroit. Tu crois que c'est plus facile d'être moi, Tamara ?
Elle explose et sanglote en se laissant choir sur mon lit. Je glisse vers elle pour lui ouvrir les bras et l'attirer à moi. Ses pleurs redoublent d'intensité. Mon cœur tombe dans mon ventre.
— Allez, sœurette. Lâche, lâche tout… Je suis là. Vas-y.
J'avais oublié que les sœurs, ça servait à rire comme des bécasses, mais également à dire les vérités nécessaires et

surtout à prendre dans les bras sans rien ajouter de plus. Dans ma vie d'avant, il n'y avait plus vraiment de place pour elle, pour nous, pour tout ça. Alors, moi aussi, plus discrètement, je laisse aller mes larmes, qu'elles résonnent avec les siennes. Pas pour les mêmes raisons, mais on s'en fiche. L'essentiel, après tout, c'est d'être là l'une pour l'autre.

## 13

Je déjeune avec madame Belin tous les mardis après la piscine. Souvent, le coach nous rejoint pour le café. Ici, pas de chichis, pas de hiérarchie. Tout le monde mange ensemble le même menu. La salle de restauration est lumineuse, un joyeux brouhaha de conversation nous permet d'oublier le temps d'un repas que nous sommes là pour nous réparer. Un bruit de vraie vie, en somme.

— La petite est très douée, vous savez, coach ?
— Douée pour quoi ? Pas pour marcher, en tout cas.
Je fais mine de le fouetter avec ma serviette.
— Pour le maquillage, pardi ! C'est son métier, elle maquille les stars, précise-t-elle en chuchotant derrière la paume de sa main.
— Vous m'en direz tant ! siffle-t-il.
— Elle m'a maquillée hier. Vous auriez dû voir, coach : une vraie dame du monde.
— Vous savez, je ne fais que mettre en lumière la beauté naturelle du modèle, madame Belin.
— J'adore vous écouter parler de votre travail, Tamara.
— Pourquoi donc ?
— J'adore voir ces petites étoiles danser dans vos yeux et cette joie sautillante dans votre intonation dès que vous l'évoquez.
— Il me manque, même si j'appréhende un peu la reprise.
Valentine s'approche de notre table en me souriant.
— Bonjour, Valentine. Vous joindriez-vous à nous, mon petit ?
— Merci, madame Belin, mais je n'ai pas le temps. Demain, peut-être. Je venais chercher Tamara, car elle a de la visite.
— Oh, super. Je vous dis à plus tard, madame Belin. À demain, coach !
— Appelez-moi Lucette, ma grande. Maintenant que vous m'avez refait le portrait, vous pouvez bien.
— Et demain, on passe à la vitesse supérieure, la championne, OK ?

— J'espérais que vous me le proposeriez, coach.

J'ouvre la porte de ma chambre et des éclats de rire m'accueillent. Fred et Aurore, une copine maquilleuse, se tiennent près de la fenêtre tandis que Fanny dispose un magnifique bouquet de lys blancs dans un vase.

— Ah, voilà la plus belle, lance ma femme tandis que j'avance vers elle, tout sourire, en soulevant mes béquilles.

— Wahou ! Tu as fait d'énormes progrès depuis la dernière fois, Tam. Bravo !

— Merci Aurore. Je m'entraîne d'arrache-pied tous les jours depuis un mois.

— Tu vas bientôt pouvoir sortir, alors ?

— Oui et non, mon amour. Le docteur ne se montre pas si optimiste. C'est en bonne voie, mais ça demande à être consolidé et pour ça, la détermination ne suffit pas.

Je soupire. Fanny m'invite d'un geste à m'installer à table. Elle a apporté quatre gobelets en plastique et une bouteille thermos.

— Viens donc t'asseoir. J'ai préparé du Chai au lait de riz.

— Oh, tu t'en es souvenue ! Merci.

— Et on a aussi une nouvelle pour toi, mon amour.

— Fanny et moi, on a parlé de toi pour la prochaine série qu'elle produit et qui sortira sur Netflix. C'est sur le milieu des humoristes et du stand up. Le tournage commence début avril, dans trois semaines. Tu penses que ce serait jouable ?

— Ça le sera. J'ai tellement besoin de retravailler, les filles. Vous n'imaginez pas ! Je ne sais pas comment vous remercier.

— À vrai dire, c'est surtout grâce à Fred. Elle nous a expliqué que tu avais eu plusieurs annulations suite à ton accident. C'est injuste, mais c'est le jeu malheureusement, conclut Fanny.

Aurore, assise à table à ma droite, pose sa main sur la mienne

— Requinque-toi vite et reviens-nous en pleine forme. Ce sera la meilleure façon de nous remercier, ma petite Tam.

— Comptez sur moi, les filles. Vous ne le regretterez pas.

## 14

Le docteur Martel porte des cheveux gris broussailleux et une blouse blanche aussi fatiguée que lui. Un stylo bic bleu oscille mollement dans sa poche. Il porte sur ses patients le regard d'un bon père, attentif, qui malgré ne se laisse pas embobiner.

Il me rend visite tous les jeudis, même si rien de nouveau n'est à signaler. C'est notre rituel. Il me voit de loin avec mes gros sabots et mon éternelle question depuis maintenant un mois et demi : *quand est-ce que je pourrai sortir* ?

— Oui, bien sûr. Vous pourrez retravailler sans aucun problème. Du moment que vous restez au calme et que vous n'êtes pas trop soumise à la pression. Pensez-vous que ce sera possible ?

— Disons que c'est un peu comme demander à un charpentier de ne plus monter sur un toit.

Nous échangeons un sourire. Ses traits s'assombrissent.

— Vous avez subi un sacré choc, Tamara. Et je ne parle pas seulement du trauma physique. Ce genre d'accident peut laisser de lourdes séquelles psychologiques et impacter votre rapport aux autres.

— Je ne peux pas ne pas reprendre, docteur. Ce travail, c'est toute ma vie.

Il pince les lèvres, relève les yeux de mon dossier pour me jeter un regard qui abdique et hausse les épaules.

— Écoutez, retournez-y et vous verrez bien où se situent vos nouvelles limites.

— Je ne suis pas habituée à baisser les bras dès le premier obstacle.

— C'est ce que j'ai entendu dire, oui.

Je lève les sourcils, le regard interrogateur.

— On se parle avec l'équipe, vous savez, Tamara. Mais rassurez-vous, je signerai votre bon de sortie, comme convenu, pour lundi prochain.

— Merci, docteur.

Il me sourit tout en griffonnant quelque chose sur mon dossier. Je devrais être soulagée d'avoir enfin gain de cause. Pourtant, une chape de plomb continue d'enfoncer ma poitrine. Et si je n'y arrivais plus ? Que font les charpentiers qui attrapent soudain le vertige ? Je me raisonne et tâche de me réjouir à l'idée de l'annoncer à Fred. Nous allons enfin pouvoir nous retrouver. Cet éloignement nous a ébranlé toutes les deux. J'attrape mon portable sur la table de chevet sans plus attendre. Messagerie.

*Salut, c'est Fred. Laissez un message et j'essaierai de vous rappeler !*

— *Bonjour mon amour ! Ça y est, la bonne nouvelle vient de tomber : je sors lundi prochain. Tu me diras si tu peux te libérer pour venir me chercher. Sinon, l'établissement me commandera un VSL. Je t'embrasse. Rappelle-moi.*

Je reçois enfin une réponse de Fred deux jours après. Elle viendra dimanche, car lundi, elle commence le tournage de Lellouche. Elle est à fond dans les préparatifs, m'explique-t-elle. Ils tournent principalement en province, cela demande une autre organisation. J'avais oublié. Elle me l'a dit plusieurs fois. Je me mords la lèvre, elle va encore me reprocher de ne pas l'avoir écoutée. C'est vrai que depuis mon accident, entre mon mal-être et mes défaillances mnésiques, c'est difficile pour elle de trouver sa place. Mais nous allons pouvoir retrouver nos rituels, notre complicité. Même physique. J'appréhende les retrouvailles, mes cicatrices, quelques douleurs qui persistent dans mon genou. Mais notre amour saura dépasser cette étape. Cela me tarde tellement de la voir demain, de l'embrasser et qu'elle me prenne dans ses bras. Elle a beau avoir un caractère de chien qui s'est levé du pied gauche, elle possède aussi le don de me sécuriser. Quand je suis avec elle, je me sens forte, capable de tout et cette sensation-là me manque plus que toute autre.

## 15

Fred arrive en fin d'après-midi. Elle a dû finalement revoir l'assistant-réalisateur pour des changements de plan de travail. Le tournage n'a même pas encore commencé qu'ils modifient déjà tout. Le genre de stress de dernière minute qui ne m'a pas manqué ces derniers mois, je dois bien l'admettre.

Elle est agitée, parle sans desserrer les dents. Je tâche de ne pas m'en formaliser et lui propose d'aller boire un café dans le petit parc. Elle vérifie sa montre, celle que je lui ai offerte pour ses quarante ans. *Pour que tu aimes regarder le temps qui passe à mes côtés*, lui avais-je chuchoté à l'oreille.

— OK, vite fait, alors.
— Tu es pressée ?
— Je bosse, Tamara. Je pense que cela ne t'a pas échappé ? Je sais que tu es coupée de la réalité ici, mais moi, je cours partout.
— Je comprends, mon amour.

Elle me précède dans le couloir avant de s'arrêter net, visiblement perdue.

— Au bout à gauche.

Elle continue d'un bon pas, que je ne peux pas encore suivre, même si je constate que j'ai retrouvé une belle mobilité de la jambe. Le silence s'installe dans l'habitacle de l'ascenseur. Ma poitrine se serre. C'est toujours compliqué pour moi de sentir Fred nerveuse, préoccupée.

Elle bondit hors de l'ascenseur sitôt les portes ouvertes et fonce droit sur la machine sans me demander ce que je veux. Elle le sait : double expresso sans lait, sans sucre. Elle me tend le gobelet et se dirige vers le jardin après avoir récupéré le sien.

Nous nous installons côte à côte sur notre banc, celui près de la petite mare aménagée au fond du parc. Quelques poissons tournicotent dans l'eau trouble, semblant chercher une issue. Leur affolement m'angoisse soudain. Je me redresse afin de reprendre une respiration plus ample. Fred le perçoit.

— Qu'est-ce que tu as ? Ça va ?
— Juste un petit vertige, mais ça va passer.

Elle pose une main dans mon dos. Ce contact fait immédiatement redescendre mon anxiété. Je détourne les yeux du bassin. Et dire que c'est censé être relaxant !

— Tam, j'ai une bonne et une mauvaise nouvelle.
— Commence par la bonne, alors. Je préfère.
— J'ai peut-être trouvé un donneur pour le bébé.
— Ah oui ?

J'essaie de donner le change. Je ne peux quand même pas sauter au plafond. Nous n'avons apparemment pas la même vision des bonnes nouvelles, ces jours-ci.

— Tu n'as pas l'air contente.

Je regarde mes pieds puisque mes yeux ne savent pas mentir.

— Je suis surprise. C'est tout. Et puis, je suis la tête dans ma sortie demain, donc…
— Évidemment ! me coupe-t-elle.

Je lève les yeux vers elle. Elle semble au bord de l'implosion.

— Quoi, Fred ? Qu'est-ce que j'ai encore dit de travers ?
— Rien du tout, Tam. Égale à toi-même. Tu suis ton idée et moi et mes projets, on peut gentiment aller se faire foutre en attendant que tu t'organises pour leur faire une place. Un jour, peut-être…

Elle tire rageusement sur sa cigarette. Sa fumée m'envahit et m'agresse, mais ce n'est pas le moment de lui demander de la souffler ailleurs. J'ai la sensation qu'on essaie de m'étouffer.

— Et puis, arrête de respirer comme si tu allais mourir, là !

Je lui jette un regard horrifié. Si ses yeux pouvaient me tuer, je serais gisante au sol dans une mare de sang.

— Mais enfin, Fred, qu'est-ce qui te prend ? Qu'est-ce que je t'ai fait ?
— Tu m'as fait poireauter depuis dix ans avec ce projet. Voilà ce que tu m'as fait. Total, je vieillis, mais toi, tu t'en fous. Tout ce qui compte, c'est ta carrière. J'ai fini par admettre que, depuis le début, tu n'as jamais prévu de me partager avec un enfant. J'ai mis le temps pour ouvrir les yeux alors que tout le monde me le disait. Maintenant, je vais être mère. Sans toi. Tu vas pouvoir te consacrer pleinement à ta réussite et à tout ce

que tu veux d'autre, d'ailleurs.

Je ne comprends plus rien, l'impression que tout cela arrive à quelqu'un d'autre. Je ne sens plus mon corps. Seulement mes oreilles qui bourdonnent.

— Tu me quittes ? je peine à articuler.

— Tamara, j'ai bien conscience que c'est le pire moment pour te faire ça, mais je sais que c'est le mieux pour nous deux. Vraiment.

Je laisse tomber mes coudes sur mes cuisses, mes membres sont trop lourds à porter tout à coup. Je dois répondre quelque chose, me défendre, refuser, argumenter. J'ouvre la bouche, la referme. Rien ne sort. Je me fais penser à ces poissons ridicules qui tournent en rond dans cette mare sans aucune autre perspective.

— Où vais-je aller ?

— J'y ai réfléchi. Tu peux t'installer dans la chambre d'amis en attendant. Tu as besoin de temps pour te retourner. J'ai vu avec la banque, je peux te racheter ta part. En plus, cela te fera un petit pécule pour repartir du bon pied.

C'est un cauchemar, je vais me réveiller. C'est pour cette raison que je ne ressens rien. Je me sens coquille vide, entendant cette femme, la femme de ma vie, m'expliquer le plan qu'elle a élaboré pour la suite. Sans moi. Je ne peux pas me défendre, comme prise dans la glace.

Elle écrase son mégot et le jette dans le bassin des poissons-prisonniers. Comme moi. Madame veut un enfant, je n'en veux pas. Elle me jette, comme un vulgaire mégot. Fin de l'histoire.

Elle a la délicatesse de me raccompagner jusqu'à ma chambre. Mes jambes flageolent, je vacille à plusieurs reprises sur le trajet. Je perçois l'inquiétude dans son regard quand il croise le mien dans l'ascenseur qui me ramène à ma solitude. Arrivée devant la porte, elle pose une main dans mon dos pour que j'entre la première. Je me dégage de ce contact qui finit de réveiller mon corps.

— Eh, tout doux, Tam.

Je lui jette un regard brûlant. Je progresse jusqu'à mon lit sur lequel je me laisse choir, dos à elle, face à la fenêtre. Je tente de me perdre quelques instants dans la contemplation des oiseaux qui préparent leur nid dans le charme que j'aperçois par la fenêtre. Je réalise que je ne possède plus de nid. Mes larmes coulent, silencieuses.

Elle la sent approcher derrière moi, soupire.

— Tu comprends, Tam, j'ai le droit comme n'importe quelle femme d'avoir un enfant.

Elle me fatigue, à se justifier. Je la déteste, je veux qu'elle parte.

— On dirait que tu parles de tes droits d'intermittente du spectacle.

— Ce que tu peux être donneuse de leçon quand tu t'y mets !

— Ce que tu peux être égocentrique quand tu t'y mets !

— C'est méchant et faux.

Je me retourne et lui réponds sans reprendre ma respiration :

— Ah parce que pour toi, vouloir un enfant quoiqu'il en coûte, ce n'est pas pour toi que tu le fais ? Et l'enfant qui aura cette vie avec toi, enfin plutôt sans toi, toujours sur les plateaux de tournage, c'est ça que tu souhaites lui offrir ? Une vie avec un papa qui n'existe pas et une maman jamais là ? Élevée par une nounou qui va vivre chacun de ses nouveaux pas à ta place ?

— Et alors, selon toi, y'a que les mères au foyer hétéros qui ont le droit ? Avec l'opinion que tu as de ta mère, ça me ferait mal où je pense que tu me dises oui.

— Là n'est pas la question. Je dis juste que celui qui ne souhaite pas avoir d'enfant n'est pas forcément plus égoïste que celui qui en désire un à n'importe quel prix.

— Ce n'est pas parce que tu n'en veux pas que tu dois en dégoûter les autres, Tamara.

— Jusqu'à présent, c'est plutôt moi qu'on a montré du doigt et reproché d'être carriériste, non ? C'est parce que je sais que je ne pourrai pas gérer correctement les deux que j'ai préféré m'épanouir pleinement dans mon boulot au lieu de devoir rogner sur les deux tableaux. Sans parler du chemin de croix pour trouver un pseudopapa, un donneur ou pour adopter : non merci ! Ça non plus, ce n'est pas mon combat.

— Tu fais allusion à mon engagement dans l'asso, c'est ça ? J'ai toujours eu l'impression que tu nous prenais de haut, de toute façon.
— Tu crois ce que tu veux, je dis juste que je n'ai pas besoin de revendiquer ma sexualité, la vivre me suffit.
— Quelqu'un doit défendre nos droits, non ?
— Sans doute.

Elle contourne le lit pour me faire face. Je lève mes yeux rougis vers elle.

— Je suis désolée, Tam. J'ai vraiment essayé, mais je ne peux plus. Tu veux que je t'envoie quelqu'un pour te chercher demain ?
— Surtout pas. Je vais appeler mon père.
— Mais c'est ridicule, il habite à…
— Je vais m'installer chez eux quelques jours, avant de reprendre. Je viendrai récupérer mes affaires un peu plus tard.
— Mais je t'ai dit que tu pouvais revenir.
— Pour mieux partir dans quelques semaines ? Je louerai un Airbnb si besoin, pendant la durée du tournage, en attendant de trouver un appart. Chaque chose en son temps.
— Comme tu voudras, Tam.

Elle ébauche un geste vers moi. Le regard que je lui lance l'en dissuade.

— Peux-tu me laisser maintenant, Fred ? S'il te plaît.
— On s'appelle bientôt. OK ?

Je hausse les épaules en guise de réponse. Ses pas s'éloignent. La porte se referme doucement sur mes larmes qui se transforment en sanglots, secouant mon corps, l'obligeant à se recroqueviller pour de bon.

Je me tiens en position fœtale, mon corps s'autoberce. Le jour a fait place à la pénombre. Je n'ai pas eu la force d'allumer la lampe. Je sens une présence derrière moi. Je sursaute puis m'affaisse, soulagée, quand je reconnais la voix dans mon dos.

— Ça n'a pas l'air d'aller fort aujourd'hui.
— Perspicace, je lui lâche avec un sourire triste.
— Et la famille ?

— Je n'ai pas vraiment envie de les voir. Ils me regardent avec pitié. Enfin, je vais bien être obligée de ravaler ma fierté puisque je n'ai plus qu'eux, à présent. Je vais encore devoir me reconstruire. Dedans, cette fois.
— Tu as très mal, n'est-ce pas ?
— Comment le savez-vous ?
— Je le sais, c'est tout. Je le sens.
— Qui êtes-vous, au juste ?
— Un ami qui te veut du bien, Tamara.

## 16

La voiture de mon père tourne à droite sur le chemin étroit qu'il a rempierré un nombre incalculable de fois et l'allée de pins parasols que ma mère aime tant m'accueille fièrement.

Le départ du centre de rééducation fut plus douloureux que je ne l'avais présumé. Je me suis réellement attachée à l'équipe et à certains patients. Nous avons partagé des moments sincères où j'ai su me montrer plus vulnérable qu'avec la plupart de mes amis. Valentine avait les larmes aux yeux et Lucette n'en finissait pas de me lâcher les mains. Quant à moi, j'ai réussi à attendre d'avoir tourné les talons pour ouvrir les vannes. Je lui ai promis de l'appeler chaque jeudi. Elle m'a laissé son numéro, *pour après*, a-t-elle affirmé, l'air décidé. Elle espère que son tour viendra vite, son chat lui manque. J'ai la sensation par moments de me perdre, de ne plus rien savoir de ce que je souhaite ou de qui je suis. L'impression déroutante pourtant de me retrouver, de reconnecter avec une part de moi que je croyais morte.

Je réalise que l'été est déjà bien entamé en découvrant toutes les nuances colorées qui éclatent dans le jardin familial. Mon père gare la voiture sous la grange. Le chat Roméo s'étire en faisant mine de nous ignorer puis se ravise pour venir se frotter à nos mollets quand il voit que son stratagème nous laisse indifférents. Mon père insiste pour que je ne porte rien et m'ordonne de filer à l'intérieur.

— Rentre vite. Ta mère a dû préparer un bon repas pour ton retour.

Mon retour. Je tique. Est-ce que mes parents s'imaginent que je vais revenir ? Ma vie est ailleurs désormais, depuis longtemps. Le parfum délicat du jasmin auréolant la porte d'entrée me souhaite la bienvenue. Je pénètre dans la maison. Mon chapeau de paille m'attend sagement, accroché à la patère pour la sieste sous le charme. Je soupire, mais retrouve ces repères avec plaisir. Je dois admettre que c'est bon et doux de rentrer *chez soi*. Ma mère vient à ma rencontre. Elle penche la tête de côté et semble prendre la température de mon état émotionnel en m'examinant avec un sourire qui hésite. J'ai envie de la prévenir que je ne reste pas, que c'est juste quelques jours, qu'elle ne s'emballe pas trop. Au lieu de ça, je lui tends les bras, elle ouvre les siens et je m'y engouffre en fondant en larmes. Je ne peux pas faire semblant, jouer à la dure. Pas avec elle, cette femme qui me connait par cœur. Je suis fatiguée de donner le change tout le temps.

— Là, mon ange. Pleure. Après, ça ira mieux. Mais laisse-toi pleurer d'abord.

— C'est ce que Abuela disait, non ? je chuchote nichée dans ses cheveux.

Le parfum d'une maman. J'inspire le réconfort.

— Oui, je suppose que c'est ce qu'affirment toutes les bonnes mamans à leurs enfants, non ?

— Merci, maman.

— Mais de quoi, ma chérie ?

— D'être une bonne maman.

— Allez viens, je t'ai préparé une bonne paella. Ça sent bon l'été et c'est toujours réconfortant.

— Abuela disait ça aussi. Je me souviens.

Je m'installe à la grande table ronde de la cuisine. Je caresse le dessous de plat en faïence de ma grand-mère chérie. Tout me la rappelle aujourd'hui. Une vague de nostalgie m'avale. Je reprends mon souffle.

— Elle me manque encore, tu sais.

— Je sais, mon ange.

— Et à toi, elle te manque ?

— Pas un jour sans que j'y pense. Elle est là, omniprésente, dans ces recettes qu'elle m'a transmises, dans ces expressions. Mais son odeur, sa voix...

Celle de ma mère se brise soudain tandis qu'elle essuie un couvercle, appuyée contre l'évier. Je me lève, m'approche, la saisis par les épaules pour l'obliger à se retourner et constate qu'elle a les larmes aux yeux.

— Ce n'est pas grave, ma grande. Ça va passer, promet-elle en se frottant les yeux.

— Laisse-toi aller, maman, ça ira mieux après. Je suis grande, je peux te voir pleurer sans paniquer, tu sais.

Elle me sourit en caressant doucement ma joue avant de repositionner une mèche derrière mon oreille.

Je n'ai pas voulu m'installer dans le studio où nous séjournions avec Fred à chacune de nos escapades angevines. Je lisse du plat de la main l'affiche cornée ornant la porte de ma chambre d'adolescente. On devine qu'un jour le cercle aux couleurs passées fut un sens interdit. J'ouvre la porte, une odeur d'encens indien, le paquet bleu, mon préféré, flotte dans l'air, douce attention maternelle. J'avance à tâtons dans l'obscurité jusqu'à la fenêtre pour écarter les volets.

Une fois que mes yeux se sont habitués à la lumière extérieure, je retrouve avec émotion le tableau de la nature qui a accompagné ces longues périodes de vie que sont l'enfance et l'adolescence. Je pleure encore. Cette fois-ci, je crois que c'est la sensation d'être rentrée chez moi, dans cet endroit que les anglophones appellent *home*. J'allume une cigarette et m'accoude au-dessus du vide. Le vieux cendrier en pyrex sur l'appui de fenêtre est resté à sa place. J'entends des pas précipités dans l'escalier qui mène à l'étage.

— Ah ! Maman m'a dit que je te trouverais sûrement là.

Ma sœur se colle à côté de moi avec un sourire et une bise humide sur ma joue. Je les lui rends tous les deux avant de me perdre à nouveau dans la contemplation de la vue. Elle me prend la cigarette des mains. Je tourne la tête, surprise.

— Tu n'avais pas arrêté, toi ?

— Il faut croire que j'ai repris, réplique-t-elle en soufflant la fumée devant elle.

Elle pose sa tête sur mon épaule. Je lui reprends la cigarette.

— Maman est contente que tu sois là.

— Je sais.

— Et moi aussi.

— Je sais. Aussi surprenant que ça puisse sembler, moi aussi, je suis contente.

Nous partageons le silence des retrouvailles intimes. Un silence qui me recharge à chaque fois qu'il se produit, un silence que je ne vis qu'avec elle, je crois. Même avec Fred, ces silences se teintaient vite d'inquiétude. Je réalise que j'avais souvent peur de ne pas me montrer à la hauteur, une appréhension justifiée puisque ce fut finalement le cas.

— On va à Nantes pour le week-end, Bastien et moi.
— Mathieu ne sera pas là ?
— Il est à Oslo pour le lancement d'un nouveau projet. Tu viens avec nous ? J'ai pris un Airbnb sur l'île.
— OK.
— Bastien va être content.
— J'irai le chercher à l'école ce soir, si tu veux. Profites-en pour faire des trucs et rejoins-nous pour dîner.
— Tam, tu es là pour te reposer.
— Flo, j'en ai ma claque de me reposer, ça fait des semaines que je ne fais que ça. Je ne suis pas venue pour que vous me traitiez comme une petite chose fragile. Je vais rebondir, OK ?
— OK. Tu sais, c'est normal qu'on s'inquiète quand on aime quelqu'un, Tamtam.
— Si tu m'aimes et que tu veux m'aider, fais-moi confiance et vois-moi forte et battante. Comme j'ai toujours été, OK ?
— Bien, *capitaine, mon capitaine* !
— Oh ! On pourrait se regarder *Le cercle des poètes disparus* ce soir. Tu n'as qu'à dormir à la maison.
— J'adore quand tu parles comme ça.
— Comment ?
— *Dormir à la maison.* Ça m'avait manqué. On aurait pu prendre le temps de le faire avant.
— Avant, c'était avant. Je crois que je suis en train de comprendre deux, trois trucs importants depuis mon accident.

Je lui souris et me cogne doucement contre son épaule. Je la sens sourire, je me redresse et pivote vers elle.

— Alors, ça veut dire oui, du coup ?
— Bien sûr que ça veut dire oui, grosse nouille !

Elle me pousse vers le lit et se jette sur moi pour me chatouiller. J'imagine ma mère sourire en bas de l'escalier en entendant la joyeuse mélodie de nos rires mélangés à l'étage.

## 17

*Salut Tam, c'est moi. C'est Fred. J'espère que ça se passe bien chez tes parents. Moi, c'est la folie sur le tournage. Je sais que tu reprends bientôt, Fanny m'a dit que tu avais confirmé ton engagement. J'imagine que tu dois être contente. Tu sais, cette décision n'a pas été facile à prendre ni à assumer. J'avais besoin que tu le saches. Je ne suis pas un monstre d'égoïsme. Mais si je reste avec toi, je vais t'en vouloir toute ma vie d'avoir gâché mon rêve d'être mère. Rappelle-moi si tu veux, quand tu veux. Je t'embrasse.*

J'efface le message, le cœur lourd tandis que ma sœur chante à tue-tête la bande originale du *Roi Lion*, au volant de son monospace, encouragée par mon neveu. Je ne souhaite pas gâcher leur séance de karaoké. Je laisse aller mon front contre la vitre passager, sa fraîcheur me fait du bien. Mes larmes coulent devant le paysage et le temps qui passent sous mes yeux. Je n'y peux rien. La vie continue tandis que la mienne s'effrite et que Simba, Timon et Pumba entonnent le fameux *Hakuna Matata*[4].

J'aurais envie d'attraper le premier train pour la rejoindre, de lui promettre que cela va s'arranger, qu'avec un peu de temps... Mais je n'ai plus la force. C'est trop éprouvant pour moi et trop important pour elle.

Finalement, je crois que je n'ai jamais été finalement celle qu'il lui fallait. Pourtant, j'en crève de ne plus la toucher, la respirer, la caresser. Cette absence s'avère d'autant plus difficile qu'elle survient après cette longue convalescence qui m'a coupée de ma vraie vie. J'espérais tant la retrouver que je ne me suis pas rendu compte que je la perdais déjà. À chacune de ses visites, de plus en plus espacées, elle se montrait de plus en plus distante. Je mettais cela sur le compte de l'éloignement, du stress, de la fatigue, jamais sur notre couple à la dérive.

Nous arrivons avec le coucher du soleil sur l'île de Nantes.

---

[4] Cela signifie *Pas de soucis* dans le dessin animé.

Notre appartement, situé sous les toits, borde la Loire et nous offre une vue magnifique et dégagée. Un charmant panier en osier garni de friandises locales nous accueille, posé au milieu d'un lit à baldaquin blanc orné d'un voilage de même teinte. Un lit gigogne improvisé en banquette auréolé de plusieurs étagères de livres à ras bord invite à la paresse littéraire. Plusieurs tapis épais aux tons naturels recouvrent un joli parquet en points de Hongrie couleur miel. Flo fait couler un bain à Bastien dans la baignoire à pattes de lion séparée de la pièce par un grand rideau crème. Elle vient me rejoindre à la fenêtre une fois qu'il s'y est introduit avec moult bruits de contentement.

Ma sœur met la musique en route sur son téléphone après avoir allumé son enceinte portable. Elle me prend la cigarette des mains. Je fais les gros yeux avant de lui tendre, de guerre lasse, mon paquet pour qu'elle se serve. Nous fumons en écoutant *Starmania*, l'opéra rock fétiche de notre mère. Nous observons d'en haut le chahut joyeux nantais de ce tout début de week-end. Les phares des voitures, une odeur d'épices qui s'échappe de la fenêtre du dessous et vient nous chatouiller l'appétit, tous ces petits détails qui rappellent que la vie continue. Je pourrai bien broyer du noir éternellement, les gens continueront à prendre l'apéro le vendredi soir, à partir en vacances, à klaxonner au feu rouge et les couples se feront et se déferont. Je n'y peux rien changer.

— À quoi penses-tu ?

Je caresse machinalement les feuilles du petit pommier d'amour posé sur le rebord de la fenêtre.

— À Fred. Elle m'a laissé un message. Elle suggère que je la rappelle.

— Et tu vas faire quoi ?

— Je n'en ai aucune idée.

— Tu crois qu'elle regrette ?

— Oui et non. Je crois qu'elle regrette de me faire souffrir, mais elle ne regrette pas sa décision, si c'est ça ta question.

— Et toi ? Souhaiterais-tu la reconquérir ?

— Je ne crois pas qu'il s'agisse d'une histoire de relation qui s'essouffle. C'est juste qu'on ne veut pas la même chose et ce décalage nous rend toutes les deux malheureuses.

— De toute façon, je me suis toujours dit que tu finirais avec un homme.

— Pourquoi ?

— Parce que j'ai toujours pensé que tu étais allée avec les femmes par facilité, par stratégie d'évitement.

— C'est-à-dire ? Développe.

Florence déglutit. Elle me connait. Elle sait qu'elle ne s'en tirera pas en restant évasive.

— Je me souviens que même si les garçons te mettaient mal à l'aise au collège, ils t'attiraient aussi.

Je prends un moment pour réfléchir avant d'admettre qu'elle a raison.

— Et toi, Flo, tu n'as jamais eu envie d'essayer avec une fille ?
— Si.
— Et alors ?
— Je l'ai fait. C'était une chouette expérience. Je ne regrette pas.
— Ça alors ! Et pourquoi ne l'ai-je pas su ?
— Parce que le meilleur moyen de ne pas avoir l'avis des autres, c'est de ne rien dire.
— Tu avais peur d'être jugée ?
— Tu rigoles ! Bien sûr que non. Je ne voulais simplement pas que tu essaies de me convaincre à quel point c'était formidable d'être avec une femme. Pas envie d'épouser ta cause.

Je pars d'un rire qui fait sursauter un promeneur en dessous, sur les berges.

— De toute façon, je suis persuadée qu'il n'y a pas tant que ça de vrais homos et hétéros. Il y a surtout des gens qui n'ont pas tout goûté.

— Ouais. Tu n'arriveras pas à me convaincre, Flo. Moi, je préfère les femmes, même si j'ai essayé avec quelques hommes. Enfin, quand même, j'hallucine ! Tu ne m'as rien raconté, car tu craignais que je tente de t'endoctriner. C'est ça, en fait ?

— On peut le dire comme ça.

Je me remets à rire et ma sœur m'imite. Décidément, cette femme qui me semblait prévisible et conventionnelle me réserve encore des surprises.

— Mamoune, pourquoi vous rigolez ? lance mon neveu du fond de l'appartement.

— Tu veux dire pourquoi ta mère et moi gloussons comme des pintades ?

— Pour des bêtises, mon loup. Des bêtises qui ne sont pas pour un petit garçon de six ans. Un petit garçon qui va d'ailleurs sortir du bain avant de se transformer en vieux pépé fripé. Et puis, on commence à avoir faim avec tatam. Ça creuse de se gondoler !

— Ouais, moi aussi, j'ai une faim de loup ! fait-il avec des bruits de vagues.

— Allez, ce soir, on va au resto. C'est moi qui régale ! me propose ma sœur avec un clin d'œil.

Je me demande comment j'ai fait pour m'éloigner d'elle, de sa joie contagieuse, de son appétit des bonnes choses et de son regard caressant et rieur. Je sors Bastien de son bain en le chatouillant au passage. Il traverse la pièce, trottinant comme un pingouin pour se coller à sa mère, enroulé dans une serviette immaculée. Il a encore de la mousse dans les cheveux et les oreilles. Sa mère lui frictionne la tignasse avant qu'il ne se débatte en grognant. Ils échangent un regard qui dit *je t'aime*. À cet instant, je me dis que cela doit être sacrément fort d'être mère, un amour qui ne ressemble à nul autre, peut-être à celui que j'ai ressenti pendant mon accident ?

## 18

*Je me souviens, j'ai seize ans.*

Ça y est, Nathalie fête son anniversaire. Elle a invité toute la classe et surtout, elle a invité Vincent, le frère de Sophie. Je sais qu'elle ne l'apprécie pas plus que ça et que c'est pour moi qu'elle l'a fait. Ça fait une heure que je suis coincée dans ma chambre avec Flo. J'ai passé tellement de tenues que j'ai l'impression d'être Julia Roberts dans *Pretty woman* sauf que, quand je me regarde dans le miroir, j'ai plutôt l'air de Piggy la cochonne du *Muppet Show*. L'arrêt du sport fut fatal à ma silhouette.

— J'en ai marre d'être grosse, Flo.
— Tamtam, tu n'es pas grosse, tu es pulpeuse.
— On dirait que tu parles d'un fruit trop mûr.
— Maman t'a proposé d'aller voir une diététicienne. Tu as refusé.
— Mais maman ne comprend rien à ce que je vis, Flo.
— Arrête de faire ta victime ! Quand maman te propose de l'aide, tu l'envoies balader et si elle te laisse gérer, tu te plains qu'elle t'abandonne à ton triste sort. Et moi, je sais que Vincent va te trouver renversante dans cette petite robe noire.
— Bon, c'est vrai que je me trouve moins moche que d'habitude, comme ça. Tu as fait fort ! Tu vas devenir la styliste la plus en vogue du vingt-et-unième siècle, je te le signe.
— Mouais. Tu crois ?
— C'est fou comme tu es confiante pour moi et comme tu doutes dès qu'il s'agit de toi.
— Ça fait ça à tout le monde, Tamtam.
— Si tu le dis.

Je marche de long en large avec une moue à la Marilyn pour détendre l'atmosphère. Ma sœur éclate de rire en me balançant un oreiller au visage.
— En tout cas, si esthéticienne, ça ne marche pas, tu pourras toujours devenir mannequin... ou clown !
— Ne changez pas de sujet, mademoiselle, on parlait de votre

avenir. C'est sérieux.

— Ce sont des études hors de prix, Tam. Tu sais ça ?

— Je vais devenir riche et je te les paierai, moi, tes études, chérie.

J'insiste sur le dernier mot et refais ma moue de star après avoir mis du rouge à lèvres.

— *Rouge baiser*, lit ma sœur sur le tube après me l'avoir pris des mains. Avec ça, c'est sûr que tu ne vas en faire qu'une bouchée de ton Vincent.

Je perçois dans mon ventre une excitation nouvelle à l'idée d'un rapprochement avec lui. Pour autant, cette idée me terrorise autant qu'elle m'attire. Est-ce que j'ai un problème ? Est-ce normal d'avoir peur des garçons autant qu'envie ?

Aussi, j'ai rencontré cette nouvelle copine, Amandine. Je nous sens de plus en plus proches. On a tellement de points en commun, c'est fou ! L'autre jour, quand j'ai dormi chez elle, elle s'est approchée si près de mon visage que j'ai bien cru qu'elle allait m'embrasser sur la bouche. Et le pire dans tout ça, c'est que j'ai senti que je l'espérais, que j'aurais aimé qu'elle le fasse. J'avais envie de lui en parler, mais j'aurais eu tellement honte s'il s'avérait que je m'étais simplement fait des films. Je ne veux pas briser notre amitié. Je l'aime trop. Reste à savoir comment je l'aime. On m'avait dit que l'amour, c'était compliqué, mais j'étais loin d'imaginer ce genre de complications.

**19**

Florence a proposé qu'on passe le dimanche sur la côte vers Pornic, histoire de profiter du soleil en se baladant sur les hauteurs, comme lorsque nous étions enfants.

J'ai beau connaitre ce panorama par cœur, il me coupe le souffle à chaque fois et ce n'est pas seulement à cause du vent qui me fouette le visage. L'océan brasse mes émotions tandis que j'entends Bastien hurler face au vide bras dessus, bras dessous avec sa mère. Un autre rituel de l'enfance que ma sœur perpétue avec ferveur.

Mon portable vibre dans ma poche. Je consulte l'écran et y découvre un message d'Isabelle, mon ex-actrice attitrée. Que peut-elle bien me vouloir ? Je déroule le message de l'index.

Tamara chérie,
J'ai su que tu reprenais le travail et je m'en réjouis pour toi. J'ai été désolée d'apprendre ce qui t'était arrivé. J'ai enchaîné les tournages, c'est pour ça que je ne te contacte que maintenant. J'espère que tu comprends que je ne pouvais pas me permettre d'attendre, ignorant quand tu serais sur pied... J'avais peur de me retrouver le bec dans l'eau. Alors, j'ai accepté la maquilleuse que le réalisateur me proposait. Voilà. Bonne reprise. Je t'embrasse.

Je me sens amère que ces gens qui m'ont encensée se soucient davantage de ce que je pense de leur trahison que de savoir comment j'ai vécu toute cette traversée du désert. Cela ne me manque pas. Cet état d'esprit fourbe, ambivalent, chacun pour soi. Je chasse ces pensées de mon esprit et range mon portable dans la poche de ma parka.

Je relève le nez, ferme les paupières et hume les embruns. La dernière fois que je suis venue ici, c'était avec Fred. Je sens que je vais souvent me faire cette remarque et cela ne me facilitera pas la vie. Une nouvelle vague d'angoisse m'étreint. J'ouvre les yeux pour reprendre pied. Mon regard glisse vers le bas. Je me rapproche, le vent souffle plus fort. J'observe un bateau au loin. Il semble se débattre avec les éléments qui se déchaînent, comme s'il était vivant lui-même. Suis-je vivante, moi ? Ai-je encore envie de me battre ? Pourquoi ne suis-je pas morte ce jour-là ? Il me revient en tête la chanson de *Starmania* qui a bercé mon enfance, *Le monde est stone* : *J'ai plus envie de me battre, venez pas me secourir, venez plutôt m'abattre pour m'empêcher de souffrir* ». Ne plus souffrir.

— Allez, viens avec moi, Tamara. S'il te plaît.

Je sursaute, un caillou glisse sous mon pied. Mon cœur tressaute, je m'éloigne du rivage. Mon regard plonge au cœur des vagues s'écrasant contre les rochers, plus bas.

Je pivote, haletante, tourne le dos au vide au bord de m'aspirer quelques secondes plus tôt et lui souris.

— Toujours là pour me sauver la mise, toi.
— C'est mon job, je te l'ai déjà dit.
— Je n'allais pas le faire, tu sais.
— Je sais.

Je marche à côté de l'homme qui porte son éternel manteau en laine. Il a les bras ballants de chaque côté de son buste. Il semble ignorer quoi en faire.

— Tu vas bien depuis la dernière fois ?
— Et toi, Tamara ?
— Tu as remarqué, j'ai décidé de te dire *tu*. Depuis le temps qu'on se connait. Ça ne t'embête pas ?
— Tu réponds toujours à une question par une autre question ?
— Ça te dérange ?
— Non. Je connais les réponses, même celles que tu ne sais dire.
— Je sais.
— Tu m'as reconnu alors ?
— Pas la première fois que tu es revenu, avec l'accident. Mais depuis, oui.
— Tant mieux.
— Tu m'avais manqué.
— Je sais, oui.

Je vois ma sœur au loin qui m'adresse de grands signes. Je prends une profonde inspiration et me dirige vers elle.

— À bientôt, Tamara. Prends soin de toi.
— Merci. Et merci pour...

J'agite la main en direction du large. Bastien arrive en courant vers moi. Mais où cet enfant trouve-t-il toute cette énergie ?

— Avec qui tu parlais, tatam ?
— Un ami.
— Ah, OK.

Nous faisons quelques pas l'un contre l'autre avant qu'il ne s'écarte et lève des yeux inquiets vers moi.

— Ça va tatam ? Tu as mal au genou ?
— Non, mon grand. Le kiné m'a justement recommandé de marcher pour le dérouiller un peu.
— Tu es triste ?
— J'ai un peu peur de retourner au travail.
— Comme à la rentrée ?
— Oui, c'est ça. C'est la rentrée. J'espère que les autres vont être sympas avec moi.
— Bien sûr.
— Pourquoi dis-tu cela ?
— Tout le monde t'adore. En tout cas, moi, je t'adore.

Il se jette contre moi, enserrant fort ma taille. Une intense émotion émerge, comme s'il me donnait sa force avec ce câlin. La force née de l'amour.

— Merci, mon Bastounet.
— Allez, tu viens ? Maman a dit qu'on allait manger une crêpe au port avant de rentrer.
— Tu aimes les crêpes, toi ?
— Je tiens ça de ma tante, figure-toi.

La nuit nous enveloppe de son voile sombre comme pour adoucir le passage vers le jour prochain. Ma sœur se gare, porte son fils endormi tandis que j'ouvre les portes devant elle. J'aimerais tellement être à la place de Bastien parfois, me laisser porter par les autres qui décident à ma place, qui me bordent et mettent tout en œuvre pour que je ne manque de rien.

— Tu te rappelles quand on faisait semblant de dormir pour

que papa nous porte ? chuchote ma sœur en refermant la porte de Bastien.

— Bien sûr. Je me disais justement que je regrettais presque cette époque où nous n'avions qu'à nous laisser faire.

Florence me regarde en silence, un sourire se dessine légèrement sur son visage fatigué.

— Au lieu de ça, aujourd'hui, je suis celle qui porte les autres.
— Ta vie te plaît ?
— Tu veux une tisane ?
— Où est passé le temps où tu me proposais une vodka, Flo ?

Nous avons refait le monde jusqu'au lever du soleil, de quoi creuser un peu plus les cernes sous les grands yeux de ma petite sœur. Tout compte fait, nul besoin de vodka. Je réalise combien je l'ai délaissée les dernières années. Elle n'était pas très proche de Fred tout en demeurant très chaleureuse avec elle. Est-ce que cela a pu nous éloigner ? Fred n'était pas très famille et n'avait de cesse de me faire remarquer que la famille, c'était derrière nous, que la vraie famille, c'était celle qu'on était sur le point de créer. Je n'osais pas lui dire à l'époque que pour moi, une famille n'était pas un donneur et deux mamans qui bossent non stop. Pour moi, finalement, si je devais un jour fonder une famille, j'aimerais qu'elle ressemble à celle dont je suis issue. Je ressentais une forme de honte à avouer que j'avais des envies conventionnelles quand elle, brandissait ses différences comme une force, un courage et une preuve que le monde avançait dans le bon sens. Je finis par me demander si tout ce temps, je ne me suis pas trompée de vie.

Malgré tout, je l'aime encore. Je lui envoie un petit mot avant de tourner et virer dans mon lit, dans l'attente que le sommeil vienne m'emporter.

Merci pour ton message. Je reprends demain, en effet. Tu me manques, mais je comprends, oui. Je suis désolée. Je t'embrasse.

## 20

Aujourd'hui, *c'est la rentrée*, comme dirait Bastien. Je loge chez Aurore, la copine maquilleuse qui m'a obtenu ce contrat. Pas eu le temps de chercher un logement pour le moment. Cette tranche de tournage va durer trois semaines et elle m'a certifié être ravie de m'accueillir pour cette période. Je la soupçonne aussi d'être mandatée par Fred pour veiller sur moi.

Comme à la rentrée, je me suis acheté de nouveaux vêtements, assistée par ma coach en image préférée. Flo possède une théorie selon laquelle une tenue influence notre humeur et notre confiance en nous. Parfois, juste un accessoire, une paire de chaussures, un bracelet. Plus jeune, je me moquais gentiment de ses superstitions. Ces derniers jours, j'admets que je me sens si anxieuse que j'aurais pratiqué des incantations dans le jardin si elle m'avait certifié que c'était bon pour calmer les angoisses.

Je me suis toujours vue comme une femme émancipée et indépendante. Je pense l'être, profondément, mais ma petite sœur demeure l'unique personne qui a le droit de me dicter ma conduite et dont je suivrai les conseils.

Je pénètre sur les lieux derrière Aurore, je serai son assistante pour commencer. Tout le monde a admis que ce n'était pas me rétrograder que de me laisser le temps de reprendre mes marques sans la pression qui incombe à une chef maquilleuse. L'équipe m'accueille chaleureusement. Certains semblent même sincèrement contents de me revoir. Cela n'empêche pas le vertige de me faire vaciller à plusieurs reprises. La coiffeuse s'en aperçoit.

— Est-ce que ça va, Tamara ?
— Oui, oui. Je n'ai pas petit-déjeuné, c'est tout.

Je sens le stress grimper d'un cran comme une sangle qui se resserre autour de ma poitrine quand nous croisons les premiers techniciens qui s'affairent. Aurore me propose de prendre un café toutes les deux dans la loge avant l'arrivée des comédiens.

— Tu n'as pas un truc sans caféine ? je demande en montant les quelques marches pour y accéder.

— Tu es enceinte ?

Je lève les yeux vers elle, interdite. Cela aurait pu me faire rire si ce n'était pas devenu le sujet sensible dans mon couple qui avait causé sa perte. Sa remarque a le mérite de capter toute mon attention à défaut d'être drôle. Je respire à nouveau. Je m'assieds sur la banquette, essayant de me redresser pour dégager ma cage thoracique.

— Je vais avoir mes règles. Ça doit être ça.

— Tam, tu paniques, n'est-ce pas ?

J'abdique, je hoche la tête. Elle me fait allonger, pieds en l'air. Je suis tellement mal que j'oublie qu'un comédien peut débouler d'un instant à l'autre. Elle me passe un coton humide sur le front, me parle doucement. J'ai l'impression de plonger dans un de ces états avec lesquels je flirte parfois à la fin du cours de yoga. La porte s'ouvre avec fracas sur un technicien qui demande à Aurore de venir pour vérifier le plan de travail. Elle lâche délicatement ma main et me fait promettre de rester tranquille, qu'elle va revenir. Le stress remonte d'un cran. Je tente de redescendre dans cette sensation de flottement. En vain. La magie n'opère plus. Je me sens comme un animal blessé qu'on aurait laissé seul alors que des chasseurs pourraient le débusquer et l'achever. Vulnérable.

Mon cœur s'emballe, une bouffée de chaleur manque de me faire perdre pied. Je déboutonne le joli gilet en cachemire rose que ma sœur m'a ordonné d'acheter le week-end dernier. Je gagne un minuscule interstice dans cet espace constitué d'angoisse et de vide terrifiant. Je repense à mon accident. Je ne parviens plus à respirer. Je prie pour que personne n'arrive et qu'Aurore revienne vite. La porte s'ouvre, je reconnais sa voix, sa main de nouveau dans la mienne. Ma parole, elle a raté sa vocation, il faudra que je le lui dise, dès que j'aurai enlevé ce pavé qui m'enfonce la poitrine et m'empêche de parler.

— Reste là. Je vais prévenir que tu es souffrante et demander à Rémi, le chauffeur, de te ramener à la maison. D'accord ?

Je parviens à hocher la tête. J'ai encore peur de rester seule, mais l'idée de m'éloigner d'ici me rassure.

Je me rappelle quand je pratiquais l'équitation, à chaque chute, la monitrice nous forçait à remonter en selle dans la foulée. *Ne pas rester sur un échec*, elle répétait. Cette fois-ci, je suis restée trois jours dans le noir avant de pouvoir retourner sur le plateau. Première chute, premier échec. Alors que j'ai une nouvelle crise le jour de ma seconde reprise, dans la caravane, Aurore me demande :
— Tam, pourquoi ne pas m'en avoir parlé avant ?
— Je pensais que ça passerait avec le temps. Je ne voulais affoler personne. Et puis, je refuse qu'au boulot, ils croient que je ne suis plus capable ou fiable.
— Et pourtant, quand je te regarde, c'est la première question qui me vient, Tam.
J'éclate en sanglots. Ma collègue sort un flacon minuscule d'un tiroir, dévisse le bouchon auquel une pipette de verre remplie de liquide est accrochée.
— Ouvre la bouche et lève la langue.
J'obtempère en haussant les sourcils.
— Qu'est-ce que c'est ? je demande après avoir avalé.
— Ma bouée de sauvetage depuis plusieurs années déjà. Ça s'appelle *Rescue*. Comme son nom l'indique, ça sert en cas d'urgence. C'est un mélange de fleurs de Bach. Ce sont des élixirs floraux.
— Et donc, tu as des urgences, toi aussi ?
— Tu as bien tes petits secrets. J'ai le droit d'avoir les miens, non ?
Je prends quelques grandes respirations avant de proposer :
— Et si on allait dîner en se les racontant, ces petits secrets ?
— Avec plaisir, ma chérie.

J'ai commandé japonais, la cuisine préférée d'Aurore. Elle a mis un fond de musique classique, du chant sacré. Je ne lui savais pas ce genre de goûts. Je suis contente qu'elle m'héberge et réalise au fil des jours passés ensemble que je ne la connais pas tant que ça.

— Ma mère est morte et je n'ai aucune descendance. Une fois que Tom décédé, je ne serai plus rien pour personne.

— Tu seras toujours quelqu'un pour nous, pour tes amis.

— Oui, mais chacun a sa vie. Ce n'est pas pareil.

— Ça se passe bien avec Tom ?

— Oui, il est très bien.

— Excuse-moi, Aurore, mais on croirait que tu parles d'un employé. Genre *ça va, il fait le job...*

— Quand tu n'as pas d'enfant, tu dois sans cesse te lancer dans de nouveaux projets, nourrir le couple. J'ai peur qu'en vieillissant, on se retrouve comme deux vieux cons avec nos mots fléchés, sans perspective.

— Tu sais, je trouve mes parents très attendrissants côte à côte, remplissant la même grille de mots fléchés. Surtout quand mon père feint de deviner le mot au moment où ma mère le nomme.

— Tu tiens de lui, alors ?

— Qu'est-ce qui te fait dire ça ?

— Tam, tout le monde se souvient du week-end avec les nièces de Tom. Je pense que c'était la première fois que je voyais un adulte tricher au Monopoly contre des gosses.

Nous rions de bon cœur.

— C'est vrai que mon père a toujours détesté perdre, et moi aussi. Je joue pour gagner. Est-ce si étrange que ça ?

— Disons que dans certaines situations, mieux vaut savoir s'incliner.

— Fred me reprochait souvent d'avoir trop d'ego. Tu crois que je devrais prolonger mon arrêt ?

— Je suppose que oui. L'idée n'est pas d'y laisser ta santé mentale ou physique, Tam.

Elle s'étire et se masse le cuir chevelu en bâillant.

— Je vais me coucher. Je leur dirai que tu es malade si tu préfères. Des gastros traînent en ce moment. C'est l'argument imparable en général. Merci de m'avoir écoutée, Tam.

— Et toi, merci de m'avoir ouvert les yeux sur la situation. J'ai voulu reprendre le boulot au plus vite, car je pensais que cela me ferait du bien, mais le doc avait raison, je ne me sens pas encore prête à gérer la pression, le monde, etc. Je vais devoir être patiente.

— Ce qui est, nous le savons toutes les deux, ta plus grande qualité !

Je lui fais les gros yeux. Elle se lève et me lance un clin d'œil.

— Oh ! Ça va ! Si on ne peut même plus chambrer les vieilles copines...

— J'admets que, comme dirait ma mère, je suis aussi patiente qu'un chat qui aurait la queue coincée dans la porte[5]

— Et encore ! Un chat qui a faim, s'empresse-t-elle d'ajouter du fond du couloir en ricanant.

---

[5] En réalité, cette expression est de ma mère à moi. Petit clin d'œil !

## 21

J'essaie de positiver et me dire que c'est mieux ainsi. M'évertuer à me présenter au travail dans cet état de fragilité ne ferait que ternir ma réputation, entacher l'image que les gens ont de moi dans le milieu. Les nouvelles vont si vite, surtout les mauvaises colportées par de vilaines hyènes qui s'en repaissent. En attendant, j'ignore combien de temps sera nécessaire pour me rétablir et cela m'angoisse. Et si je n'y arrivais jamais ?

Pour me divertir, ma sœur m'a proposé de dîner chez eux, avec quelques amis. Je n'ai pas trouvé d'argument suffisamment convaincant pour refuser. Flo n'est pas le genre de personne qui se contente d'un *je suis fatiguée* ou d'un *je n'ai pas envie de sortir*.

Me voilà donc conviée à un de ces repas où elle aime réunir des personnes très différentes, les jeter autour d'une table et observer, tel un anthropologue sadique, ce que cela donnera.

— Je vous ai mis côte à côte, car vous faites un peu le même métier.

Je regarde mon voisin de droite. Il arbore un sourire qui semble se moquer constamment de ses congénères. Je le déteste immédiatement. Aucun suspens. C'est Flo qui va être déçue. Je joue malgré tout le jeu en faisant mine de m'intéresser à lui.

— Alors, comme ça, tu es maquilleur de cinéma ?
— Non. Thanatopracteur.

Tandis que je manque de recracher mon verre de punch sur lui, Bastien intervient avec son enthousiasme habituel.

— Oh ! La chance ! Tu répares des tracteurs ?

Rires dans l'assistance. J'évite in extrémis de recracher une deuxième fois ma boisson sur mon voisin. Il va finir par en faire une affaire personnelle.

— Non, je maquille et coiffe les morts.

Mon neveu poursuit son interrogatoire. Je m'installe contre le dossier de ma chaise, curieuse de voir comment va s'en sortir le *maquilleur* en question.

— À quoi ça sert ? renchérit-il.

— Bastien, laisse Sylvain tranquille avec tes questions, lui ordonne sa mère.

— Laisse-le, Flo. Ça ne me dérange pas. C'est important d'être curieux de tout, réplique le croque-mort. C'est une grande qualité, je trouve.

Il pivote vers mon neveu et lui explique avec un sourire.

— C'est pour les faire beaux pour leur dernier voyage.

— Rien à voir avec mon métier, donc, je le coupe, abrupte.

— Ça dépend du type de film, j'imagine. Si tu bosses pour un film d'horreur ou de zombies, un peu plus.

Sa dernière réplique m'arrache un sourire que je cache derrière ma serviette. Je dois reconnaître que monsieur famille Adams a de la répartie. Ma sœur s'enflamme.

— Sylvain, tu exagères !

Mathieu tempère ses ardeurs en lui posant une main sur l'épaule.

— Ma caille, on peut bien rigoler.

— Non, pas de ça. C'est sérieux, la mort. Un peu de respect.

Après un silence au bord d'être embarrassant, mon beau-frère demande qui prendra un café avant de se réfugier dans la cuisine.

Ma sœur persiste à prétendre que c'est mon accident qui a tout déclenché, notamment mes crises de panique. Elle dit que j'ai eu peur de mourir, que ces types de symptômes sont fréquents après un choc pareil. Je ne veux pas la vexer, mais je pense surtout que j'ai arrêté de bosser pendant trop longtemps et perdu confiance en moi. Par ailleurs, me faire larguer à un moment où j'étais vulnérable n'a pas dû arranger les choses.

Elle m'a supplié de voir une hypnothérapeute. Sa copine Myriam en a consulté une sur Toulouse. Elle tardait à avoir son deuxième enfant. Comme son premier accouchement s'était mal passé, elle appréhendait une deuxième grossesse. Elle aurait fait des miracles, selon elle, puisqu'elle est retombée enceinte au bout de quelques séances. Je crois surtout qu'ils ont dû faire un peu plus l'amour avec son Jules et que, c'est mathématique, ils ont augmenté les chances de réussite.

Je fais face à mon écran d'ordinateur. Je me suis retranchée au calme dans le studio chez mes parents. J'attends l'appel visio d'Héléna qui est sophrologue-hypnothérapeute. Je dois avouer que je ne suis pas convaincue par ces méthodes. J'ai surtout accepté pour que Flo me fiche la paix et lui prouver que, pour une fois, elle a tort. C'est puéril, mais j'assume. La première séance se déroule plutôt bien. Je dois reconnaître que cette Héléna a su me mettre à l'aise et me donner envie de reprendre rendez-vous. Visiblement, ce n'est pas aujourd'hui que je riverai le clou à ma petite sœur. Tant pis !

## 22

Ce soir, je découche. Tom dort chez Aurore et de toute façon, j'ai besoin de changer d'air. Aussi, j'ai accepté la proposition de Lucette, ma vieille copine du centre de rééducation, de dîner et dormir chez elle. *Une soirée pyjama entre filles*, glousse-t-elle avant de raccrocher. J'ai toujours aimé la compagnie des femmes plus âgées que moi, mais je dois dire qu'avec Lucette Belin, j'ai battu mon record, elle a quatre-vingt-huit ans.

Pourtant, quand je viens boire le thé ou l'apéritif, je n'ai pas l'impression d'arriver chez une personne âgée. Elle possède ce pas alerte et ce petit rire cristallin des gens qui tiennent encore fermement la main de l'enfant en eux afin qu'il ne s'éloigne pas trop. Lucette habite au quatrième étage d'un vieil immeuble rue Lafayette. J'adore venir pour le plaisir des moments partagés en sa compagnie, mais également pour emprunter cet antique ascenseur des années vingt avec la cabine en bois vitrée, fermée par une grille qu'on tire. Je m'attendrais presque à ce qu'un groom m'accueille. Parfois, j'apprécie aussi de prendre l'escalier recouvert de velours bordeaux, comme ceux des vieux théâtres parisiens. J'aime le bruit sourd des pas sur la moquette. J'ignore pourquoi, mais tous ces petits détails font que mes visites chez mon amie m'apaisent, en particulier en ces temps troublés.

L'appartement de Lucette est de taille moyenne. Une entrée en forme de couloir mène à toutes les pièces qu'on peut deviner à travers des portes vitrées en bois foncé. Là aussi, c'est moquette, moquette, moquette. Le chat noir de la maison vient se frotter en miaulant, suivi de près par sa maîtresse qui me claque une bise bruyante.

— Il se plaint de ne pas avoir eu à manger, mais il bluffe !

— Comme d'habitude... Sacré Archimède ! Vous devriez l'inscrire à des tournois de poker.

— J'y songe, figure-toi ! Bon, j'ai préparé un cake aux olives pour l'apéritif. C'est un test.

— Vous êtes en train de me dire que je vais vous servir de cobaye ?

— En avez-vous souffert les fois précédentes, jeune fille ? Allez, suis-moi au lieu de te plaindre toi aussi !

La vieille dame avance d'un pas assuré jusqu'au bout du couloir, pénètre dans la cuisine d'où émane une délicieuse odeur de cuisson au four. Je la regarde extraire le moule fumant du four avec sa manique en vichy bleu, déposer son contenu dans la foulée sur son plat à cake en faïence et me le coller dans les mains.

— Tiens, apporte-moi ça sur le balcon. Je te rejoins avec les Apéricubes.

Je refais le chemin inverse, longe le couloir qui mène à une grande pièce très lumineuse pleine à craquer de livres et de plantes du sol au plafond. J'accède au balconnet de Lucette par une immense porte-fenêtre. Je découvre un charmant espace composé d'une table de style bistrot, de deux chaises en fer rouge et d'une jardinière suspendue d'où des fraises et de la menthe odorante débordent.

Je l'entends qui farfouille dans le salon, passe la tête dans l'entrebâillement et l'examine en train d'installer un disque sur son phonographe. Elle revient s'asseoir face à moi. Nous goûtons au plaisir de la ville alanguie du mois d'aout. Un air de Fréhel qui me fait penser au film d'Amélie Poulain vient nous cueillir le cœur tandis que mon hôte remplit mon verre avec application.

— Un Madiran, du bon cru de chez moi.

— C'est de là votre accent chantant, alors ?

— Je n'ai pas d'accent, ma petite. C'est toi qui en as un, pardi !

Nous trinquons à nos guérisons, bien que la mienne demeure partielle. Je marche, ne boite plus, saute même. Cependant, mes crises récentes me montrent combien je lutte pour fonctionner. Lucette a suivi mes déboires. Nous ressemblons à ces anciens combattants qui se retrouvent après l'horreur. On n'en parle pas, mais on sait par où on a dû passer. Elle se souvient comme mes larmes coulaient parfois tandis que je peinais à mettre un pied devant l'autre, même dans l'eau face au coach qui ne lâchait rien.

— Alors, que vas-tu faire ?
— J'ai commencé la sophrologie.
— C'est quoi ce truc ?
— Une méthode de relaxation pour gérer mes crises de panique.
— Ça t'arrive n'importe quand ?
— Au boulot, surtout. Ici, je me sens toujours bien, Lucette. C'est fou, on ne se connait pas depuis longtemps, mais je me sens toujours légère avec vous.
— Ça, c'est la magie du Madiran, mon petit.

Elle part d'un éclat de rire généreux, preuve que la magie du Madiran a déjà opéré sur mon hôte aux joues rosies.

— Ma sœur dit que j'ai ces attaques de panique parce qu'avec l'accident, j'ai eu peur de mourir, que j'ai vécu un traumatisme.
— C'est possible. Tu sais, on est loin d'avoir élucidé tout ce qui se trame là-dedans, fait-elle remarquer en tapotant le dessus de son crâne de l'index.
— Et vous, Lucette, cela vous arrive d'avoir peur de mourir ?
— Peur d'avoir des regrets plutôt. Et aussi peur de perdre les chèvres. Ça, ce serait terrible !
— Mais qu'est-ce que c'est que cette expression, Lucette ?
— Ça signifie perdre les oies, ne plus avoir l'électricité à tous les étages. Fuir du carafon, quoi ! Non, mais faut voyager un peu, mon petit.

Je pars d'un franc éclat de rire devant la mine incrédule de mon hôte qui hausse les épaules.

— C'est aussi pour cette raison que j'aime votre compagnie, Lucette.
— Je repense à ta question, Tamara. Mourir, je sais que ça va m'arriver. J'ignore simplement à quel moment elle viendra me cueillir. Tu sais, j'ai perdu mon mari très jeune. J'ai dû élever notre fille seule. Pas le temps de m'apitoyer. Mais je pense que s'il n'était pas mort, j'aurais peur aujourd'hui qu'il meure avant moi. Tu comprends ? Comme si, le pire étant passé, je ne pouvais plus le craindre. Je l'aimais tellement mon André...
— Vous ne vous sentez jamais seule, Lucette ?

— Parfois. Heureusement, j'ai Archimède et maintenant, j'ai toi.

Elle plisse les yeux dans un sourire émouvant de fillette à la fête foraine et me tapote la main.

— Votre fille ne vous manque pas trop ?

Elle hausse les épaules tandis qu'elle rassemble les vestiges de l'apéritif sur un plateau.

— Je l'aime et je sais qu'elle m'aime. Bien sûr que ce fut difficile quand elle est partie étudier aux États-Unis. Bien sûr que ce fut compliqué qu'elle y reste vivre pour y fonder sa famille. Je ne vois ma petite fille que par tablette interposée et une fois par an, à Noël. Mais je les sens tous heureux. Alors, elle a fait le bon choix. Pour elle. Je n'aurais pas aimé qu'elle revienne pour moi. Je n'aurais pas supporté de porter le poids, jour après jour, de son sacrifice.

— Cela semble tellement compliqué d'être parent. Vous n'avez jamais eu peur ?

— Tu plaisantes, tout le temps ! Mais tu sais, tout est voué à se terminer un jour. Au fond, on ne maitrise pas grand-chose. Élever un enfant, c'est tout lui donner en acceptant qu'un jour, il partira et que d'autres personnes deviendront plus importantes pour lui que vous. C'est normal. C'est le cycle. Tout est question de regard. Alors, plus tôt on accepte de ne pas tout maitrise et mieux on se porte. Tu ne crois pas ?

— Oui, mais c'est dur quand même.

— On dit faire son deuil ou faire le deuil de nos jours. C'est le mot à la mode. Alors, oui, j'ai dû faire une croix sur ma vie de jeune femme libre, un peu en me mariant, puis du couple libre, un peu en ayant Martine. Ensuite, j'ai dû faire le deuil de mon mari, beaucoup, de ma fille qui habite loin, un peu aussi. Aujourd'hui, ma santé fiche le camp et je dois bien accepter que mon corps ne suive plus aussi vite que ma tête. C'est une leçon d'humilité. Chaque jour. Tu étais très attachée à ta compagne, elle est partie. Ces jours-ci, tu te rends compte, d'après ce que tu m'as dit au téléphone, que cela devient difficile dans ton travail. Mais tu es bien plus que tous ces rôles, ma petite Tamara.

Lucette pose sa main fripée sur la mienne tandis que nous sirotons notre tisane dans son canapé fleuri. Je ressens la confiance qu'elle porte en moi. Elle me touche bien qu'elle ne puisse me contaminer.

— Malheureusement, je n'en suis pas aussi sûre que vous, Lucette. Mais ça me fait du bien d'en parler avec vous.

— Ça va cheminer, mon petit. Crois-moi. Rien n'est insurmontable. Rien. Même pas la mort.

## 23

— Écoute, il ne veut rien me dire, il te réclame en sanglotant. Il se montre plus sensible depuis la rentrée des classes. Se concentrer, rester assis à l'école tous les jours, toute la journée lui demande beaucoup d'efforts.

Je pénètre dans la chambre de mon neveu. La lumière est tamisée, les volets clos. Une lueur filtre à travers la toile beige du tipi installé au bout de son lit. Des ombres projetées sur le toit de la cabane laissent deviner que Bastien y a trouvé refuge. Des bruits de reniflement confirment mes soupçons. Je me mets à quatre pattes au seuil du sanctuaire et m'adresse à lui à voix basse :

— Bastien, c'est tatam. Je peux entrer ?
— Que si tu es toute seule.
— Je suis seule. Promis. Croix de bois, croix de fer.

Je rampe vers l'intérieur, ce qui s'avère périlleux avec un genou en vrac, veillant à ne rien bousculer sur mon passage. Je trouve mon neveu, le visage défait, baigné de larmes. Je m'assieds lentement face à lui qui ne tarde pas à me bondir dessus en sanglotant de plus belle. Après l'avoir bercé un moment, je m'écarte doucement pour plonger mon regard dans le sien.

— Mais enfin, Bastounet, que t'arrive-t-il ? Raconte-moi. Tu m'inquiètes, à la fin.
— C'est Némo.
— Il est mort ?

Il hoche la tête avec les lèvres pincées pour retenir les larmes qui menacent de déferler à nouveau.

— Tatam, on va où tu crois, toi, quand on est mort ?
— Je ne sais pas. Et toi, que crois-tu ?
— Je crois que les gens ne meurent jamais pour de vrai.

Je songe au fameux déni, première étape du deuil, m'a déjà expliqué une collègue férue de psycho.

— Comment ça ?
— Bah, tant qu'on leur parle dans notre cœur, ils sont partis qu'avec leur corps.
— J'aime beaucoup ta façon de voir les choses.

— Tu crois que c'est des bêtises ?
— Je crois que si ça te fait du bien, ça me plait.

Il soupire comme si je venais de l'autoriser à respirer plus profondément.

— Et pourquoi as-tu refusé d'en discuter avec maman ou papa ?
— Parce que toi, tu sais faire ça. Pas vrai ?
— Faire quoi, mon ange ?
— Préparer l'enterrement de Némo. Parce que je sais déjà que papa et maman diront que ce n'est pas la peine, que c'est qu'un poisson rouge.
— Permets-moi d'en douter. Je me souviens d'un canari à qui nous avions offert ta mère et moi la plus belle des cérémonies.
— Bah, elle a dû oublier, car ils n'ont même pas voulu que je vienne à la mort de votre mémée alors que je l'aimais beaucoup.

Il soupire avec des trémolos dans la voix. Mon cœur se serre de le sentir si triste et démuni face à la maladresse de ses parents. Notre grand-mère est morte lorsqu'il n'avait que trois ans.

— Ils ont décidé ça pour ton bien, tu sais. Souvent, les adultes ont peur que la mort impressionne trop les enfants, un peu comme un film qu'ils sont trop jeunes pour regarder.
— Sauf que là, c'est la vraie vie et que du coup, moi, je n'ai pas pu dire au revoir à mémée.

Je lui laisse le temps d'évacuer cette autre blessure qui ressurgit à la faveur du décès de son petit poisson. J'essaie de trouver les mots pour lui dire *je te comprends* sans pour autant enfoncer ma sœur et mon beau-frère. Mon Dieu, comme cela parait compliqué d'élever un enfant !

— Parfois, les parents font des bêtises en croyant bien faire, tu sais.
— Ils auraient dû me demander. Je leur aurais dit. À la place, ils m'ont menti. Ils ont dit : *les enfants ne peuvent pas venir*. Et l'autre jour, Gaëtan m'a dit que quand son Papy est mort, lui, il a pu y aller. Du coup, j'ai demandé à tout le monde à

l'école pour être sûr et figure-toi qu'il n'est pas le seul à avoir eu le droit.

— Bon, ce que je te propose, c'est qu'on prépare ensemble la cérémonie de Némo et si tu veux, on pourra dire un petit mot pour mémée en même temps. Ça te dirait ?

Il hoche la tête en reniflant.

— Tu es vraiment la meilleure tata de la terre, conclut-il en se lovant dans mes bras.

Dans la cuisine, chez ma sœur, je la regarde à la dérobée. Je me rends bien compte qu'elle est exténuée. Mener de front son travail de secrétaire et la gestion de la famille n'est pas de tout repos, même si mes parents à proximité la relayent volontiers pour Bastien. Plus elle vieillit, plus elle me fait penser à notre mère. Ça m'a longtemps agacée, car j'avais la sensation qu'elle n'avait pas eu son mot à dire dans cette loyauté-là. Pour autant, je la sens épanouie dans son rôle maintenant que nous nous côtoyons davantage.

— J'ai fait trois séances avec l'hypnothérapeute.
— Cool.

Je la dévisage, incrédule, en train de vider ses sacs de courses, tantôt dans les placards, tantôt dans le réfrigérateur, tel un automate. Je m'approche en lui prenant la boîte de raviolis qu'elle s'apprête à ranger, l'obligeant à se redresser en grimaçant.

— C'est tout ce que tu me dis ? *Cool* ?
— Je suis contente pour toi.
— Quelque chose ne va pas, Flo ?
— Pourquoi ?
— D'habitude, tu aurais sauté au plafond, tu m'aurais mitraillé de questions et tu aurais fini en me narguant parce qu'une fois de plus, tu avais raison.

Elle se laisse tomber sur la première chaise à sa portée. Je m'installe tout à côté avec deux verres et une bouteille de jus de pamplemousse, son préféré.

— Je suis fatiguée, c'est tout.
— Mathieu est là ce week-end ?

— Normalement.
— Je vous garde Bastien chez les parents. Comme ça, vous pourrez sortir.
— Bastien a envie de voir son père aussi.
— Oui, mais vous avez besoin de vous retrouver, en dehors de votre rôle de parents. Non ?
— Ça fait un peu cliché, ton plan, Tam.
— N'empêche que j'ai raison, pour une fois. Je te rappelle que j'ai pris rendez-vous avec Héléna. Alors, tu peux bien y mettre du tien pour aller mieux toi aussi, non ?
— OK.
— Je te propose mieux que ça. Je garde Bastien chez vous, comme ça, vous partez au bord de la mer tous les deux.
— C'est vrai que ça nous ferait du bien.
— En attendant, je te fais couler un bain et toi, tu nous commandes des pizzas. J'irai les chercher pendant que tu barboteras dans la mousse.
— Ouais, des pizzas ! s'écrie Bastien qui déboule dans la pièce en sautant au cou de sa mère.
— Dis donc, on ne t'a pas dit que c'était très vilain d'écouter aux portes ? peste sa mère en fronçant les sourcils.
— Je n'écoutais pas. J'attendais que vous ayez fini pour ne pas vous déranger.
Je l'observe en train de câliner sa maman, une bouffée d'amour envahit ma poitrine.
— Tu ne serais pas un peu comme ta mère, toi, à avoir réponse à tout ?
— Ou comme ma tante ?
Nous éclatons de rire et la soirée se déroule dans une ambiance plus gaie qu'à mon arrivée. Une fois mon neveu au lit, nous nous posons entre filles au salon avec un plaid et une tisane. Juliette, la chatte de la maison, s'installe entre nous sur le canapé et vient compléter le parfait tableau des deux vieilles sœurs dans leur pyjama pilou.
— Et toi, Tam, comment te sens-tu ?
— J'ai l'impression que les crises s'espacent. Je comprends que cet accident m'a chamboulé bien plus que ce que

j'imaginais. Et un truc bizarre m'est revenu.

Florence se redresse. J'ai toute son attention.

— Ah oui ?

— Oui, des images, des voix et surtout une sensation d'amour illimité. C'était en pleine séance d'hypnose. Ça m'a beaucoup troublée. Héléna m'a dit que c'était sans doute des bribes de mon expérience de coma. J'ai entendu encore ces rires d'enfants et il y avait cette herbe, si verte qu'elle paraissait fluorescente.

— Ah, mais tu nous en avais déjà parlé quand tu étais à l'hôpital. On avait mis ça sur le compte de la morphine, maman et moi.

— Elle pense que cela ressemble fort à une Expérience de Mort Imminente. C'est ce que tu vois ou ressens quand tu vis une mort clinique et que tu en reviens.

— Punaise, la vache !

— Flo, passé douze ans, plus personne ne dit *punaise, la vache*.

— Si. Les parents qui veulent montrer le bon exemple à leurs enfants en arrêtant de dire des gros mots. Ça peut fonctionner aussi pour les tantes. Tu devrais essayer.

Elle me tire la langue. Ma sœur a douze ans, je confirme.

— Bref. Donc, je lui ai raconté ce rêve qui revient tout le temps depuis mon accident.

— Quel rêve ? Tu ne m'en as pas parlé.

— Parce que je trouvais ça trop bizarre. En fait, je suis entourée de cercueils, les gens pleurent, mais moi, je suis sereine et quand ils me voient, ils me sourient et me remercient. Même des gens morts, je crois. Mais ils semblent juste vivants autrement. C'est difficile à expliquer.

— Punaise, c'est vraiment étrange, en effet. Et qu'est-ce qu'elle en pense, l'hypnothérapeute ?

— Elle dit que c'est à moi d'interpréter le sens, que je dois guetter les signes, que c'est certainement un bon présage s'ils me sourient.

— Ça me rappelle quand tu faisais ton spiritisme et tes rêves prémonitoires. Qu'est-ce que tu as pu me faire flipper !

Je me recroqueville un peu plus. Nous demeurons silencieuses un moment. Un ange passe. Un frisson parcourt mon corps. Ma sœur remonte le plaid sur nos épaules en soupirant.

— Comment vas-tu faire pour ton boulot maintenant ?

— J'ai un nouveau projet, une série pour Canal. C'est plus court. Ce sera sans doute plus facile pour me remettre en selle.

— En parlant de selle, c'est dingue que tu n'aies jamais eu envie de refaire du cheval. Je veux dire, la compet', c'était à bannir, OK, mais tu aurais pu continuer tout doucement, pour le plaisir.

— Sœurette, tu me connais. Moi, c'est tout ou rien. Alors, les petites balades du dimanche matin au trot, *merci, mais non merci*.

— *Tout ou rien*, oui, c'est tout toi. À ce sujet, soyons folles, tu reprendras bien un peu de verveine ?

— Tu n'as pas plutôt de la vodka, comme au bon vieux temps ?

— J'espérais que tu dises ça !

Florence se lève et se dirige vers le buffet en exécutant sa danse de la joie. Toute cette aventure nous aura au moins permis de nous rapprocher. Je pourrais finir par croire ce que cette Héléna me répète : *il y a toujours un cadeau derrière le caca.*

## 24

*Je me souviens, j'ai dix-sept ans.*

Je dors chez Amandine ce soir. On a décidé de faire du spiritisme. J'en ai déjà fait deux fois et tout s'est bien passé. Seulement, je ne peux pas m'empêcher de croire qu'on joue avec le feu en faisant ce genre d'expériences. Vincent nous a entendues en parler hier quand il est venu chercher sa nouvelle copine à la sortie des cours. Il s'est mis en colère comme si on disait qu'on allait fumer un joint avant d'aller en cours. Il a déclaré que c'était dangereux, que son cousin avait eu des ennuis à force de prendre ça à la légère, sans vouloir en dire davantage, évidemment. Du coup, il m'a un peu fichu les jetons. En même temps, Vincent a peur de son ombre. Et dire que je croyais être amoureuse de lui l'an dernier ! Cette année, je suis amoureuse d'Amandine. Enfin, je dirais plutôt que, cette année, je m'avoue à moi-même que je le suis. Nous nous sommes embrassées à la soirée de Vincent il y a deux semaines. OK, on avait bu, donc, peut-être que cela ne signifie rien pour elle, *mais pour moi, ça veut dire beaucoup*, comme dans la chanson[6].

C'est elle qui m'a invitée à dormir. Je n'arrête pas de me dire qu'elle a peut-être une idée derrière la tête. Enfin, je l'espère. Je ne sais pas comment m'y prendre. Ma première fois avec Vincent a été une mégacata. Je n'ai pas eu mal comme beaucoup l'affirment, non, mais j'étais affreusement mal à l'aise. J'avais l'impression que mon corps attendait que cela se termine. Je ne ressentais rien, rien de comparable avec ce que j'ai ressenti au moment où Amandine a posé ses lèvres douces et chaudes sur mes lèvres. C'était mieux que la meilleure des friandises. D'ailleurs, Vincent, dont ce n'était pas du tout la première fois, avait l'air plus chamboulé que moi de m'avoir *pris ma virginité*. Quelle formule quand on y pense ! Moi, je me suis dit : *c'est fait, bon débarras !*

---

[6] Paroles de la chanson *Il jouait du piano debout* de Michel Berger, interprétée par France Gall.

Je l'ai rapidement quitté ensuite et il s'est mis avec cette cruche d'Audrey Dulac. Franchement, passer de moi à elle, qui a le QI d'un bulot. Je me sens blessée dans mon amour-propre. En tout cas, je vais devoir prendre mon courage à deux mains pour avouer mes sentiments à Amandine. Je n'en peux plus de jouer les amies fidèles tandis que je rêve d'elle la nuit. J'adore ses cheveux, son parfum : un mélange d'Eau Jeune *L'orientale* et de shampooing à la mûre.

Ses parents sont divorcés et son père ne veut jamais qu'elle invite des copines chez lui. Alors un week-end sur deux, elle déprime et on s'appelle pendant des heures. Son paternel rentre dans des colères folles quand il reçoit les notes de téléphone. Elle s'en fout. Je crois même qu'elle est contente de le mettre en rogne. Elle est venue une fois à la maison pour un exposé qu'on devait faire à deux en histoire-géo. Je me demande si Florence ne m'a pas grillée, car je l'ai vue me surprendre en train d'admirer Amandine tandis qu'elle enlevait son pull, dos à nous. La honte… J'imagine que si je disais à ma sœur que je préfère les filles, elle m'aimerait quand même. Seulement, je crois que j'ai encore trop de mal à me l'avouer pour pouvoir l'avouer à quelqu'un d'autre, quelqu'un d'autre qu'Amandine en tout cas.

C'est la mégacata ! J'ai dormi chez Amandine, comme prévu. Première cata : on a fait du spiritisme et on a failli mettre le feu à sa chambre avec la flamme de la bougie qui s'est emballée à côté des rideaux. Résultat : on a coupé court au moment où l'esprit commençait à répondre aux questions importantes que je voulais lui poser au sujet de mon orientation. Deuxième cata : Amandine a installé un matelas gonflable pour moi par terre alors que je m'attendais à ce qu'on dorme ensemble. Cela m'a déstabilisée. Pour moi, c'était comme si je m'étais approchée d'elle pour l'embrasser et qu'elle m'avait giflée. Elle a même dit qu'on avait de la chance d'avoir une telle amitié, si profonde et sincère. J'ai pleuré dans le noir pendant une éternité avant de m'endormir. Heureusement, les couinements du matelas à chacun de mes mouvements ont dû couvrir le bruit de mon désespoir.

Nous allons rester amies, bien sûr, mais pour moi, c'est fini les soirées pyjamas à me triturer le cœur et les entrailles.

Et puis, le spiritisme, on ne m'y reprendra pas de sitôt non plus. Déjà que c'est compliqué à gérer tous ces rêves que je fais sans savoir pourquoi. L'autre nuit, j'ai carrément rêvé que je travaillais dans le cinéma. Je ne vois pas trop quel grand écart je pourrais bien faire pour passer d'esthéticienne à actrice, mais bon, les rêves, c'est comme ça, c'est farfelu et les miens, davantage que la moyenne, on dirait bien.

## 25

Depuis une semaine sur le tournage de la série Canal. *Ressenti un mois*. Je me suis inventé un rituel chaque matin avec les exercices proposés par Héléna, ma thérapeute, les Fleurs de Bach conseillées par Aurore et une playlist de musiques. Depuis qu'Aurore m'a fait découvrir les chœurs sacrés, je les écoute dès que j'ai besoin de sortir de ma tête et de *retourner dans mon cœur*, comme dit Héléna. J'étais loin de mesurer le pouvoir de tous ces outils avant mon accident et mes crises de panique. J'ai toujours été quelqu'un d'anxieux. Je fumais un petit joint le soir ou prenais un verre de vin et cela suffisait à endiguer le stress. Désormais, je descends plus bas dans mes zones d'ombre et je n'aurais pas pu remonter la pente sans une aide extérieure. Heureusement que Florence m'a ouvert les yeux.

Chaque jour, je me demande ce que je fais là, à faire ce boulot qui me passionnait tant auparavant. C'est comme si c'était quelqu'un d'autre qui l'avait choisi, comme si je vivais la vie de quelqu'un d'autre. Je trouve tout ce cirque vide de sens. Avant, j'avais la sensation de faire du bien aux autres. Aujourd'hui, je me dis que je pourrais faire tellement plus. Quelque chose qui compte vraiment.

Maintenant que je vais mieux, j'observe beaucoup ma sœur. J'ai l'impression qu'elle ne prend pas une minute pour elle, qu'elle semble coincée dans sa vie. Je me demande si elle en a conscience. J'aimerais lui en parler, mais je crains de la perturber avec des questions qu'elle ne se pose peut-être pas. Si j'en parlais à Mathieu, elle m'en voudrait à coup sûr et maman se mettrait dans tous ses états si j'abordais le sujet avec elle.

Je profite de ma journée de repos pour passer du temps dehors, chez mes parents. Je supporte de moins en moins d'être enfermée en studio. Mon père fait des allers-retours avec sa brouette. À chaque passage, ses pas chahutent les feuilles mortes qui semblent ricaner. Sa brouette déborde de branchages tombés à cause de la tempête. Il les débitera ensuite à la scie et les rangera dans l'abri bois pour allumer le feu l'hiver prochain. Aucun gâchis chez nous, question de principe. J'ai longtemps mal jugé la façon de vivre de mes parents, fière de bien gagner ma vie et de pouvoir dépenser sans compter tandis qu'eux devaient économiser pour notre semaine annuelle de vacances à la mer. Il parait que tous les enfants de familles modestes ressentent ce complexe d'avoir moins. Pourtant, j'ai de fabuleux souvenirs d'enfance à ramasser ces fameuses branches tous les quatre alors que chez mes copines, on achetait des allume-feu ou du bois d'allumage tout prêt. Je me souviens aussi des dimanches soir où ma mère réchauffait les multiples restes des repas du week-end. Nous faisions un buffet gigantesque de combinaisons culinaires improbables quand chez d'autres, on jetait tout sous prétexte que cela représentait de trop petites quantités et que cela prenait inutilement de la place dans le réfrigérateur.

J'ai maintenant peine à dire que, adolescente, ma famille et sa façon de vivre me faisaient honte justement. Aujourd'hui, de nouveau immergée dans ce fonctionnement, je m'en sens soudain fière et c'est de moi dont j'ai honte. J'ai honte de la façon que j'ai eue de les juger, les rejeter. Ils incarnaient ma vie d'avant, ma vie de pauvre grosse Tamara, une personne que je détestais être et que je voulais voir disparaitre à n'importe quel prix.

C'est bien pratique de partir loin, on peut s'inventer une autre personnalité. Je suis arrivée à Paris, j'ai arrêté de manger. Pas le temps, pas l'argent, pas l'envie. Je désirais changer de corps, quoi qu'il en coûte. J'ai fait quelques malaises, mes parents n'en ont jamais rien su. Au début, je continuais à beaucoup me confier à ma sœur, elle me manquait tant. Un jour, elle a défendu nos parents, un peu plus que d'habitude. Je me suis braquée et nos échanges se sont espacés. Elle avait rencontré Mathieu, le gendre idéal, et je crois que je lui en voulais de cocher toutes les cases de la fille parfaite. Pendant ce temps, j'arborais des couleurs et coupes de cheveux improbables aux yeux de mes amis angevins. Je commençais à fréquenter les boîtes gays, à m'afficher avec des filles dans la rue. J'avais réussi à cloisonner mes deux vies. D'un côté, celle d'Angers dont je me sentais de plus en plus étrangère et de l'autre, la parisienne qui s'autorisait toutes les expériences, comme si celle-ci n'était pas vraiment moi non plus.

La rencontre avec Fred a stoppé net cette errance. Je l'ai présentée aux parents sans préambule. J'en avais parlé à ma sœur en amont. Elle n'était pas surprise. Quant à eux, s'ils l'ont été, ils ont fort bien simulé la neutralité et la bienveillance et je n'ai pas cherché à savoir si cela ne s'avérait être qu'une façade.

— Vous ferez bien une petite pause, les jardiniers, propose ma mère, une panière de linge humide dans les bras. J'ai fait des muffins.

— Maman, je vais finir par arrêter de venir, si tu continues à m'engraisser comme ça !

— Je te trouve magnifique comme ça, ma chérie, réplique mon père.

Je surprends un échange de regard entre mes parents. Ils savent combien mon tour de taille a toujours été un sujet délicat. Aussi, je leur sais gré de ne pas s'y attarder. Ma mère, aidée par mon père, étend le linge sur les fils longeant la haie de photinias avant de changer de sujet.

— Ça se passe bien chez ta copine Aurore ?

— Très bien. Elle dit qu'elle déteste la solitude et qu'elle est ravie que je squatte, mais nous savons toutes les deux que cette solution ne va pas pouvoir durer éternellement. En attendant, c'est pour ça que je passe mes jours off ici ou avec ma vieille copine Lucette, histoire de la laisser souffler.

— Que comptes-tu faire ? Tu veux racheter quelque chose sur Paris ? s'enquiert mon père.

— Je regarderai au niveau des banques si c'est jouable. En même temps, je ne sais plus si je souhaite me créer des attaches là-bas.

— En tout cas, nous, nous sommes ravis que tu reviennes pour tes jours de repos, intervient ma mère en pénétrant la première dans la maison.

Mon père me lance un sourire assorti d'un clin d'œil avant de la suivre, la panière à linge vide à la main. Nous nous installons tous les trois à la cuisine. Ma mère prépare le thé dans son antique théière rouge en fonte, offerte pour une fête des Mères, à l'époque où j'arrivais encore à n'en rater aucune. Au bout de la cinquième en faïence qu'elle a cassée, nous avons abdiqué ma sœur et moi, optant, pragmatiques, pour la version indestructible.

Mon père lèche de l'index les parois du saladier contenant les vestiges de la pâte à gâteau. Ma mère lui administre une tape sur les fesses en passant derrière lui. Leur complicité me redonne foi au couple, chaque fois que je suis avec eux. J'en soupire d'aise. Ma mère semble mal interpréter ma réaction.

— Comment se déroule ton tournage ?

— Mieux que le précédent, mais je dépense tellement d'énergie à gérer mon stress que je n'ai pas encore retrouvé le plaisir, à me plonger dans cette ambiance galvanisante que je pouvais éprouver auparavant.

— Il va falloir te montrer patiente, ma fille.

— Francis, tu as bon dos de dire ça.

— C'est vrai que côté patience, j'aurais préféré hériter de maman.

— Bande de mauvaises langues, peste-t-il en attrapant un muffin qui trône tout en haut de la pile. Je suis capable d'être très, très patient, mais sur un temps très court, voilà tout !

Ma mère et moi partons d'un grand éclat de rire qui ne manque pas d'élargir le sourire de mon père, ravi de l'effet produit sur son auditoire.

# 26

J'arrive au studio avec un peu de retard ce matin. J'en suis la première surprise. Est-ce la raison pour laquelle mon anxiété se trouve perchée quelques crans plus haut que les jours précédents ? Peut-être, sûrement, sans doute. Je pénètre dans la loge, mon assistante est là, le comédien aussi. La trousse ouverte sur la tablette devant lui m'indique qu'elle a déjà commencé à le préparer. Zut ! J'opte pour la vieille méthode qui a fait ses preuves en son temps : feindre le détachement.

— Hello tout le monde ! Oh la la, j'ai eu un gros problème sur ma ligne de métro ce matin. Pas vous ?

Mon jeu d'acteur doit être minable, car ils me regardent tous les deux comme si je venais de dire qu'un alien m'avait kidnappée. J'enchaîne avec ma deuxième pirouette : noyer mon auditoire sous les questions et informations toutes plus superficielles les unes que les autres. Je possède un master deux en la matière, rapport à toutes ces années passées en salon de beauté.

— Et sinon, c'était bien vos jours de repos ? Moi, j'ai jardiné. J'ai entendu dire que c'était thérapeutique le jardinage, vous le saviez ?

— Euh, non, me répond le jeune comédien tandis que Léa lui applique son fond de teint.

— Moi, je suis restée avec mon copain. On est allés manger au Macdo et on s'est fait un ciné.

Je bénis Sainte Léa de nourrir la conversation.

— Qu'êtes-vous allés voir ? Le dernier Klapisch ?

— Mon copain est plutôt branché cinéma américain. On a vu le dernier Marvel. Je ne sais même plus le titre, car à vous je peux le dire, je me suis endormie au bout de dix minutes. La honte, à vingt-cinq ans !

— Tu as des problèmes de sommeil ?

Elle hoche la tête en testant plusieurs couleurs au pinceau sur le dos de sa main. Je vérifie, tout à côté d'elle, la trousse de ma comédienne qui doit arriver d'un instant à l'autre.

— Tu sais, j'ai commencé l'hypnose. Tu devrais essayer. Franchement, ça fait beaucoup de bien.

— Ouais, mais c'est pour les cas difficiles. Toi, tu en avais besoin à cause de ton accident, tes crises d'angoisse au boulot et tout, non ?

Elle lâche son pinceau en même temps que je relève la tête vers elle, sidérée.

— Je suis désolée, elle bredouille. Je ne voulais pas...

— Qui t'a raconté ça, Léa ? je la coupe.

— Ne te fâche pas contre elle, intervient le jeune homme en me regardant dans le reflet du miroir. Ça se sait vite ce genre de choses. Tu sais bien...

Est-ce ce nouveau jean, que j'ai pris une taille en dessous dans l'espoir que les muffins maternels ne fassent pas hurler ma balance, qui me comprime l'abdomen ? Est-ce l'absence de clim dans la loge ? À moins que ce ne soit cette tasse de thé que j'ai voulu boire d'une traite alors qu'elle était trop chaude ? Peut-être, sûrement, sans doute, un peu tout cela conjugué. La tête me tourne, une bouffée de chaleur étreint ma poitrine et m'impose de m'asseoir sur le champ. J'aimerais dire à Léa d'attraper ma petite trousse rose dans mon sac à main, avaler quelques gouttes de *Rescue* et endiguer ce qui se profile et que je ne connais que trop bien désormais. Seulement, tout va trop vite, ma vision se trouble et voilà que je sens qu'on saisit mes jambes pour les surélever et qu'on humecte mon front tout doucement.

Le boss, averti alors que je tente de reprendre mes esprits, entre en trombe dans la loge. J'imagine que le spectacle que je lui offre a dû nettement participer à son analyse de la situation. Le comédien en train de tapoter le visage de sa maquilleuse, c'est du jamais vu !

— Bon, Tamara. Si ça ne te dérange pas, on bosse ici. Léa va te remplacer.

— Je serai sur pied dès cet après-midi. Sois tranquille, je lui promets tout en gardant les paupières fermées pour contrôler la sensation de vertige.

— Tu n'as pas bien saisi, princesse. Léa te remplace tout court jusqu'à la fin du tournage.

J'ouvre les yeux. J'ai dû mal comprendre. Mon cœur trébuche. J'essaie d'accrocher son regard, voir s'il assume jusqu'au bout ce que je viens d'entendre et qui ressemble fort à une décision sans appel. Il pointe du doigt le comédien tout en parcourant son plan de travail des yeux avant de conclure.

— Au prix que je le paie, je ne peux pas me permettre de le réquisitionner pour t'éventer en cas de malaise. Je pense que tu comprendras et que tu n'en feras pas une affaire personnelle, comme on dit de nos jours. Allez, file te reposer et peut-être réfléchir à une reconversion, car à ce train-là, ça risque d'être compliqué pour toi. Enfin, je dis ça parce que je t'aime bien et que parfois, mieux vaut quitter le navire la tête haute qu'en se noyant carrément. Et vous autres, sur le plateau dans cinq minutes, ordonne-t-il à ma collègue et à mon *infirmier*. On a assez perdu de temps comme ça !

Je reste seule dans la loge, dans la même position cocasse que quelques minutes auparavant. Je me sens comme en arrêt sur image. Dois-je me lever et me battre pour reprendre ma place ? Dois-je appeler mon père à la rescousse, comme souvent ces temps-ci en cas de crise ? Dois-je suivre les conseils de ce vieux réalisateur blasé de la vie et raccrocher les gants ? *Revenir dans le cœur*, me dirait Héléna. Mais qu'y a-t-il à présent dans mon cœur, hormis une immense déception de moi-même, à l'idée de me dire que je n'y arrive décidément plus ?

Les larmes coulent toutes seules. Pour une fois, je ne les chasse pas. Je sens les chemins qu'elles tracent sur mes joues. Quelle voie peuvent-elles bien me montrer ? Pour moi, depuis ma chute de cheval puis la période ennuyeuse en salon d'esthétique, je n'ai jamais eu que cette certitude : le maquillage artistique. Mes larmes se meuvent en sanglots, je me recroqueville. Que vais-je devenir ? Mon métier, c'était tout pour moi. J'ai l'impression de mourir, de tomber dans un grand trou sans aucune prise à laquelle me raccrocher. Je contacte finalement ma sœur. Après avoir laissé mon neveu à Mathieu qui, par chance, est à la maison, je reçois un dernier message d'elle :

Ça y est ! Je suis dans le train, ma Tamouille. <3

Je souris. Ma sœur ne m'a pas appelée Tamouille depuis notre enfance, cette époque lointaine où je m'en fichais encore pas mal du regard des autres. Ensuite, j'avais commencé à vouloir contrôler mon image. Je lui avais interdit de me prénommer Tamouille. J'avais malmené ceux qui m'aimaient au naturel dans l'espoir de plaire à d'autres. Où en étais-je aujourd'hui ?

Une chose dont j'étais certaine, je n'étais pas près d'arrêter les séances avec Héléna. J'avais l'impression décourageante, bien que stimulante à d'autres moments, que plus je tirais sur les fils de mes névroses, plus je découvrais tout ce que j'avais pris soin de fourrer sous le tapis.

## 27

Une fois la déception consumée, je glisse vers un soulagement inattendu à l'idée de ne pas retourner au studio demain ni les jours suivants. J'ignore encore ce que je vais faire de moi et de mon avenir, mais je me dis que le projet pourrait consister d'abord à profiter davantage du moment présent.

Ma sœur et moi sommes attablées dans un salon de thé. Elle fait face à un gigantesque banana split, son dessert favori, avec supplément chantilly et moi, une tarte Tatin. Elle triture le fond de sa coupe de glace en me racontant les derniers exploits de Bastien. La maitresse l'a encore appelée après le déjeuner hier pour qu'elle vienne le chercher, car, je cite, elle ne savait plus comment le gérer. À l'entendre, mon neveu est schizophrène et non TDAH[7]. Est-ce lui qui n'est pas fait pour ce monde ou la société qui n'est plus adaptée à ces enfants hypersensibles ? La conversation glisse vers mes propres difficultés.

— Mais que veux-tu que je fasse, Flo ? Je ne vais quand même pas maquiller des macchabées comme ton pote thanato.

— Et pourquoi pas ? Il y a quelque chose d'apaisant dans le milieu des obsèques, tu sais. Tu as toujours été très rigoureuse et discrète. Je suis sûre que tu pourrais y prendre du plaisir. Et puis, dans cette branche, jamais de chômage. J'ai même entendu dire qu'ils en manquent.

Je lève les yeux au ciel. Je soupire, mais la laisse continuer son délire. *Jusqu'où s'arrêtera-t-elle*, comme disait Coluche.

— Tam, franchement le maquillage, c'est vraiment ton truc. Tu es une magicienne, c'est un sacré avantage dans ce domaine. Fais-moi confiance.

— Flo, je maquillais des acteurs et des animateurs télé.

— Et alors ? Justement, c'est une noble cause de maquiller des morts pour que leurs proches gardent une belle image d'eux. Tu ne crois pas ?

---

[7] Le TDAH est un trouble du neurodéveloppement qui se manifeste par un déficit de l'attention, une hyperactivité motrice et une impulsivité.

— Je n'ai jamais vu de mort. Tu sais bien que les parents nous l'ont interdit.

— Je peux t'organiser un rendez-vous avec Sylvain si tu veux découvrir à quoi ça ressemble.

— Non, mais *Tamara la Thanato*, franchement tu trouves ça crédible ?

— Écoute, au moins aucun risque d'agoraphobie avec eux. Tu bosserais seule la plupart du temps.

Ma sœur sourit, le genre de sourire qu'elle me sert avant de me balancer une réplique dont elle a le secret.

— Et dernier avantage, pas obligée de leur tailler la bavette. Pas comme avec tes stars qui se plaignent pour un oui ou pour un non.

— En parlant de reconversion, as-tu songé à devenir humoriste ? Parce que franchement, tu aurais des prédispositions, je trouve.

— Tu verras que mon idée n'est pas si farfelue.

— Mais la mienne non plus, petite sœur. Après Florence Foresti, mesdames et messieurs, je vous demande d'applaudir Florence Mesnard, l'étoile montante de la scène française du rire !

— Eh, tu es douée aussi, ma vieille. Sinon, on peut monter un duo ? On l'appellerait *Les sœurettes pouet pouet*.

Florence clôt le débat en me jetant sa serviette en papier que j'attrape au vol pour essuyer les indices de ma gourmandise. Bien que ses idées soient farfelues, le contact de ma sœur me fait un bien fou. Le milieu bobo intello parisien me manque de moins en moins. Je vais bien devoir me projeter dans quelque chose. Je ne peux pas rester chez Aurore ou les parents sans rien faire. Je me sens épuisée à la perspective de cet horizon qui ne m'offre que le vide. Je n'ai jamais aimé que ça : maquiller et faire du bien aux gens en les faisant beaux. Comment savoir quel autre rôle pourrait me convenir ?

Avec mon index, je dessine dans la buée. Je crée des arabesques sur la vitre du train. Retour en terre d'enfance, retour à Angers. Encore une fois. Les paysages déprimés du mois de novembre filent et je me laisse étourdir dans leur contemplation tandis que ma sœur est plongée dans sa lecture, la tête posée sur mon épaule. Des vagues d'angoisse viennent gratter mon espace redevenu serein, me rappelant que je peux les repousser, mais pas les anéantir. Tant que je me trouverai dans l'incertitude professionnelle, je ne pourrai pas les faire disparaitre pour de bon.

Je respire lentement et commence à somnoler, bercée par le roulis du train et le chuchotis des conversations. Je finis par m'endormir et me retrouve entourée d'êtres de lumière. Je ne distingue pas leur visage. Pour autant, même si je ne saurais l'expliquer, je suis certaine qu'ils me sourient. Je le ressens profondément dans mon cœur. Ils forment une sorte de ronde autour de moi et ça ressemble à une séance de Biodanza au moment où tout le monde enveloppe de mouvements celui qui se trouve au centre de la ronde. Je crois que ça s'appelle la danse du dauphin. En tout cas, ces êtres sont là, par leur posture et leur présence, pour me soutenir. J'en ai l'intime conviction. Au bout d'un moment, l'ombre se rapproche de nous, semblable à un spectre qui risque d'absorber notre lumière, tel le nuage cachant le soleil. Et soudain, quelque chose de tout à fait incroyable se produit : notre lumière se fond avec l'obscurité, comme si elles faisaient la paix, comme la nuit embrasse le jour.

## 28

J'observe mon père en train de réparer la sonnette de la porte d'entrée. Son atelier est à son image : organisé, calme et logique. Il a toujours été un grand bosseur, sans cesse occupé, un brin hyperactif. Le seul moment de répit qu'il s'octroyait se résumait à une courte sieste après déjeuner. Sept jours sur sept. Il avait une vie sociale très riche quand il travaillait. Je voyais bien comme il jubilait de partir en dépannage avec sa caisse à outils et sa combinaison telle le superhéros enfilant sa cape. Maintenant, il porte secours aux voisins en cas de fuite, fabrique des cabanes à oiseaux et randonne dans un club avec sa femme.

Il me sourit quand je pose un mug de café fumant à l'extrémité de son établi.

— Alors, tu ne peux plus te passer de nous, on dirait ?
— On dirait bien, oui.

Nouw avons toujours communiqué ainsi. Une petite boutade, un silence, un soupir, un sourire, une main sur l'épaule qui dit *ça ira mieux demain*. Pourtant, aujourd'hui, je rêve de grands monologues qui m'expliquent la vie avec des recettes de bonheur, inratables du moment qu'on les suit à la lettre.

— Tu as l'air apaisé depuis que tu as arrêté de travailler.
— Qu'est-ce qui te fait croire ça ? s'enquiert mon père.
— Quand on te parle, tu sembles vraiment écouter. J'aime te sentir plus disponible dans ta tête.
— Parfois un peu trop à mon goût, mais bon… Je me plains comme un véritable retraité, jamais content. Il faut croire que je commence à vraiment coller à mon personnage.

Je lui souris en humant les arômes de mon café. Je remonte le col de mon pull. Il fait froid quand on ne s'active pas.

— Tu as du temps pour Bastien.
— C'est quand même triste de se dire que j'offre à Bastien le temps que j'aurais dû vous consacrer à vous.
— Tu sais, maman était là et on savait que c'était pour nous que tu faisais tout ça, papa.
— Il n'empêche que maintenant, on est comme deux cons : moi le lion en cage, à l'affût d'une occupation et toi à chercher

ce qui te plairait. À part ce milieu pourri qui t'a tourné le dos dès le premier pépin alors que tu t'es toujours montrée exemplaire.

— Papa, ils n'allaient pas suspendre tous leurs projets en attendant que je me remette sur pieds.

— Ils auraient pu, réplique-t-il avec la mauvaise foi dont on le sait capable.

Je le vois qui s'agace sur une vis récalcitrante. Je devine son impuissance. C'est à mon tour de poser ma main sur son épaule.

— Bon, si vous n'en avez pas trop marre de moi, avec maman, je vais essayer de laisser ces vieilles rancœurs derrière moi et rester ici pour trouver maintenant comment me réinventer.

— En tout cas, pas comme barista. Ton jus est vraiment ignoble.

— Désolée, je crois que j'ai dû oublier le dosage des cafetières italiennes.

— Si j'ai bien compris, si tu restes, tu risques de me refaire du café ?

— Ça t'embête ?

— Un peu. Mais je devrais pouvoir endurer le mal qui m'est infligé !

Je lui donne une tape sur le bras, après quoi, il mime une douleur atroce.

— Aïe ! Je vais te dénoncer à SOS retraités maltraités.

— Ça existe, ça ? je réponds en pouffant.

— Tout à fait et c'est moi le président de l'asso, alors, fais gaffe, ma p'tite !

Mon père a beau feindre la nonchalance, je le connais. Je devine qu'il s'inquiète pour moi. Pour autant, je dois admettre que je suis soulagée de mettre sur pause ma carrière pour m'essayer à autre chose.

## 29

Je déambule aux côtés de ma mère dans les allées colorées du marché. Quelques étals artisanaux se sont faufilés parmi les marchands permanents et nous indiquent que Noël se prépare déjà. Je me délecte de ce plaisir simple. À Paris, je n'ai jamais le temps d'aller au marché et j'adore observer ma mère qui demande des nouvelles de la famille de chaque commerçant. Elle se souvient du prénom de leur femme, de leurs enfants, de la petite dernière qui ne tardera pas à accoucher ou du cadet passant le bac cette année. Ma mère a toujours fait attention aux gens. Je veux dire, pas par politesse ou bonne éducation, mais sincèrement. Elle était systématiquement membre du bureau des associations. Active auprès des parents d'élèves ou de nos activités extrascolaires, sans cesse prête à vendre des crêpes pour la kermesse ou solliciter les commerçants du village pour récolter des lots pour la tombola.

Une fois attablées derrière la vitrine du bar-tabac, je la regarde s'étirer avec un sourire satisfait. Elle ferme les paupières et goûte à la caresse du soleil d'hiver. Ma sœur doit nous rejoindre d'ici quelques minutes.

— Maman, as-tu des regrets de ne pas avoir travaillé ? Je veux dire autrement qu'avec papa.

Elle ouvre les yeux, puis la bouche avant de la refermer comme pour mieux réfléchir à sa réponse.

— Pourquoi penses-tu que j'aurais pu regretter mon choix de vous élever ?

— Tu avais ta passion des fleurs…

— C'est vrai. Mais quand je suis devenue maman, ça a tout supplanté. Comme si le reste avait moins d'importance. Je me suis tellement épanouie avec vous, à la maison. Et comme tu le sais, je ne m'ennuyais pas. Vous choisir, c'était aussi me choisir, m'offrir une qualité de vie. Je télétravaillais avant que ça s'appelle ainsi. Je pouvais vous récupérer les midis et avec ta sœur qui n'aimait pas grand-chose, c'était pour moi l'assurance qu'elle mangerait quelque chose. Et pour toi, ça m'a permis de t'emmener au cheval.

— Je n'avais jamais envisagé ça sous cet angle-là.

— C'est normal. On se raconte souvent des histoires sur ce que doit être la vie des autres et la plupart du temps, on tombe à côté.

— Mais quand nous sommes parties, Flo et moi, ça n'a pas dû être facile, non ?

— J'avais mes amies, mes loisirs. Tout cela s'est fait progressivement, heureusement. C'est pour ton père que ça a été plus dur. À la retraite. Il n'avait pas du tout anticipé son arrêt d'activité. Je veux dire, il a trouvé un repreneur. Tout était carré, tu le connais, mais il n'avait pas pensé à l'après.

— Tu es heureuse, alors ?

— Bien sûr, mon ange. Et toi ?

— C'est dur, mais j'essaie.

— Tu vas y arriver. Tu dois te laisser du temps.

— Maman, tu sais, j'ai l'impression que plus rien ne peut être comme avant depuis mon accident.

— Comment ça ?

— Mon ancienne vie, mon métier, j'ai l'impression que tout cela n'a plus de sens.

Je touille machinalement le fond de ma tasse vide, découragée. Elle pose sa main sur la mienne, m'invitant à la regarder dans les yeux. Elle m'offre son sourire de gagnante qui m'a toujours fait du bien.

— Alors, tu dois créer une vie qui en a. Regarde, tu as du mal à croire que j'aie pu être épanouie dans un quotidien de mère au foyer et pourtant, je t'assure que ce fut le cas. N'écoute pas les autres ou la logique, suis ce que tu sens et tu trouveras.

Ma sœur débarque en trombe et en retard, comme à son habitude. Elle découvre nos mines sérieuses et sans doute peu réjouies, nous claque une bise avant de déclarer :

— On dirait qu'il était temps que j'arrive pour chauffer l'ambiance. Vous tirez de ces têtes !

— Tamara est prête à passer à la phase deux du plan : la renaissance.

— Oh, mais ça ne se fête pas avec un café, ça, les filles. Allez, c'est ma tournée !

Florence abandonne sa doudoune rouge sur le dossier d'une chaise et se libère de son écharpe en laine bariolée dans une chorégraphie qu'elle seule sait rendre gracieuse. Le tourbillon de vie qu'elle dégage balaye aussitôt mon vague à l'âme et je me laisse avec plaisir absorber par le récit de sa semaine rocambolesque au travail. Nous rions toutes les trois aux éclats quand une silhouette masculine se retourne sur ses pas arborant un sourire lumineux. Je reconnais immédiatement le thanatopracteur, copain de Mathieu.

— Eh ! Sylvain ! Tu te joins à nous ?

Je déteste quand Florence nous impose une compagnie sans même nous interroger du regard. Sa question à peine formulée, ma mère décale sa chaise tandis que ma sœur en attrape une à la table la plus proche. Sylvain semble néanmoins un peu gêné de débarquer ainsi dans un moment en famille. Mais avec Florence, pas le droit de refuser. Il obtempère, gardant toutefois sa veste, signe qu'il ne s'éternisera pas. S'il ne m'était pas si antipathique depuis la première fois, je le trouverais presque séduisant avec son sourire malicieux. Il donne l'impression d'avoir toujours une réplique sous le coude. Malheureusement, l'arrogance gâche souvent l'intelligence et monsieur semble en être généreusement pourvu.

— Alors, Florence ? Comment va le monde des vivants ?

Ma mère ricane telle une adolescence, signe qu'elle est embarrassée. Je précise qu'elle apprécie, comme moi, moyennement ce genre d'humour noir.

— Mieux que celui des morts, j'imagine.

Je sens que ma sœur rêve de changer de sujet sans oser se lancer. Je viens lui prêter main forte, hors de question que ce croquemort nous sape l'ambiance.

— Dis donc, on n'avait pas prévu d'acheter un poulet pour demain midi, maman ?

— Ah, mais oui, tu as raison. Va chez monsieur Robert, je te rejoins.

Sylvain, se sentant autorisé, se lève en même temps que moi et nous manquons de nous cogner mutuellement la tête.
— Oh pardon, Tamara. Tu n'as rien ?
— Non, non, c'est moi qui m'excuse.

Je rêve ou il pose sa main sur mon épaule comme si on avait garé les mobylettes ensemble ? Je me dégage en lançant :
— Pardon, j'y vais avant que…
— Les derniers poulets de monsieur Robert s'envolent ? complète-t-il, goguenard.

Sa réplique m'arrache un sourire que je ravale aussitôt. Il m'agace cet homme à se croire en terrain conquis avec tout le monde. Je leur tourne le dos pour chercher mon portefeuille dans mon sac et sursaute en entendant ma mère glousser comme une pintade à la saison des amours.
— Sacré Sylvain, toujours le mot pour rire ! C'est bien. Surtout avec votre métier. Vous ne devez pas rire tous les jours.
— Cela dépend comment on envisage la mort, madame.
— Appelez-moi Armelle, voyons !
— Tu sais, maman, Sylvain a choisi ce métier. C'est une vocation.
— N'embête pas ta mère avec ça, Flo. Allez, je file. Moi aussi, j'ai des poulets à chasser pour le déjeuner en famille. On s'appelle bientôt ? Embrasse tes gars pour moi ! Belle journée, mesdemoiselles.

Je hâte le pas pour arriver la première chez le volailler. Haletante, je fais mine de ne pas le voir, absorbée dans la contemplation des gallinacés. Je me sens ridicule tout à coup à jouer la comédie de l'indifférence avec ce type que je connais à peine.
— Alors, ta sœur m'a dit que tu cherchais une reconversion ?

Je lève le nez des pintades, ahurie. Comme je reste coite, il s'autorise à poursuivre.
— Si tu veux, tu peux venir assister à un soin, juste pour voir.
— Je ne sais pas.

Il sort une carte de sa poche comme un magicien un lapin de son chapeau et me propose de l'appeler si je me décide.

— À vous, mademoiselle. Qu'est-ce qui vous ferait plaisir ?
Je me surprends à rougir à cette question face à monsieur Robert. Pourvu qu'il ne se fasse pas d'idées, il ne manquerait plus que ça !

## 30

— Et toi, bien sûr, tu t'es dit que ce serait une bonne idée d'en parler à l'autre comique avant de savoir si j'étais d'accord !

— Mais enfin, Tam. Inutile de hurler comme ça. Ce n'est pas grave. Si tu ne veux pas y aller, tu ne le rappelles pas. Fin de l'histoire. Où est le problème ? Tu flippes de voir des morts ? Ou alors, as-tu peur que ça te plaise ?

— Ah. Ah. Hilarant ! Papa, tu me comprends, toi au moins ?

Il lève les bras en signe de neutralité. Il tente clairement d'étouffer un rire. Je fulmine.

— Ça vous amuse toute cette histoire ? Pour vous, ce n'est qu'un jeu, qu'une plaisanterie, mais pour moi, c'est ma vie. Vous comprenez ?

J'éclate en sanglots en me dirigeant vers l'escalier. Je veille à bien claquer ma porte de chambre. Quitte à jouer l'adolescente ulcérée, autant aller jusqu'au bout du cliché. Quelques minutes plus tard, j'entends tapoter à la porte. Je grogne un *entre*. Je me tiens à la fenêtre, une cigarette à la main, concentrée sur mon souffle pour endiguer les larmes. Ma mère s'approche en posant la main dans mon dos.

— Ma chérie. J'ignore ce que tu ressens. Je ne me suis jamais trouvée dans ta situation, mais il me semble que ce n'est pas si grave.

— Ce n'est jamais grave quand ça arrive aux autres.

— Mon ange, tu sais bien que tu n'es pas *les autres* pour moi, voyons.

— Papa et Flo ont l'air de bien prendre mon avenir par-dessus la jambe, en tout cas.

— Papa est toujours embarrassé dès qu'il s'agit de donner son opinion. Quant à ta sœur, elle te provoque pour te secouer un peu. Et puis...

— Et puis ?

— Je trouve son idée pas si saugrenue que ça, si tu veux mon avis. Tu as l'opportunité avec Sylvain de découvrir ce métier de près. C'est une chance, en quelque sorte.

Je soupire et écrase mon mégot avant de pivoter vers ma mère.

— Bon, je l'appellerai. Je me suis peut-être un peu emballée. Je ne risque pas grand-chose à y aller, après tout.

— Voilà. C'est important de savoir rester ouverte à ce que la vie te propose, ma fille.

Je me sens tout à coup épuisée de m'être emportée de la sorte. Épuisée et immature. Ce projet de reconversion me remue. Quand on ne peut plus retourner en arrière, il n'y a qu'une solution, aller de l'avant !

— Bon, parlons un peu plus sérieusement. En dessert, pour ce midi, île flottante, ça te tente ?

— Maman, tu sais bien que c'est mon préféré.

— Ah oui ? Tiens, j'avais oublié, me répond-elle, l'air malicieux.

Mon sourire s'ouvre en grand tandis que ma mère m'attire vers elle pour m'étreindre. Le plus dur reste à venir, je le pressens.

# 31

J'arrive à la chambre funéraire en avance. J'observe le ballet des véhicules qui se garent sur le parking, sans doute une famille venue se recueillir. Certains ont gardé les lunettes de soleil malgré le temps couvert de décembre, d'autres se sourient d'un air désolé. Je contourne le bâtiment et suis le panneau indiquant l'espace de stationnement réservé au personnel. Je reconnais Sylvain, debout devant la porte. Il boit un café avec un homme d'une bonne cinquantaine d'années qui affiche une mine ouvertement sympathique. Sylvain rit aux éclats. Ce type n'a donc aucune limite ? Se comporter ainsi dans un endroit où d'autres se recueillent et pleurent. Décidément, plus je le connais, plus il me sort par les yeux. Je laisse passer quelques respirations afin de faire redescendre ma colère. J'ai aussi conscience que ce gars prend gentiment sur son temps pour me montrer son métier, par conséquent, je compte rester polie et aimable, ce qui en sa présence relève du véritable exploit.

Il vient à ma rencontre et ouvre ma portière. Je bafouille des remerciements avant de regarder mes pieds. Je me surprends à tirer sur les pans de ma veste comme si j'étais nue dessous.

— Tamara, je te présente Jean. Il est propriétaire des pompes funèbres avec lesquelles on bosse la plupart du temps. Il a proposé de rester pendant le soin, histoire de pouvoir répondre aux éventuelles questions que tu aurais au sujet de son métier.

— Merci, c'est très gentil, je lui dis avec un sourire.

— C'est bien normal. Et puis, Sylvain et moi, on est des passionnés. On est toujours contents de faire découvrir notre domaine. Pas vrai, mon vieux ?

Sylvain hoche la tête avant de m'inviter à suivre Jean dans le dédale de pièces plus immaculées les unes que les autres. Il m'explique la salle de pause avec les sanitaires, la salle de soins en indiquant qu'on y reviendra et entrebâille la porte sur laquelle *Solange L* est inscrit au feutre Weleda.

— C'est une des trois chambres. Elle n'est pas encore ouverte au public, je viens de terminer de la préparer.
— De préparer la chambre ? je demande, interdite.
Sylvain et Jean échangent un regard complice avant que ce dernier précise :
— De préparer la défunte. C'est le terme employé dans le milieu. Sylvain a tout juste fini avant ton arrivée.
— J'ai beaucoup de soins aujourd'hui, j'ai préféré prendre un peu d'avance. J'espère que cela ne t'embête pas ?
Je balbutie un non en secouant la tête. Je sens monter le stress à l'idée qu'ils ouvrent la porte et que je découvre cette pauvre dame endormie pour toujours.
— Je n'ai jamais vu de mort, je m'empresse d'annoncer, le souffle court.
— Ah.
Sylvain semble recevoir l'information comme un fâcheux contretemps.
— OK. On pourrait peut-être commencer par te présenter Solange puis faire le soin de Lino après, alors ? Qu'est-ce que tu en penses, Sylvain ?
— Oui, très bien.
Je suis surprise qu'ils les appellent par leur prénom, mais je n'ai pas le loisir de m'y attarder que Jean décide de nous faire faux bon. Mon stress monte d'un cran. C'est bête, mais sa présence et sa bonhommie me rassuraient.
— Je vous laisse, j'ai un coup de fil à passer. Je vous rejoins plus tard. Tamara, sers-toi, tu trouveras des gants et des masques dans le premier tiroir de gauche, dans la salle de soins.
— Pourquoi un masque ? C'est pour l'hygiène ?
Jean agrippe la poignée de porte et se faufile à l'extérieur sans répondre.
— Pas que, pas vraiment. C'est plutôt rapport aux effluves pendant le soin, précise le thanatopracteur.
Il capte mon regard effrayé et me pose la main sur l'épaule. Je recule par réflexe.
— Tamara, si tu as changé d'avis et que tu ne te sens pas

prête, on peut reporter.

— Absolument pas, allons-y.

Sylvain ouvre la porte de la salle de présentation. J'y découvre Solange qui semble endormie. En apnée, les ongles enfoncés dans les paumes de mes mains, je me force à approcher. Je me sens aussi fébrile que si je bravais un interdit. Je devine la présence de Sylvain dans mon dos qui demeure en retrait, silencieux. J'examine la défunte, sa posture digne. Les traits de son visage sont doux, on jurerait même qu'elle sourit légèrement. Je m'autorise à reprendre mon souffle. Je n'arrive pas à détacher le regard. J'aurais presque envie de la toucher pour m'assurer qu'elle est bien morte.

— On peut y aller ? me demande Sylvain.

— Absolument. Je suis prête.

Sylvain pénètre dans la pièce en premier. Une forme se trouve là, couverte d'un grand drap blanc, étendue sur un brancard en inox. Sylvain ôte le tissu et révèle le cadavre d'un vieux monsieur nu avec une couche pour adultes. Ses paupières sont fermées et son corps bien droit. Si sa main gauche n'était pas suspendue, comme pétrifiée dans ce geste qui dit *attends,* on pourrait aisément croire qu'il dort. Son teint est jaune et son ventre légèrement bleuté et gonflé.

— Je te présente Lino. Lino, voici Tamara. Elle va rester avec nous pendant votre soin. J'espère que cela ne vous dérange pas.

— Tu t'adresses toujours à eux comme ça ? Ou c'est juste parce que je suis là ?

— Toujours. De leur parler, cela m'aide à mieux les sentir. J'ai l'impression qu'ils coopèrent davantage aussi.

— Comment ça ?

— Certains refusent les soins.

Je hausse les sourcils. Il s'explique.

— Le corps peut mal réagir aux traitements prodigués. Tu dois être à l'écoute de chacun, savoir écouter la peau, t'adapter.

La manière dont Sylvain parle des morts me fascine. Il

semble réellement créer des liens, une empathie avec eux. Comme moi avec mes acteurs. Je me sens bête d'avoir imaginé qu'il effectuait ces gestes mécaniquement.

J'assiste à toutes les étapes du soin. Je tourne la tête quand il sort son scalpel. J'ai le droit d'écouter mes limites. Je l'examine en train de masser le bras de Lino. Il m'explique que cela sert à faire circuler le formol pour lui redonner une belle couleur de peau. Deux flacons de taille imposante sont disposés de part et d'autre du corps. Tous deux reliés à lui par d'épais tubes. Sylvain parait jongler avec toute cette installation avec beaucoup d'aisance.

— Ça fait beaucoup de tuyaux à gérer.

— On attrape le coup de main avec le temps. La difficulté, consiste à s'arrêter niveau formol avant que cela altère l'aspect de la peau, sinon la figure devient bouffie. C'est important que le visage reste naturel.

— Et comment sais-tu quand c'est bon ?

— Je le sens. Le mort me dit stop en quelque sorte. Certains collègues chargent en produit pour ne pas s'embêter, pour aller plus vite et que le corps ne réagisse pas de façon désagréable avec le temps.

— Et toi, pourquoi fais-tu autrement, alors ?

— Que les proches reconnaissent leur défunt et puissent commencer leur deuil est le plus important pour moi.

Sylvain ressemble davantage à un infirmier qu'à un thanatopracteur. En tout cas, je n'avais pas imaginé qu'on pouvait y mettre autant de cœur. Ce n'est peut-être pas un hasard si on appelle cela *faire un soin*.

Jean revient au moment de l'habillage. Je remarque les chaussettes dépareillées du défunt. À quatre-vingt-douze ans, on ne s'embarrasse plus avec ce genre de détails. Les deux hommes continuent à lui parler, sollicitent son aide pour enfiler le bras dans la veste bleu marine fournie par les proches. Je reste silencieuse tandis qu'il maquille, coiffe et parfume cet homme, son corps, comme pour aller à la noce. Sylvain demande si la famille est croyante. Jean opine du chef. Sylvain installe Lino, les mains croisées en prière sur sa poitrine. Ils débloquent les freins des roues et font rouler le chariot jusqu'au salon funéraire à côté de celui de Solange. Jean marque un arrêt afin d'y inscrire le prénom du défunt.

— On doit rester très vigilant, m'explique-t-il. Il serait malvenu de commettre une erreur et que les proches se recueillent devant la mauvaise dépouille.

Un sourire de connivence entre les deux hommes me laisse entendre qu'ils auraient matière à écrire un livre sur les bourdes dans le funéraire. Mais je décide de ne pas les interroger. Je sens mon état émotionnel précaire et souhaite éviter de me donner en spectacle en m'attardant plus que nécessaire. Ils installent Lino avec un joli drap tissé aux fils dorés et un petit coussin assorti sur lequel ils déposent délicatement sa tête. Ces attentions, ces détails me touchent. Lino ressemble à présent à la *Belle au bois dormant* attendant sa princesse.

— Il était marié ? je demande.
— Veuf, répond Sylvain. Depuis un an. Ils se sont aimés jusqu'au bout. Il est parti la rejoindre, conclut-il en repositionnant une mèche de cheveux.

Il me semble percevoir une émotion dans l'intonation de sa voix. Après un instant de recueillement, il se racle la gorge, sans doute une façon polie de nous inviter à ne pas nous éterniser.

Nous repassons devant la salle de soin. La porte est restée ouverte, le temps d'effectuer le transfert. J'aperçois un flacon rempli de fluides corporels et la brosse à cheveux. Le soin se trouve à mi-chemin entre le médical et l'esthétique, je songe. Je les remercie et prétexte un rendez-vous afin d'abréger ce moment éprouvant pour moi. Je leur glisse un dernier *merci, bon courage* et un sachet papier avec des viennoiseries que j'ai oublié de leur donner en arrivant. Je les regarde me faire signe tandis que Jean sort une cigarette pour la coincer entre ses lèvres. Sylvain suit mon véhicule des yeux pendant que je manœuvre sur le parking. Désormais, je ne pourrai plus le voir comme un sale con arrogant. Nous avons partagé l'intime et l'indicible. Même s'il plaisante volontiers au sujet de son travail devant tout le monde, je sais maintenant le respect qu'il a pour *ses morts*, tels qu'il les a nommés à maintes reprises.

Je reste évasive tandis que mes parents m'interrogent sur cette expérience. J'ai la sensation que je dois la digérer, voire ne pas la partager. C'est tellement hors normes. Pourraient-ils comprendre ?

## 32

Je laisse passer quelques jours, revivant les moments au détour d'un trajet en voiture, tandis que je visionne un film avec mes parents. J'ai commencé à me renseigner. Je sais qu'il existe une école à Angers. Réputée. Je devrais y voir un signe, dixit ma sophrologue. Je pourrais d'ailleurs prendre rendez-vous avec elle pour m'aider à y voir plus clair. Je décide d'emmener Bastien au parc de la Garenne. Il a besoin de se défouler et moi de me sortir cette chambre funéraire de l'esprit.

Il sautille devant moi, son bonnet à pompon vert dansant joyeusement au-dessus de lui. Je vois bien qu'il invente des histoires dans sa tête et sa mine concentrée me redonne le sourire. Est-ce qu'avoir six ans est plus simple ? Et si je me racontais trop d'histoires, moi aussi ? Héléna dit que j'ai sans doute besoin de plus de temps pour me remettre. J'ai vécu un choc post-traumatique, il parait. Impossible d'y voir clair pour l'instant.

*Y voir clair*. Mon regard se perd à la surface de l'étang Saint-Nicolas. Bastien s'amuse à y jeter des branches et des galets. J'ai l'impression que ma tête est à l'image de cette eau. Elle semble redevenir transparente au bout d'un moment, jusqu'à ce qu'un nouveau caillou vienne la troubler.

Je songe à ce métier pas du tout glamour, ingrat même. Je mesure les étapes par lesquelles je devrai passer : repartir dans les études, se remettre à l'épreuve, contacter Fred, lui vendre ma part au plus vite afin de financer le projet. Encore une phase irréversible qui m'éloigne de mon ancienne réalité. Je n'ai aucune envie de la voir. Je crois que je continue à lui en vouloir. Et le pire : je m'en veux de le ressentir. Après tout, elle n'allait pas attendre toute sa vie que je me décide, que nos planètes s'alignent. Je n'avais pas le droit de la garder en otage comme je l'ai fait. Nous devons vivre. C'est la seule option, finalement.

Je fume une cigarette, assise sur un banc au bord de l'eau. Bastien navigue toujours dans sa bulle imaginaire. Je l'y laisse, j'aurais trop peur de la faire éclater et de rompre le charme qui le porte depuis notre arrivée. J'aime la compagnie de la nature pour revenir à l'intérieur de moi. Je ferme les paupières pour mieux écouter le chant des oiseaux, sentir la caresse de l'air frais qui s'engouffre dans les allées. Les branches des saules telles de longues mèches de cheveux lascives baignent dans l'étang et dansent avec les ondes qui s'y meuvent. Je soupire. Cet endroit m'offre une parenthèse dans ma tourmente mentale et émotionnelle.

Mon téléphone vibre dans la poche de ma parka.

Bonjour Tamara,
Les obsèques de Lino se déroulent demain après-midi. J'ai pensé que ça t'intéresserait peut-être d'y participer pour voir un autre pan du métier. C'est à 15 h au crématorium de l'Anjou. À plus. Sylvain.

OK. J'y serai merci.

— C'était qui, tatam ? Pas maman qui veut qu'on rentre, au moins ? Parce que moi, je m'amuse trop bien !
— Non, mon Bastounet. Tu peux continuer ton jeu. On décollera quand tu en auras envie.
— Ouais !

Il repart, étire ses bras comme des ailes d'avion et court après les cygnes qui s'empressent de se glisser à l'eau.

Angers a bien changé depuis mon adolescence. Comme partout, les zones commerciales se sont multipliées en périphérie et certains magasins ont déserté le centre-ville. Pourtant, un irréductible salon de beauté reste debout. Je décide de me garer juste devant, poussée par la curiosité. Bastien râle pour la forme à l'idée d'attendre dans la voiture sans mon téléphone pour jouer, mais je tiens bon. Je m'approche de la porte sur laquelle se trouve une affiche : *fermé avant reprise d'activité*. C'était donc vrai. J'avais entendu ma mère et ma sœur en parler il y a quelque temps. Je sens une présence dans mon dos. Je sursaute quand celle-ci s'adresse à moi.

— C'est fermé, madame. La nouvelle propriétaire réouvre la semaine prochaine. Je suis désolée.

Je me retourne. Sa voix n'a pas changé. En revanche, les années ont marqué le visage de madame Guérin. Elle plisse les yeux avant de les écarquiller en élargissant son sourire.

— Ma petite Tamara ! Si je m'attendais à tomber sur toi ! J'avais entendu dire que tu étais par là ces temps-ci, mais tu sais, les bruits de trottoir...

Elle saisit mes mains dans les siennes. Leur contact rugueux suggère qu'elles ont continué à travailler jusqu'à récemment, peut-être à faire des ménages, *pour joindre les deux bouts*, comme elle affirmait à l'époque.

— Alors, comme ça, vous prenez enfin la retraite, madame Guérin ?

Je me souviens comme son métier était toute sa vie, du temps où j'étais alternante. Après la mort de son fils unique dans un accident de moto, c'était tout ce qui lui restait. Je me dis que j'ai peut-être abandonné ce métier un peu trop vite. Ça aurait pu me plaire, à force de persévérance.

— C'est que ma petite Tamara, j'ai eu un cancer l'an dernier et les docteurs ont décrété que c'était à cause du stress. Ça, c'est ce qu'ils balancent quand ils ne savent pas, si tu veux mon avis. Moi, je crois surtout que c'est la mort de mon petit Gilles qui m'a rendue malade. Je suis allée voir une guérisseuse qui me l'a confirmé.

— C'est sûr... Je suis vraiment désolée pour vous, madame Guérin.

— Et si tu rentrais avec moi à l'institut une dernière fois, je te ferais un café, comme au bon vieux temps ?

— Mon neveu m'attend dans la voiture, je dois le raccompagner chez ses parents.

J'accompagne mes propos d'un geste de la main en direction de mon véhicule. Mon ancienne patronne hausse les épaules avec une moue déçue.

— Vous n'êtes pas trop triste de vendre, au moins ?

— Il faut continuer, tu sais. Et puis, avec mon cancer, j'ai compris que le travail n'était pas tout. Ma nièce habite à

Pornic. J'ai décidé de me rapprocher d'elle. L'iode et l'air marin, c'est bon pour ce que j'ai.

— C'est bien, vous avez des projets.

Elle se penche vers moi et baisse le ton. Je tends l'oreille.

— J'ai encore peur de mourir, tu sais. J'ai la trouille que le cancer revienne, que cette fois-ci soit la bonne.

— Comment faites-vous pour gérer tout ça ?

— Je vais voir la guérisseuse et surtout, j'essaie de faire des choses qui comptent. Comme ça, si ça doit partir pour de bon, je n'aurai pas trop de regrets.

— Vous en avez des regrets, madame Guérin ?

— Oui. Comme tout le monde, non ? Je regrette par exemple de ne pas avoir volé les clés de la moto de Gilles ce soir-là. Je regrette de ne pas avoir déménagé plus tôt. C'est ridicule, mais c'était comme si j'attendais qu'il revienne. Je m'en suis tellement voulu, ma petite Tamara, tu sais...

— Vous vous êtes pardonné ?

L'esthéticienne soupire en tripotant son trousseau.

— Non, Tamara. Je ne le peux pas. Il est mort. Il n'y a rien de plus définitif. Perdre un enfant, c'est comme être amputé d'un membre. Il y a des douleurs fantômes, toujours vivantes, elles.

— Mais vous savez au fond de vous que ce n'était pas votre faute, ni même la sienne. Un refus de priorité, un camion à fond la caisse, c'était couru d'avance.

Elle hoche la tête, absente, fatiguée, avant de la relever vers moi.

— J'ai appris que tu as eu un accident toi aussi.

J'ai tout à coup honte de me tenir vivante devant elle.

— J'ai eu droit à une deuxième chance, moi.

— Moi aussi, Tamara. Moi aussi. Alors, ne la gâchons pas.

— Je vous souhaite un bon déménagement.

Elle relâche mes mains, je m'apprête à prendre congé, me ravise et ajoute :

— Vous savez, c'est étrange, je venais vous voir, je suis en plein questionnement professionnel. Et figurez-vous que l'idée de redevenir esthéticienne m'a traversé l'esprit.

— Et alors ?

— J'ai l'impression que je ne dois pas me réfugier dans le passé. Le fait que vous revendiez le magasin m'en donne le signe.

Elle semble hésiter avant de déclarer :

— Tout à fait. Et pour être honnête ma petite Tamara, même si tu n'avais pas ton pareil pour masser, ce milieu n'était pas pour toi. Tu t'y serais ennuyée, à la longue.

## 33

Il fait frais, mais grand beau. Je me gare sur le parking abrité par une haie de cèdres immenses. Mon cœur bat comme si j'étais la maîtresse de cérémonie. Je n'ai pas osé dire à Sylvain que je n'avais jamais assisté à des obsèques. Au début, petite, je n'ai pas eu le choix. Ensuite, on m'a demandé vaguement mon avis *tu ne veux pas y aller, hein ?* Comment avoir envie de quelque chose qu'on t'a toujours vendu comme tantôt douloureux et tantôt ennuyeux ? Alors, j'ai laissé filer les occasions de voir ce que c'était et me voilà aujourd'hui à la bonne trentaine à faire mon baptême.

Ma mère avait l'air anxieuse pour moi au moment de partir.
— Mais tu ne le connaissais pas ce monsieur.
— Disons que je l'ai connu comme peu le connaitront.
— Laisse-la faire si elle le sent comme ça, Armelle.
— Mais Francis, c'est bizarre quand même, tous ces gens qui vont aux obsèques comme on se rend aux mariages ou au marché. Prendre des nouvelles d'untel, être vu par unetelle.

Mes mâchoires se crispent. Bien que mon père abonde dans mon sens, je ressens le besoin d'ajouter :
— Mais enfin, c'est toi qui n'as pas voulu que j'assiste aux funérailles de nos proches et maintenant, tu es surprise que je me rende à ceux-là. Faudrait savoir ! Tu as un problème avec la mort, maman ou quoi ?

Ma mère plaque la main sur sa bouche comme un ravisseur sur celle de son otage avant de filer dans la cuisine, d'où nous parviennent des sanglots. Elle a toujours fait ça : commencer à contester puis se contenir, s'enfuir. Se retenir de dire, de pleurer, de contredire. En particulier devant nous, comme si c'était honteux, grave ou contagieux. Résultat : je n'ai eu de cesse de culpabiliser d'avoir la larme facile et dû masquer tout ça sous une tonne de sucre à l'adolescence. En douce, bien sûr.

Mon père soupire en me faisant les gros yeux parce que c'est le rôle qu'il connait par cœur.
— Tu aurais pu y aller mollo, Tam.
— Elle pourrait aussi me laisser faire comme je veux, non ? Ce n'est pas parce que je suis revenue chez vous que je suis

redevenue une petite fille, papa.
— Bien sûr, ma chérie. Je le sais.
— Mais maman a du mal…
— Tu sais bien qu'elle aime qu'il n'y ait pas de vagues, pas de drames. Tu peux partir. Je vais aller lui parler.
— Sur ?
— Tam, ta mère non plus n'est plus une enfant. Cesse de la couver.

Je m'avance pour embrasser mon père qui me caresse la joue. Je demeure un moment en arrêt. Ce comportement que je ne lui connais pas me trouble. Finalement, j'ai peut-être un peu besoin d'être leur petite fille, l'espace d'un geste ou d'un regard.

À en juger du peu de places qu'il reste pour se garer aux alentours, monsieur Lino avait une sacrée côte. Ça me fait plaisir pour lui. Je me surprends à me demander s'il y aura autant de monde aux miennes. Pas mal de mes amis m'ont lâchée très vite après le début de ma rééducation. Être absente des plateaux m'aura visiblement rendue parfaitement inexistante. Grand bien leur fasse. Ma mère dit que je suis amère, que c'est normal, que cela me passera. Nous sommes tous humains, *bla bla bla*.

J'aperçois le corbillard anthracite au logo des pompes funèbres Bertheau qui tourne au bout de la rue et arrive dans ma direction. Jean se trouve au volant et j'ai la surprise de découvrir Sylvain à ses côtés. Quand je manifeste mon étonnement de les voir tous deux sortir du véhicule, Jean m'explique que dans cette profession, on doit savoir se montrer polyvalent.

— Selon les besoins et les dispos de chacun, on retrouve tour à tour chauffeur, porteur et maitre de cérémonie. C'est ce qui fait aussi l'intérêt de ce métier. Cela permet de ne jamais se lasser.

Je jette un œil en direction du thanatopracteur. Il répond à la question que je ne lui pose pas.

— Je suis venu parce que je connaissais la famille de Lino.

J'ai préparé son épouse et leurs parents avant eux.

— Ils nous font confiance depuis des générations, ajoute Jean avec déférence.

Une femme d'une cinquante d'années s'avance vers nous. Son regard, débordant d'émotion, fixe Sylvain. Ils s'éloignent de notre groupe, par discrétion.

Je ne peux m'empêcher de les observer. Sylvain sourit, rit presque par moments, face à elle. Je dévisage cette femme, sans doute la fille de Lino, que j'ai découvert il y a quelques jours dans son plus simple appareil et j'y devine l'amour filial qu'ils ont dû partager. J'entrevois dans ses gestes et ses murmures la gratitude vis-à-vis de celui qui a pris soin de son papa. Je ne peux résister et me rapproche, feignant d'examiner le plan du cimetière. Je les observe à la dérobée de temps à autre.

— Grâce à vous, je l'ai retrouvé tel que je ne l'avais plus vu depuis sa démence. Je me sens vraiment apaisée de l'avoir découvert si tranquille. Il va pouvoir rejoindre maman.

— Merci pour votre confiance. Bon courage pour la suite. Je ne vous dis pas à bientôt.

Ils échangent un sourire entendu. Je suppose que cette blague doit être usée tant on a dû en abuser depuis des générations dans le mortuaire.

Cette émotion, les paroles de cette femme m'ont fait frissonner de la tête aux pieds. Je n'ai jamais vécu une telle reconnaissance dans mon métier, que j'exerce pourtant avec cœur et passion depuis des décennies. Moi qui pensais que cela me conforterait dans le fait d'exclure cette option, je me retrouve à douter d'autant plus.

## 34

Les fêtes de fin d'année m'ont offert une belle diversion à mes atermoiements. Je me suis inscrite en mars dès l'ouverture à l'université d'Angers qui prépare au concours du métier d'embaumeur. Chaque nouveau pas vers cette profession m'éloigne un peu plus du précédent. Bien que cela me fende le cœur, je dois bien admettre que je ne peux plus exercer le métier de maquilleuse. Par ailleurs, celui de thanatopracteur me permet de mettre mes talents au service d'une noble cause.

Revoir Fred pour la vente de ma part fut une étape éprouvante elle aussi. Je suis demeurée mutique pendant la lecture de l'acte. À la sortie de l'étude, elle m'a proposé d'aller boire un verre. On aurait cru qu'elle voulait fêter quelque chose ou enterrer une hache de guerre qu'elle craignait exhumée. J'ai simplement répondu *non merci* en tournant les talons. Ce calme ne me ressemblait pas. Pourtant, c'était bel et bien ce que je ressentais. Comme une formalité à remplir, j'avais revendu la moitié de mon lieu de vie à mon ancienne moitié qui la partagerait prochainement avec une nouvelle qu'elle prénommerait *mon amour*.

Si l'on m'interroge sur cette période de mon existence, je dirai que tout est allé très vite. Néanmoins, aujourd'hui, j'ai la sensation de mettre une éternité à quitter pour de bon mon ancien métier, mon ancien amour et mon ancienne vie, symbolisée par ce *chez nous*. Tout s'est déroulé très vite, car j'ai pris des virages à quatre-vingt-dix degrés. J'ai décidé de rester chez mes parents le temps de la formation, se projeter dans un nouveau *chez moi*, toute seule, sera une autre étape pour laquelle je ne me sens pas encore prête.

Ce fut éprouvant pour moi de devoir refuser des propositions de tournage en prétextant un break dans ma carrière pour raisons personnelles. Je me dis que j'ai réussi à le verbaliser et pour l'instant, *c'est déjà ça*, comme dirait Souchon. Les dossiers d'inscription sont validés, la totalité de mes affaires rapatriées. C'est dur, mais j'ai la sensation d'avoir rassemblé mon essentiel en Anjou et de pouvoir me concentrer sur le programme des prochains mois, à savoir : les études de thanatopraxie. *Ainsi soit-il.*

J'ai employé les derniers mois à bachoter comme une cinglée l'anatomie pathologique, les soins de conservation, la médecine légale et la sécurité sanitaire. Ces efforts n'ont pas été vains puisque j'ai réussi les épreuves théoriques du premier coup. Pourtant, j'ai maintes fois songé à abandonner, mais je ne voulais pas offrir ce plaisir à ceux qui m'avaient surnommée *Tamarantino* dès la première semaine. Ce petit clin d'œil à mon passé pro au sein du septième art aurait pu être mignon s'il n'avait pas été associé à des regards condescendants. C'est vrai qu'une maquilleuse de cinéma qui se reconvertit en thanatopracteur, ils ne doivent pas en croiser tous les jours.

Au fond, le plus difficile demeure le rapport aux autres. J'ai aussi l'impression que ce nouveau métier me mettra à l'épreuve émotionnellement et que cet aspect pourrait bien me faire rebrousser chemin. En attendant, j'essaie d'avancer un pas à la fois.

Demain, je commence mon stage. Je dois effectuer soixante-quinze soins en autonomie pour être éligible aux examens pratiques. La mauvaise nouvelle ? Je le passe dans l'établissement de Sylvain, faute d'autre réponse favorable. Je croise les doigts pour ne pas avoir à trop le côtoyer. J'ai beau avoir du respect pour son travail, l'homme ne m'en reste pas moins antipathique.

J'arrive au siège de l'entreprise familiale Grandjean avec quinze minutes d'avance. Les locaux sont fonctionnels, sans fioritures, répartis entre les bureaux et la salle de pause, les praticiens s'y retrouvant peu. *C'est un métier solitaire*, me répète-t-on. Ce qui me convient parfaitement. Je me gare et reconnais de loin la silhouette de Sylvain. Mes mâchoires se crispent à l'idée de m'y confronter. C'est fatigant d'être ainsi sur la défensive. Je respire un grand coup etafin de me dérider un peu, ce qui s'avère de courte durée, car le premier pique de sa part ne se fait pas attendre :

— Ah, voilà notre star !

Je me rembrunis. Il le perçoit et me sourit. Trop tard, le mal est fait.

— Petit veinard, c'est toi qui vas avoir l'honneur d'accompagner cette demoiselle.

Je jette un regard de détresse au patron tandis que Sylvain pénètre dans les locaux avec un sourire carnassier.d

— Je t'ai mis en binôme avec Sylvain, c'est notre meilleur élément. Et puis, vous vous connaissez déjà, ça peut aider, ajoute le boss avant de rentrer à son tour dans le hall d'accueil.

Toute ma bonne volonté décampe elle aussi et je ne peux m'empêcher de marmonner :

— Notre meilleur élément. Tu parles ! C'est surtout un grand con arrogant qui ne se prend pas pour de la crotte, oui.

Ma nouvelle collègue arrive dans mon dos, interceptant ma dernière réflexion, destinée à moi seul.

— Tu sais, il a raison, le patron. Il est hyper pro et très pédagogue, Sylvain. Il m'a beaucoup appris quand j'ai intégré l'équipe. Il est très respecté dans le milieu. Il gagne à être connu. Ne te fie pas aux apparences.

Je me tourne vers elle et découvre une femme d'une forte carrure, cheveux courts, un casque de moto au bras avec l'air renfrogné de ceux qui ont du répondant.

— Si tu le dis.

— Tu as un souci avec lui ? enchaîne-t-elle.

— C'est plutôt lui qui a un problème avec moi. Il est tout le temps en train de me chercher.

Elle porte une cigarette à ses lèvres, l'allume, souffle la fumée dans ma direction avant de m'adresser un sourire.

— Ça, c'est parce qu'il t'a à la bonne.

— Mais oui, bien sûr.

— Au fait, je m'appelle Suzie. Si tu as besoin, voilà ma carte. N'hésite pas.

— Je ne suis pas du genre à demander de l'aide, mais merci quand même.

— Tu apprendras à le faire. C'est un métier et un milieu difficiles, avoir des alliés peut s'avérer salutaire. Surtout pour une femme. Nous restons une minorité dans ces métiers, ça ne t'a pas échappé, je pense.

— Merci Suzie. Moi, c'est Tamara. Mais tu peux m'appeler Tam.

Je suis immédiatement embarrassée et surprise de cette tentative de proximité de ma part. Je songe aussi que si j'avais eu la tête à ça, Suzie aurait été mon genre. Enfin, j'avais assez de choses à gérer pour me payer le luxe d'une love story au milieu de tout ce bourbier.

## 35

Premier week-end de repos depuis le début de ma pratique. Je le passe tout naturellement en famille puisque mes amis ont déserté ma vie les uns après les autres suite à mon annonce de reconversion. Les messages d'Aurore se sont espacés. Quant à Fred, j'ai appris que sa dernière conquête avait emménagé avec elle. C'est du sérieux, dit-on. Elle n'aura pas tardé à trouver sa nouvelle candidate idéale. Cela me laisse un goût d'amertume. Balayer toutes ces années de vie commune avec une nana qu'elle vient à peine de rencontrer. À moins qu'elle ne la connaisse depuis longtemps ?

Je chasse cette pensée angoissante et glauque de ma tête et me lève d'un bond de mon lit rejoindre tout le monde au salon. Je songe que je me sentirais bien incapable moi-même de me mettre avec quelqu'un aujourd'hui. Je ne me sens pas prête pour l'instant, si tant est que je le sois plus tard. Et avec le rythme de ce nouveau métier, il risque de me rester peu de latitude pour les rendez-vous de *speed dating* ou les longues conversations sur les sites de rencontres.

Flo, Mathieu et Bastien sont en pleine partie de *Uno* tandis que mon père tente de réparer la voiture téléguidée de mon neveu. Ma mère couve tout son petit monde du regard avant de lever le nez dans ma direction au moment où je m'approche pour chaparder un cookie. Elle tapote gentiment la place à côté d'elle sur le canapé, ravie de constater que j'ai retrouvé mon appétit depuis que les examens théoriques sont derrière moi.

— Comment se passe la pratique ? s'enquiert-elle.

— Ça va. Il y a énormément de choses à intégrer. C'est très dense. Je ne sais pas si je tiendrai la cadence jusqu'au bout.

— Laisse-toi le temps. Moi, je suis très fière de toi, en tout cas. Décider de changer de voie, c'est très courageux.

— Je n'ai pas vraiment eu le choix, maman. Je ne pouvais plus nerveusement exercer mon métier.

— Je te trouve dure, Tam. Tu as été soumise à beaucoup de pression. Tu devrais te montrer plus souple avec toi.

— Ils avaient qu'à t'attendre, vu que tu es la meilleure, ponctue Bastien qui a visiblement suivi toute l'histoire.

J'envoie un bisou volant à mon neveu pour le remercier de son soutien avant de répliquer à ma mère :

— Si j'avais été plus souple, maman, comme tu dis, je n'aurais pas accompli tout ça, justement. Il faut savoir se donner les moyens de ce qu'on veut.

— Sans doute. Mais ton accident est arrivé il y a à peine...

— Maman, arrête de me traiter comme une victime, ça ne m'aide pas.

— Elle est solide votre fille, Armelle. Elle est capable de rebondir et ce n'est pas la première fois qu'elle nous le prouve, intervient Mathieu avec un clin d'œil à mon attention.

— Comme tu préfères, ma fille. C'est toi qui vois, après tout. Encore un peu de thé ?

— Non, je vais y aller. Je veux réviser mes fiches, histoire d'être incollable pour le prochain soin que je dois effectuer.

Ma mère ébauche un sourire qui redescend bien vite. Ses sourcils se froncent malgré elle. Je me lève, pose la main sur son épaule.

— T'inquiète, maman, je gère. OK ?

Elle opine du chef avant de chasser une miette imaginaire de la table basse. Ma sœur reprend la balle au bond au moment où je m'apprête à quitter la pièce.

— Et avec Sylvain, comment ça se passe ? J'ai entendu dire qu'il adorait transmettre son métier.

— Tu parles ! Il ne loupe pas une occasion de se mettre en avant, celui-ci. Et puis, il a un humour spécial. On dirait que rien n'est grave pour lui. Après, c'est vrai qu'il est patient et qu'il explique bien les choses.

— C'est bizarre, déclare Florence.

Je pivote vers elle, la moue contrariée.

— Qu'est-ce qui est bizarre ?

— Je ne l'ai jamais perçu comme quelqu'un de vantard. Je crois surtout que tu l'impressionnes.

— N'importe quoi !

Mon beau-frère poursuit la plaidoirie en faveur de son

copain :

— Si, Flo a raison. Il n'arrête pas de me demander si tu es contente de la formation, si tu t'en sors, et tout.

— Je crois plutôt qu'il adorerait que j'abandonne, oui.

— Mais ça ne va pas ! Tu as vraiment un problème avec lui, Tam. Tu sais, il n'a pas eu un parcours facile lui non plus, même s'il n'aime pas qu'on en parle, affirme ma sœur à son tour.

Le fait qu'ils prennent tous les deux le parti de mon maitre de stage m'agace.

— En attendant, il ne rate pas une occase de me chambrer, j'ajoute afin de leur river leur clou.

— C'est parce qu'il est content que tu sois là. Tu sais, dans ce milieu on trouve de tout, mais des gens brillants et passionnés comme vous deux, pas des masses.

J'hallucine. Bientôt, elle m'apprendra qu'il est imbu de lui-même parce qu'il est timide et introverti.

— *Comme nous deux*. Et voilà que tu nous compares, carrément ! Non, mais c'est toi qui as un souci, sœurette.

— Si tu le dis.

# 36

Il est déjà vingt heures et encore deux soins à effectuer. Je suis restée avec Sylvain pour l'aider. Nous prenons une pause et j'ai l'agréable surprise de voir qu'il a commandé des sushis, un de mes mets favoris. Je me régale et ressens que cette pause est bienvenue. Le soin que nous venons de terminer était un homme de forte corpulence et même si je sais que nous devons apprendre à nous débrouiller seul, on a pu travailler plus sereinement à deux. J'observe Sylvain qui fait tomber son sushi dans la sauce soja avant de constater l'ampleur des dégâts sur sa chemise bleu ciel. Je me retiens de pouffer et décide d'engager la conversation, pour une fois.

— C'est un chouette métier, mais il n'empêche que ça jette un sacré froid quand tu dis que tu es thanato.

— C'est sûr que c'est moins glamour que maquilleuse de cinéma. Bienvenue dans la vraie vie, me taquine-t-il.

— Qu'est-ce que tu crois ? Ce n'était pas moi la star qu'on bichonnait. Et même les stars, on les bichonne puis le lendemain, on les oublie.

— Ça fait rêver, dit comme ça.

— Tu sais, ce n'est pas si glorieux. Je veux dire, sur certains projets, tu es traitée comme une esclave. Les artistes sont capricieux. Tu sens qu'il y a beaucoup d'argent en jeu. Le pire, ce sont les assistants, les *petites mains* qui se prennent pour tes chefs alors qu'ils se trouvent au même niveau que toi.

— Ah oui, ça, je connais par cœur.

On soupire ensemble avant de sortir du bâtiment, un gobelet en carton rempli de café dans une main et une cigarette dans l'autre. Après avoir allumé la mienne et tiré une première bouffée sur la sienne, mon collègue reprend :

— Finalement, je me rends compte qu'on retrouve les problématiques liées à la hiérarchie dans tous les secteurs pros et les mêmes histoires d'egos qui tentent de masquer leurs incompétences.

— Tu n'en as jamais marre de ton boulot, Sylvain ?

— Non. Je sais que je fais ce que je dois faire.

— C'est-à-dire ?

— Je me trouve là où je dois être.
— Tu en as de la chance. Moi aussi, j'étais persuadée d'être à ma place. Et puis, il y a eu cet accident...
— Laisse-toi le temps.
— On croirait entendre ma mère.
— Je ne sais pas pourquoi, mais j'ai l'intuition que ce n'est pas un compliment.

Nous rentrons en salle de soin quand son portable se met à fredonner *Viva la vida* de Coldplay. Humour de Thanato. Je regarde sans le vouloir l'écran qui s'allume sur le plan de travail en inox et aperçoit un prénom féminin, *Jade*, avant de lui passer l'appareil, confuse d'avoir pu paraître indiscrète. Il me fait signe qu'il doit s'éloigner et chuchote d'une voix que je ne lui ai jamais entendu.

— Oui, mon amour. Non, tu sais bien, je t'ai dit que je faisais un dernier soin avant. Ne m'attends pas pour te coucher, je rentrerai trop tard. Moi aussi, je t'aime.

Un parfum d'embarras m'envahit. J'ai l'impression d'assister malgré moi à un instant très intime de la vie de cet homme que je connais à peine. Je me surprends à être jalouse de cette femme qu'il semble aimer plus que tout au monde tant l'intonation de sa voix se trouve enveloppée de la plus grande des douceurs. Est-ce que Fred me parlait ainsi ? Est-ce qu'elle m'aimait de cette façon ?

Nous pratiquons le dernier soin en silence. La fatigue, cette traîtresse, m'est tombée dessus en regagnant le parking. Pourtant, j'ai envie de fumer une dernière cigarette tandis que je regarde les feux-stops du véhicule de Sylvain s'enfoncer dans la nuit. Si je n'habitais pas chez mes parents comme une vieille fille, personne ne m'attendrait et tout à coup, cela me rend triste. Dans ces moments-là, j'aurais besoin de faire comme si, d'appeler Fred, entendre sa voix avant de me coucher. Puis je me souviens qu'elle ne dort pas seule et qu'elle ne me souhaitera plus jamais *bonne nuit, mon amour*. Je frissonne et m'engouffre à mon tour dans ma voiture, avalée par l'obscurité, espérant que le sommeil, tout à l'heure, vienne vite me saisir et ainsi, chasser ma mélancolie.

# 37

Sylvain m'a laissée seule avec le mort. Il s'appelle Denis, comme mon grand-père. C'est la première fois. Sylvain déclarerait qu'il en faut une. Je dois commencer la première partie du protocole en autonomie tandis qu'il est parti pratiquer un soin à quelques kilomètres d'ici. Je songe à mon rêve de cette nuit. Abuela, ma grand-mère maternelle me disait que tout irait bien, que je devais me laisser surprendre par la vie. Drôle de message... Elle se tenait assise, détendue et rayonnante à côté de mon vieil ami. Lui aussi souriait, comme s'il venait d'apprendre une bonne nouvelle.

Je ressens des tensions dans tout mon corps. Cette formation me soumet à un rythme difficile à tenir, mais plutôt tomber raide morte que d'avouer à Sylvain que j'en bave. Je ne lui offrirai jamais ce plaisir. Je me concentre sur le père Denis. Je regarde comment évolue la couleur de sa peau tandis que je laisse couler les fluides tout en vérifiant que le sachet dans le flacon ne déborde pas.

Tout à coup, je sens une présence derrière moi, je sursaute en découvrant mon ami qui sourit, manifestement satisfait de son entrée théâtrale. J'ai eu une telle peur que j'expire dans la foulée toutes les tensions accumulées depuis des semaines.

— Tiens, un revenant.
— Très drôle.
— Je me familiarise avec l'humour de mon nouveau métier. Il faut bien s'intégrer.

Je continue mes soins.

— Je viens voir si tout va bien. Tu as fait un rêve un peu spécial.
— Laisse-moi tranquille.
— Tu ne peux en parler à personne d'autre. Et puis, avoue, je t'ai manqué.
— Arrête.
— Tu as envie de pleurer. Je le sens.
— Fiche-moi la paix !

Malgré moi, je m'effondre instantanément en larmes.

— Satisfait ?

Il se rapproche. Sa voix se fait plus douce.
— Toi aussi, tu m'as manqué.
— Je n'étais pas prête. C'est dur tout ça, vraiment dur. Je crains de ne pas pouvoir continuer.
— Ça ira mieux, tu verras.
— Comment peux-tu le savoir ?
— Je le sais, c'est tout.

J'entends des pas dans le couloir tandis que je hisse le flacon de formol au-dessus de ma tête pour l'aider à s'écouler plus vite dans le tuyau transparent. Je me retourne, mon ami a disparu. Mon collègue ouvre la porte.
— Tu en fais une trombine. On dirait que tu as vu un mort.
— Sylvain ! Franchement, ton humour…
— Arrête ! Je t'ai vue sourire. Ne nie pas. Tu semblais même soulagée de me voir.
— Tu dois confondre.
— Je vais t'aider à finir et après, je file. Sinon je risque encore de me faire enguirlander.
— Personne ne dit enguirlander au vingt-et-unième siècle, Sylvain. Tu sais ça ?
— La preuve que si, réplique-t-il en me tirant la langue.
Papy Denis fait de la résistance. Nous devons nous y reprendre à plusieurs fois pour lui enfiler sa veste. Je songe à cette femme qui va *enguirlander* mon maitre de stage. Il est vingt-et-une heures. Quelle place reste-t-il pour les conjoints dans cette vie, sans parler des enfants quand il y en a ?
— C'est un métier difficile pour la vie perso, non ?
— Plutôt.
— Ta femme a l'air assez compréhensive, malgré tout.
— Très.
Il sourit comme lorsqu'il s'apprête à sortir une de ces répliques dont il se réjouit à l'avance.
— J'ai dit quelque chose de drôle ?
— Assez, oui. Mais tu vas encore dire que je suis horrible à rire de tout.
— Pourquoi ?

— Ma femme est très compréhensive parce que... en fait, elle est décédée.
— Si c'est une blague, Sylvain, sache que cela ne me fait vraiment, mais alors vraiment pas rire.
— Ce n'est pas une plaisanterie, Tamara.
— Ta femme est morte ?
— Oui.
— Mais tu as refait ta vie, alors ?
— Non.
— Tu es sûr ?
— Je comprends que tu me trouves irrésistible et que de ce fait, cela te semble dur à croire. Toutefois, tu pourrais quand même te renseigner un peu plus discrètement.

Je rougis en réalisant que je viens de largement dépasser le stade de la collègue archi lourdingue.

— Non, mais c'est parce que l'autre soir, tu disais *mon amour* à quelqu'un au téléphone, je bafouille.

Sylvain referme la porte de la salle de présentation où nous avons installé Denis. Il laisse planer quelques instants de silence avant de m'offrir la clé de l'énigme.

— *Mon amour*, c'est Jade, ma fille. C'est elle que j'avais au téléphone l'autre soir.
— Tu veux dire que ta femme est morte et que tu élèves ta fille tout seul ?

Au ton que j'ai adopté, je dois lui faire l'effet de Daphné dans *Scooby Doo* quand elle découvre en fin d'épisode que le fantôme n'en était pas un.

— Mes beaux-parents m'aident beaucoup.
— Je crois que c'est officiel. Je viens de vivre le moment le plus embarrassant de toute mon existence.
— Et moi, le plus savoureux, pouffe-t-il. Tu aurais dû voir ta tête quand je t'ai dit que ma femme était morte.
— Je suis désolée.
— Il ne faut pas. Ce n'est pas ta faute si elle est décédée.
— Tu ne prends donc jamais rien au sérieux ?

Il réfléchit un instant avant de plonger son regard dans le mien.

— Si. L'amour.

Second rougissement. Décidément, cet homme maîtrise comme personne l'art d'embarrasser ses semblables. Nous reprenons notre routine de rangement et nettoyage. En regagnant la salle de pause, nous ôtons nos blouses avec le soupir satisfait du travail bien achevé.

— Je crois que je ferais mieux de rentrer avant d'engendrer davantage de dégâts.

— Bonne nuit, Tamara et encore bravo pour ce soin. Tu as géré comme une pro.

— Merci. Toi aussi, passe une bonne nuit et ne traîne pas trop pour ta fille.

Nous échangeons un dernier sourire. Je me surprends à songer qu'il doit être un bon père.

## 38

Et dire qu'il y a à peine deux ans, je vivais en couple, j'étais Parisienne et une des maquilleuses les plus respectées du milieu. Aujourd'hui, je nettoie les fesses de mémée Jacqueline et lui redonner bonne mine pour sa dernière cérémonie. Parfois, quand je prends du recul et que j'observe la situation de plus loin, je ne parviens pas à me souvenir du chemin emprunté pour en arriver là. Ce nouveau métier s'avère être très éprouvant. Je me trouve sacrément ébranlée et peine souvent à m'extraire le boulot de la tête. Pour autant, je ne me suis jamais sentie aussi vivante et à ma place qu'en effectuant ces gestes.

Pour décompresser, ma collègue Suzie enfourche sa grosse cylindrée et met les gaz tandis que Sylvain part voler. Il possède le brevet de pilotage. *Quand je suis là-haut, plus rien ne peut m'atteindre*, m'a-t-il expliqué. J'avoue que cela me rassure qu'eux aussi connaissent des moments difficiles en lien avec notre activité. Je ne dois pas encore avoir trouvé mon échappatoire puisque des visions macabres persistent à hanter mon sommeil et des crises d'angoisses me submergent encore trop souvent face à certains décès.

Sylvain me raconte qu'il a grandi avec les morts. Au départ, il les détestait, ses parents s'occupant trop peu de lui à cause d'eux. Ils bossaient tous les deux dans le domaine. Jusqu'au jour où il a accompagné son père en visite dans une famille.

— À l'époque, les thanatos travaillaient encore beaucoup à domicile. Désormais, c'est plus rare.

— Mais c'est aussi plus confortable, non ?

— Si on veut. Pour le dos, notamment. Les chambres funéraires sont mieux équipées, c'est certain, mais c'était ce qui faisait également l'intérêt de ce métier.

— Comment ça ?

— Rencontrer les familles. Regarder des photos du défunt, pouvoir leur demander s'il portait des lunettes, la raie sur le côté ou, pour les femmes, quelle couleur de rouge à lèvres elles affectionnaient. Se maquillaient-elles beaucoup ?

— Et maintenant, ce sont les pompes funèbres qui s'en chargent seules.

— Exact. Ils se chargent aujourd'hui d'accueillir la réaction des proches, leur visage qui s'illumine de gratitude quand ils découvrent leur défunt, les traits apaisés.

— Tu en parles avec tant de passion.

— C'est que, à mon modeste niveau, je les aide à se dire qu'il est parti serein. Quand je les vois pleurer, je sais qu'ils sont prêts à faire leur deuil.

Mon collègue inspire profondément en regardant ailleurs. Il se lève d'un bond, faisant mine de ranger un paquet de coton dans un tiroir. Il me tourne le dos.

— Ça va, Sylvain ?

— J'ai des petites bouffées d'émotion de temps en temps. Ça va passer.

— Tu sais, moi si j'ai commencé cette formation au départ, ce n'était pas une vocation.

Il pivote vers moi, les yeux brillants en croisant les bras devant la poitrine, prêt à accueillir la suite.

Je lui explique mon accident, mon incapacité à continuer ce travail dans le cinéma qui représentait tout pour moi. Il m'écoute, hoche la tête et attend que j'aie terminé avant de me demander :

— Et maintenant ?

— J'ai failli mourir et me retrouver à la place de cette dame. Donc, oui, ça a du sens pour moi désormais. Je ne pensais pas trouver autant d'humanité dans ce métier.

— En fait, je te considérais comme pour une peste hautaine.

— Et moi, je croyais que tu prenais tout à la rigolade.

— Finalement, tu es quelqu'un de sensible.

— Toi aussi.

Nous sourions. Il regarde le corps que sa nouvelle collègue vient de préparer.

— Tu as fait du super bon boulot. Catherine Deneuve a du souci à se faire, car madame Pechaud pourrait bien lui faire de l'ombre.

— Je peux te dire que Catherine se montre beaucoup plus exigeante qu'elle.
— Fais gaffe, tu commences à plaisanter sur un sujet sacré.
Je lui flanque un coup de coude, il mime une douleur intense avant de reprendre une posture plus naturelle. J'aime l'observer dans sa routine. Ses gestes sont vifs, mais précis. Il chantonne souvent en travaillant. Au début, cela me choquait. Avec le temps, j'ai appris à apprécier ses habitudes surprenantes.
— Merci Sylvain.
— De quoi ?
— De rire de tout. Il semblerait que je finisse par y prendre goût.
— Vous m'en voyez ravi, ma chère.

L'autre jour, j'ai préparé une femme de mon âge : carambolage sur l'autoroute, tuée sur le coup.
Enfin, je dis, *j'ai préparé,* mais Sylvain a dû me relayer. Je me suis effondrée dès qu'il a ôté le drap. Je me suis pris mon accident en pleine figure. Uppercut. Il s'est approché pour me consoler. Pour la première fois, je ne l'ai pas repoussé. Pas la force. Il m'a bercé tandis que je vidais mon sac.
— Je ne peux pas continuer, Sylvain, j'affirme entre deux sanglots. C'est trop difficile. J'aurais pu être à sa place, il y a un an.
— Mais Tamara, c'est justement pour cette raison que tu dois tenir bon. Parce que tu es toujours là, bien vivante, sur tes deux jambes. Tu n'as pas le droit d'abandonner alors qu'on t'a donné une seconde chance.
Je sens son souffle dans mes cheveux tandis qu'il tente de me convaincre. Je m'écarte brusquement.
— Comment ça ?
— Tu sais très bien. Tu es revenue pour une bonne raison. Pas pour te gâcher encore et encore.
— J'ignorais que tu croyais à tout ça, toi.
— Moi aussi, j'ai été surpris de voir que tu y étais réceptive.
— Qu'en sais-tu ?

— Tamara, on travaille tous les jours ensemble, toute la journée ou presque depuis plusieurs mois. Je te vois, je t'entends parler toute seule et surtout, je te sens.

Sa dernière remarque me met mal à l'aise. À moins que ce soit ce regard qui sonde mon âme. Je déteste l'idée que quelqu'un avec qui je ne suis pas intime m'ait percée à jour, contre mon gré. À moins que nous commencions à l'être, contre mon gré. Décidément, ce métier m'expose plus que je ne l'avais imaginé. Les morts seraient-ils là pour nous révéler à nous-mêmes ?

J'arrive bientôt à l'issue de la phase pratique de ma formation. Jean a apporté les viennoiseries au bureau, comme tous les vendredis matins. J'apprécie de retrouver l'équipe bien que je demeure peu loquace en groupe.

J'attends devant le bâtiment afin de remettre les documents concernant mes interventions de la veille à sa femme. C'est elle qui prend en charge la partie factures et devis. Je laisse mes oreilles traîner, glanant çà et là les expériences et astuces de chacun *pour gérer au mieux*, comme ils le répètent souvent.

— La grand-mère de Greg, il parait que c'est toi qui vas la préparer ? balance le marbrier à mon jeune collègue.

— Ouais. Pourquoi ?

— Tu lui as demandé s'il préférait la faire lui-même ?

— Pourquoi ?

— Tu sais bien que certains aiment mieux préparer eux-mêmes leurs proches. Tu aurais dû lui poser la question.

— C'est lui qui m'a sollicité, figure-toi, lâche-t-il, vexé. Tout le monde n'est pas comme Sylvain.

Le marbrier lui assène un coup de coude en levant le menton dans ma direction afin de lui signaler ma présence. Je fais quelques pas vers eux, attrapant un morceau de brioche dans le sachet tenu par le marbrier pour me donner une contenance.

— Pourquoi dites-vous ça ?

— Parce que Sylvain a voulu préparer lui-même sa femme.

Deuxième coup de coude au jeune.

— Oh ! Ça va ! Ce n'est pas comme si c'était un secret d'État non plus. Tout le monde le sait dans le milieu.

— C'est si rare que ça ? je demande, curieuse.

— Plutôt oui. Moi, perso, je ne pourrais pas, déclare le plus jeune, s'éloignant le portable à la main et la cigarette aux lèvres.

— Je n'ai pas voulu m'étaler devant le p'tit, poursuit le plus vieux, mais Sylvain avait besoin de faire ça pour Valérie. Je suis persuadé que ça l'a aidé à faire son deuil. Et puis, on a rarement l'opportunité de s'offrir ce dernier moment d'intimité avec l'être aimé. Et Dieu sait que Sylvain aimait sa femme. Personne n'aurait pu mieux la préparer que lui.

— C'est très fort et aussi très courageux, j'imagine.

— Que ferais-tu dans son cas, toi, Tamara ?

— Comme lui, je suppose.

Sa question me déstabilise. Je n'ai plus ce qu'on pourrait appeler *un être aimé*. Je songe à mes parents. Ce serait affreusement difficile, mais sans doute bien moins que de laisser quelqu'un d'autre le faire à ma place. Je frissonne à cette idée et me frotte machinalement les bras pour me réchauffer.

# 39

— C'est très bon et très beau, Sylvain.
— C'est Jade qui a tout fait. N'est-ce pas, ma chérie ?
Une multitude de mets colorés recouvre la nappe, des fleurs fraiches comestibles coiffent les plats de crudités. Des chandeliers disposés tels un chemin de table scintillant et un bouquet de roses jaunes trônent au centre.
— Franchement, tu pourrais ouvrir un resto ! j'insiste, la bouche pleine.
— Jade veut devenir comédienne.
— Et actrice, s'empresse-t-elle de préciser avant de piquer du nez sur son téléphone.
— C'est super, ça, je lance pour l'inviter à m'en raconter plus.
— Elle est en option théâtre depuis la seconde. Elle a même une épreuve au bac, souligne son père non sans fierté.
La future Cécile De France lève les yeux au ciel comme si Sylvain avait annoncé qu'elle voulait devenir garagiste.
— EDS, papa. Option, ce n'est pas pareil.
— Le souci du détail, toujours. Tu tiens ça de maman.
— Je sais, tu me l'as déjà dit, élude-t-elle en quittant la table, la carafe d'eau à la main.
— Tu sais que Tamara a bossé pendant quinze ans dans le cinéma ?
Jade suspend son geste, pivote vers la table et nous offre une mine de petite fille à qui on aurait annoncé *tu sais que j'ai déjà vu le vrai père Noël*.
— Tu faisais quoi ? Oups, pardon, vous faisiez quoi ?
— Tu peux me dire *tu*, ça veut dire que tu me trouves encore assez jeune pour ça. J'étais maquilleuse.
— Et papa, bien sûr, tu n'as pas jugé bon de me le dire avant ?
— Bah... non, confesse-t-il, penaud.
— Ah, les mecs, on ne peut pas faire avec et on ne peut pas faire sans. Pas vrai, Tamara ?
— Je ne sais pas. Je n'ai jamais été en couple avec un homme.
Deux paires d'yeux ébahis attendent la suite. Sylvain en fait

tomber sa fourchette avec fracas dans son assiette. Je souris.

— Je veux dire, jamais longtemps. J'ai été avec une femme. Ça a duré quinze ans, jusqu'à mon accident.

Sylvain pose sa main sur mon avant-bras. Il est pénible avec son besoin de te toucher quand il te parle. Je range mes bras sous la nappe sur mes cuisses. Il interprète mon geste de travers.

— Tu n'es pas obligée de te justifier, Tamara. Tu sais, ma fille pose beaucoup de questions, mais cela ne signifie pas que tu doives toujours y répondre.

Jade hausse les épaules avec une moue désolée.

— En revanche, mon talent pour embarrasser les gens, je le tiens plutôt de mon père.

Nous éclatons de rire tous les trois.

— D'ailleurs, papa, il faudrait apprendre à être un peu moins gaffeur. Ce n'est pas comme ça que tu vas retrouver quelqu'un.

— Mais c'est toi, la femme de ma vie, mon petit écureuil. Je n'ai besoin de personne d'autre.

La discussion se poursuit au salon, composé d'un canapé deux places jaune et de deux fauteuils recouverts de tissu chamarré. De grosses bougies de tailles variées ornent la table basse et donnent à l'espace une ambiance intime et chaleureuse. Jade me demande de lui conter tout un tas d'anecdotes de maquilleuse et je me surprends à y prendre plaisir. Elle parait si passionnée. Elle me rappelle quelqu'un que j'ai bien connu.

Cette existence est derrière moi. J'ai vécu une foule de bons moments. Je crains parfois de m'être résignée trop vite. Sortir de cette vie était peut-être nécessaire, salutaire. Seulement, ce soir, quand je me raconte à cette jeune fille et ses étoiles dans les yeux, je réalise que je me suis amputée d'une partie de moi-même, celle qui aimait jouer et créer. Et cela me creuse un grand trou dans le ventre.

## 40

Les examens pratiques se sont bien déroulés. Je suis apte, parait-il. Pourtant, il ne se passe pas un jour sans que je doute de me montrer à la hauteur, à long terme. Et puis, je n'ai pratiqué que quelques soins en totale autonomie et encore, des faciles selon Suzie. Je réalise que Sylvain a beau posséder un gros ego, il n'en est pas moins généreux dans ce qu'il transmet et dans sa façon de préserver ses stagiaires. Suzie persiste à dire qu'il m'a à la bonne, mais moi, je la soupçonne d'être un brin jalouse de tous ces moments que nous passons tous les deux. Je suis désormais capable de regarder au-delà des apparences. Même s'il m'exaspère toujours un peu, force est de constater que c'est un excellent professionnel et que je me sens chanceuse d'avoir appris à ses côtés.

J'ai laissé ma voiture au garage ce matin et me retrouve bredouille, sur le parking. Sur le point d'appeler mon père à la rescousse, Suzie surgit derrière moi tel un félin guettant sa proie. Je prends conscience que sa jalousie n'était peut-être pas vis-à-vis de mon binôme masculin. J'ai toujours été cruche côté amoureux. Fred me chambrait souvent à ce sujet. On me surnommait *Boucle d'or* car, comme les personnes des contes, je tombais systématiquement des nues quand on me certifiait qu'untel ou unetelle avait des vues sur moi.

— Tu attends quelqu'un ?

— Je vais téléphoner à mon père pour qu'il vienne me chercher. Ma voiture est au garage et je pensais la récupérer en fin de journée, mais ce sera plus long que prévu.

— Je te ramène si tu veux. J'ai un deuxième casque. Et puis, c'est sur ma route.

— Comment sais-tu où j'habite ?

Son sourire de charmeuse dégringole. Elle bafouille :

— C'est que j'étais juste à côté quand tu en as parlé à la patronne l'autre jour.

— OK, mais alors je te paie un verre en arrivant. Un bar associatif très sympa vient d'ouvrir juste à côté de chez moi.

Ils ont laissé la déco d'Halloween, c'est bluffant !

— Marché conclu !

J'enfile le casque et au moment où j'enfourche la cylindrée, je ressens un vertige. Je m'appuie contre la selle. Suzie enlève son casque.

— Ça va, Tamara ?

Elle remet la béquille et contourne l'engin pour m'aider à ôter le casque qui m'empêche de respirer.

— Qu'est-ce qui se passe ? Tu n'as jamais fait de moto ?

— Si, si. J'avais un scooter avant… mais j'ai eu un accident.

— C'est la première fois que tu remontes sur un deux roues, c'est ça ?

J'acquiesce. Elle me fait asseoir sur le muret près de l'entrée des locaux. Elle revient avec un verre d'eau. Je bois à petites gorgées tandis que je me raconte à elle.

— Cet accident a changé ma vie. Depuis, j'ai eu beau essayer, rien n'est plus comme avant. Ou plutôt, je retrouve peu à peu certaines choses du passé plus lointain, l'attachement à ma famille notamment, mais j'ai perdu confiance en moi, en mes capacités. Et puis, ma copine m'a quittée.

— Tu sais, Tam, la mort qu'on en réchappe ou qu'on en soit témoin, pour moi, elle est là pour nous apprendre.

— Peut-être, mais je m'en serais bien passée moi, de sa leçon.

— Je te garantis que plus tard, tu pourras voir les choses autrement. Parfois, ce qui n'était pas prévu est une bonne surprise, un peu comme notre discussion aujourd'hui.

Sa remarque m'arrache un sourire. Je pourrais être morte, alors, j'ai le devoir de vivre, parait-il. À 300 %. Je lui prends le casque des mains pour l'enfiler, enfourche la moto, la rage au bide. Je me colle dans le dos de Suzie et sens des papillons s'envoler dans le bas de mon ventre. Je crois qu'on testera le bar associatif un autre jour.

Ce qui devait arriver arriva. Je ne suis pas rentrée dormir chez moi, enfin devrais-je dire *chez mes parents*. J'ai envoyé un SMS à ma mère pour éviter le harcèlement. J'aurai droit à l'interrogatoire demain soir, tant pis.

Suzie est simple. Elle a faim, elle mange, elle veut faire l'amour, elle propose. C'est assez reposant. Pas d'ambiguïté. Elle m'a dit qu'elle ne souhaitait pas d'histoire sérieuse, que normalement, elle ne couchait pas *dans le boulot*, mais que je serais sa jolie exception. C'est idiot, mais cela m'a flattée : l'idée que l'attirance ait pris le pas sur ses principes. Je doutais de savoir encore comment faire. J'ai pleuré pendant l'acte. Dans la pénombre, elle n'a rien perçu. À moins qu'elle ait eu la délicatesse de me le laisser croire ?

Elle m'apporte le petit déjeuner au lit. Un grand chat roux s'étire à mes pieds, il semble m'avoir adoptée sans résistance lui aussi. Sa maitresse me dépose un baiser avec un petit plateau sans tralala, juste un café et un pain au chocolat, mais cela me fait sentir importante pour quelqu'un d'autre que ma famille. Cela faisait un bon bout de temps. Les larmes me montent, je les ravale. Quelques minutes plus tard, je pleure sous la douche. L'eau coule sur mon corps, efface les traces du plaisir, les traces de la peine. Est-ce que cela fera mal encore longtemps ?

Je sors de la salle de bains, me force à lui offrir un sourire. Je me sens mal à l'aise dans mes vêtements de la veille. Elle m'a proposé de m'en prêter, j'ai refusé. Pas assez intime, j'ai songé. Pourtant, qu'y a-t-il de plus intime que de faire l'amour ? J'espère que Suzie tiendra parole quant au fait de vivre une histoire sans prise de tête. On les connait celles qui t'affirment ne vouloir qu'un plan cul et qui rêvent d'une love story.

Nous faisons une arrivée remarquée au bureau. Je soupçonne Suzie d'avoir pris plaisir à voir baver les gars du boulot avec son petit dérapage superflu. Ça a eu le mérite de me faire jubiler en découvrant la tête de Sylvain quand j'ai enlevé mon casque et qu'il m'a reconnue à l'arrière de la bécane de Suzie. Je devine une multitude de questions défiler dans ses yeux, mais la seule qui franchit la barrière stricte de ses lèvres est la suivante :

— On y va ? Il y a beaucoup de boulot aujourd'hui.

Je ne sais pas si c'est la perspective de cette longue journée ou notre arrivée fracassante, mais quelque chose semble le contrarier.

## 41

Plus tard, pendant le soin, il s'agace contre ce pauvre Léon qui ne coopère pas assez à son goût. Je sais pertinemment qu'il en rirait d'habitude. Je me dis que Jade lui donne peut-être du fil à retordre et que cela pourrait suffire à justifier son impatience et sa mauvaise humeur. Après tout, tout ne tourne pas autour de ton nombril, Tamara.

— J'ai été vraiment contente de faire la connaissance de ta fille.

Je le vois soupirer et sourire tandis que nous enfilons les chaussettes de Papy Léon.

— Elle aussi. D'ailleurs, elle ne s'est pas gênée pour m'enguirlander une deuxième fois après ton départ. Comme quoi j'avais omis de lui parler de ton ancien métier et que j'étais relou.

— Toi aussi tu dis enguirlander ?

— Déformation parentale ! À force de perdre du pognon dans la cagnotte à gros mots, j'ai fini par les bannir de mon vocabulaire. Jade demeure intraitable sur le sujet. Enfin, en ma présence, en tout cas. Qu'est-ce que cette gosse peut être exigeante !

— Comme tous les ados, non ?

Il fait sa moue qui signifie que j'ai raison. Je commence à la connaitre.

— Elle a de la chance que je l'aime, je te le dis.

— C'est fou comme ton visage s'illumine dès que tu en parles, même quand c'est pour râler après elle.

Sylvain se laisse absorber par les gestes techniques qu'il effectue. Je l'ai suffisamment assisté pour le savoir capable de les effectuer les yeux fermés. Je devine son trouble.

— Quand Valé est morte, j'ai cru mourir avec elle. Comme dans les tragédies grecques où le sol s'ouvre sous tes pieds et s'apprête à t'engloutir. Seulement, il y avait Jade. Je n'avais pas le droit de la priver de ses deux parents. Je me devais de vivre. Les premiers temps, je me répétais qu'elle allait revenir, que c'était une de ces mauvaises blagues dont elle avait le secret. Mais non. Elle n'est jamais revenue. Il hausse les épaules, las. Évidemment qu'elle ne reviendrait pas. Elle était morte et ça, c'est définitif. Et nous, on devait continuer. Pas comme avant, non. Ça, c'était tout bonnement impossible. Alors, je me suis jeté dans le travail. Je crois que j'ai trouvé la force de vivre dans la mort des autres. C'est bizarre, non ?

Je secoue la tête. Je veux qu'il poursuive son récit, percer à jour cette force de vie qui l'anime, impérieuse, chevillée au corps et qui m'attire tel le papillon par la lumière.

— Jade a passé beaucoup de temps avec mes beaux-parents. J'ai d'abord pensé que j'étais égoïste, mais ma belle-mère, un jour, m'a remercié. Elle m'a dit que la présence de Jade, son besoin de continuer à être une enfant, l'avait aidée à surmonter l'absence assourdissante de sa propre fille ; que sans Jade à charge, elle se serait laissée couler, comme un corps lesté au fond d'un lac, sans un bruit.

Mon collègue se racle la gorge. Est-il gêné de s'être livré sans le vouloir ou craint-il de m'avoir moi-même embarrassée par son témoignage ? Je coupe court au trouble éventuel en lui proposant d'aller boire un verre après le soin. Avant même qu'il objecte, j'assène le coup fatal avec un clin d'œil :

— Tu diras à ta star que c'était pour parler de sa future carrière avec moi.

Dans la voiture de Sylvain. Je reconnais un morceau d'Avishai Cohen qui vient adoucir la profondeur de la nuit qui nous enveloppe. Sylvain fixe la route. Je m'autorise à l'examiner, ses mains, les rides au coin de ses yeux avant de perdre mon regard dans les lignes blanches de la chaussée avalée par le véhicule. Je profite du plaisir de me laisser conduire, sans savoir où.

Nous arrivons dans un bar dénommé *Le Nemrod* où le patron semble connaitre Sylvain puisqu'il lui offre le signe de tête qu'on réserve aux habitués. Il prend notre commande avant d'aller servir un autre client. Le comptoir en laiton donne au lieu des airs de repaire de brigands et j'apprécie ce dépaysement. Au gré des verres qui s'alignent, le malaise tombé entre nous tout à l'heure se dilue.

— Tu as déjà compris de ma fille ce que j'ai mis des années à saisir : parler sa langue. Tu sais, elle est bien plus sauvage d'habitude.
— Tu invites souvent du monde à dîner ?
— Jamais.
— C'est vrai qu'on bosse comme des tarés.
— Certes. Et puis je n'aime pas trop laisser les gens entrer dans mon intimité. J'essaie de préserver ma fille de ce milieu. Et comme je passe tout mon temps au boulot, je ne connais personne en dehors. À part Mathieu et Flo, bien sûr. Mais je ne les vois qu'une fois par an pour les célèbres dîners improbables organisés par ta sœur.
— Ah oui, comme celui auquel nous nous sommes rencontrés.
Il écarquille les yeux avant de me servir un sourire entendu.
— Tu te souviens de ce dîner ?
— Ne t'emballe pas, chéri. Je t'ai immédiatement trouvé antipathique !
— Ah. Pas moi.
Je me sens bête, il a l'air sincèrement peiné par ma remarque.
— Admets que ta blague sur les similitudes entre nos métiers n'était pas des plus fameuses.
Je le pousse du coude en signe de connivence.
— C'est clair. J'ignore pourquoi, mais dès que je suis impressionné par quelqu'un, je m'applique à me saboter.
— Tu n'es pas en train de dire ce que je crois que tu es en train de dire ? je glousse, euphorisée par le rhum.
— Euh, désolé, Tam, mais là, tu m'as perdu.
C'est à mon tour d'être gênée. Je rougis, mais par chance, la lumière tamisée aura sans doute masqué mon changement de teinte.
— Sousentendrais-tu que je t'ai impressionné ce soir-là ?
— C'est exact.
Je hausse les sourcils et m'empresse de triturer les feuilles de menthe au fond de mon mojito avec ma paille. Sylvain pose sa main sur mon avant-bras en signe d'apaisement. En vain.

— Tamara, relax. Tu es quelqu'un qui a une certaine prestance et affiche une forme d'assurance. Tu respires la femme émancipée. Je n'y peux rien, et toi non plus d'ailleurs, mais oui je plaide coupable, votre honneur, ce genre de spécimens m'impressionne.

Je n'en crois pas mes oreilles. L'espace d'un instant, j'envisage qu'il puisse être en train de me faire marcher, ce qui serait nettement plus probable que ce qu'il me confesse.

— Tu as l'air de tomber des nues.

— Tu veux dire que pendant tout ce temps où tu me lançais des vannes pourries, c'était parce que je t'impressionnais et que tu ne savais pas le gérer ?

Il plonge sa paille et son regard dans son verre de cocktail avant de relever les yeux vers moi.

— Oui, Tamara. Voilà. C'est ridicule, c'est humiliant, mais c'est la vérité.

## 42

Le patron a organisé, comme chaque année au moment des fêtes, un buffet avec tous les salariés et, s'ils le souhaitent, leur famille. Puisque je n'ai plus de conjoint et que j'ai passé l'âge de venir accompagnée de papa et maman, je suis venue seule. Suzie aussi, bien entendu puisque même si je ne suis pas sa régulière telle qu'elle aime à le dire, je sais qu'elle ne voit personne d'autre en ce moment.

Je sors fumer, une flûte de champagne à la main. Le froid me saisit et m'oblige à refermer ma veste. Je bois une gorgée qui me réchauffe la trachée. Je me sens agréablement vacillante. J'aperçois Jade, les fesses vissées sur le capot de la Volvo paternelle, faisant défiler les images sur son téléphone du bout de l'index. Grâce à la lumière de son portable qui éclaire son visage, je peux deviner qu'elle arbore une mine que je traduirais de contrariée. Le bruit de mes pas sur les gravillons du parking la fait sursauter.

— Ah, c'est toi ! J'ai cru que c'était mon père.
— Ça aurait été si terrible que ça si ça avait été lui ?
— Il me gonfle avec le bac. Il ne parle que de ça en ce moment. De ça et du plan B que je devrais prévoir au cas où, je cite, *je ne deviendrais pas la nouvelle Adjani*. Il me saoule !
— C'est vrai que tout le monde vous fiche la pression l'année du bac.
— Tu as l'air différente des autres adultes.
— Ah bon, comment ça ?
— J'ai l'impression que tu essaies de te mettre à ma place quand je te parle.
— C'est plus facile quand on n'est pas parent.
— Oui, mais ils pourraient se rappeler comment c'était d'avoir notre âge. Tu y arrives bien, toi.
— Ça, c'est parce que j'ai encore un peu dix-huit ans dans ma tête parfois.

La jeune fille pouffe avant de lever les yeux de son écran.

— Je peux te poser une question personnelle, Tamara ?

— Vas-y toujours. On verra si j'ai envie de te répondre.
— Comment as-tu su que tu étais attirée par les filles ?

Je prends une grande inspiration. Je comprends le but de sa question. Aussi, je décide de m'appliquer à lui répondre avec sincérité et précision.

— Au départ, je pensais aimer les garçons. Non, en fait, je ne me posais pas la question. Tu sais, à l'époque, on n'avait pas vraiment le choix. Je veux dire que peu d'homos pouvaient s'assumer. Certains sont même probablement devenus homophobes, car refoulant leur propre attirance « honteuse », mais bref, c'est un autre débat. C'est ma psy qui m'a pondu cette théorie. À ce moment-là, on n'emmenait pas son enfant consulter un thérapeute. Cela ne se faisait pas et ne serait même pas venu à l'idée de mes parents, bien que je pense qu'ils aient perçu mon mal-être.

— Moi, je suis allée en voir une à la mort de ma mère. Pas le choix. Ensuite, j'ai demandé à mon père si je pouvais y retourner quand j'ai compris que j'étais différente.
— Ça t'a aidé ?
— Je crois, oui. Et toi, maintenant ?
— Quoi *et toi maintenant* ?
— Tu aimes toujours les filles ?
— Pour être tout à fait honnête, je dirais que j'aime les deux.
— Comment le sais-tu ?
— J'ai trompé ma copine, enfin mon ex, avec le chef décorateur sur un tournage. Cette attirance magnétique pour ce type, c'était démentiel. Ça n'a pas duré, il était marié et je ne mange pas de ce pain-là. Et puis, malgré tout, j'aimais ma femme.
— Tu avais déjà eu quelque chose avec d'autres hommes ?
— Oui, mais franchement, c'était difficile. Je crois qu'en fait, le plus dur c'était d'endurer leur regard sur mon corps.
— Tu es folle, tu as vu comment tu es gaulée !
— Je me sentais mal dans ma peau, en tout cas.
— Et avec le chef décorateur ?
— Eh bien, c'était surréaliste. Je ne sais pas comment l'expliquer… Intense et addictif.

— Tu l'as dit à ta copine ?
— Tu rigoles ? Elle n'aurait pas compris, de toute manière.
— Pourquoi ?
— Elle hait les hommes.
— À ce point-là ?
— Quand tu as été abusée enfant à plusieurs reprises par ton grand-père, cela suffit à te vacciner contre la gent masculine, j'imagine.

Le silence se glisse entre nous.

— Moi, mon père a super bien réagi, reprend la jeune fille.
— Tant mieux.
— Il a déclaré qu'il s'en fichait bien de savoir sur qui je fantasmais du moment que je connaissais l'amour dans ma vie. Il dit que c'est la plus belle aventure qu'il nous soit donné de vivre.
— Un thanatopracteur romantique, il ne manquait plus que ça !

Nous échangeons un sourire complice.

— Tu m'étonnes. Je pense que mon père est l'homme d'une seule femme : ma mère. Et comme tu sais, elle est morte. Il a bien essayé, mais je crois que c'était davantage pour que j'aie une présence féminine à la maison que pour lui. Et puis, avec vos boulots à la con, il ne reste plus trop de place pour grand-chose.
— C'est clair ! Heureusement que je n'ai pas prévu de fonder une famille.
— Tu ne veux pas d'enfant ?
— Je refuse d'avoir à choisir entre mon rôle de mère et mon job. J'aurais l'impression de sacrifier l'un à l'autre ou de ne rien entreprendre à fond. Et je déteste cette idée. Je hais les compromis.
— Du coup, c'est grâce à ton ex que tu as su ?
— Disons que j'avais déjà embrassé ou flirté avec des filles, mais je n'étais jamais allée bien loin. C'était souvent lors de soirées bien arrosées puisque moi-même je n'assumais pas. L'alcool ou la drogue me donnaient l'excuse de ne plus me maitriser, je présume. Ensuite, j'ai rencontré Fred sur un

tournage. Elle était coiffeuse. Plus aguerrie que moi, elle a de suite compris.

— Ça a été le coup de foudre ?

— De son côté, il parait. Du mien, encore une fois, c'était plus compliqué... d'accepter, de me laisser ressentir. Mais elle a su m'apprivoiser et m'aider à me révéler.

— Pourquoi n'êtes-vous plus ensemble ?

— Elle m'a quittée.

— Ah.

— Je lui en ai voulu sur le moment. Maintenant, je comprends. Elle désirait un enfant, moi, non. Et comme je t'ai expliqué, elle est plus âgée, alors, pas de temps à perdre.

— Tu as eu quelqu'un depuis ?

— Tu parles ! J'ai déjà du mal à cohabiter avec moi-même. Et puis, *le boulot à la con*, toussa.

— J'ai entendu dire que Suzie et toi, vous...

— Non, mais dites donc jeune fille, vous ne devriez pas être en train de réviser le bac, par hasard ?

Je la pousse du coude et elle réplique avec une grimace. Ma sœur a raison, j'aurais sans doute été une bonne mère si j'avais voulu, à condition qu'ils aient dix-sept ans et soient déjà éduqués.

— Je retourne à l'intérieur avant que mon père lance un avis de recherche.

— Tu as un papa attentif, c'est une chance.

— Si tu le dis, conclut-elle en haussant les épaules.

Je la regarde pénétrer dans le bâtiment qui fait maintenant mon quotidien. Je perçois les rires de cette nouvelle famille de fortune. On prétend que l'adversité rapproche, qu'exercer un métier difficile crée une solidarité. J'aime à le croire et je pense le ressentir ici où la mort est notre profession : la préparer, l'accompagner et faciliter les passages pour ceux qui partent et ceux qui restent.

Tandis que j'allume une deuxième cigarette, je sens sa présence et souris à l'idée de cette visite qui s'est fait attendre.

— Alors, tu étais en vacances ?

— On peut dire ça comme ça. Je t'ai manqué ?

— À ton avis ?

Mon ami sourit. Il porte toujours le même manteau sombre. Je ressens dans notre silence un amour immense qui me réchauffe et m'apaise.

— Je suis fatiguée.

— Je sais.

— C'est pénible cette manie de tout deviner. Je me demande pourquoi je persiste à te parler à voix haute.

— Parce que cela te fait du bien.

— Sans doute.

Je soupire.

— Tu cherches encore le sens, n'est-ce pas ?

Je hoche la tête en tirant sur mon mégot.

— Tout est parfait, quoiqu'il arrive.

— Même pour Jade qui a perdu sa maman à l'âge de sept ans ?

— Même pour elle, oui.

Je ne sais quoi argumenter tant il semble sûr de ce qu'il avance. Je me retiens un moment, fulminant.

— Et qu'est-ce que cela lui a apporté de si formidable, dis-moi ?

— C'est elle qui le sait. Ni moi ni toi. C'est elle qui l'a choisi en quelque sorte.

Je me frotte le visage, comme si ce geste pouvait suffire à effacer ma fatigue et mon trouble. Vaine tentative.

— Je ne comprends rien.

Je le vois sourire. Il m'horripile.

— C'est une manie chez toi de t'amuser de tout.

— Tu devrais te concentrer sur ton chemin, tes enseignements au lieu de t'agacer sur celui des autres. Ce n'est pas ton rôle. C'est comme ceux qui essaient d'analyser les rêves d'autrui. C'est vain et inutile. Ces messages ne leur sont pas destinés et donc sont codés spécialement pour la personne elle-même. Tu comprends mieux maintenant ?

— Je crois. Mais tu m'agaces quand même.

— Oui, mais tu sais pourquoi...

— Tu veux vraiment l'entendre, *monsieur je sais tout* ?

Il sourit de nouveau en guise de réponse.
— OK, parce que tu as une fois de plus raison et que je déteste avoir tort. Là, tu es content ?
— Je le suis toujours. C'est toi qui l'as dit.
Il s'éloigne lentement et quitte le parking.

Je me décide à rejoindre le commun des mortels à l'intérieur et tenter de me fondre parmi les convives. Je surprends Sylvain déposant un baiser dans la chevelure de sa fille qui ronchonne pour la forme. Moi aussi, j'envoyais balader mon père. Je réalise combien il était tenace puisqu'il revenait à la charge sans jamais se départir de sa bonne humeur. Ce que j'ai pu être dure avec eux !
— Quel est ton secret ?
Je sursaute et découvre mon collègue les mains sur les hanches, un air goguenard aux lèvres.
— Comment ça ?
— Cinq minutes à papoter dehors avec ma fille et elle a retrouvé le sourire. Alors, je te pose la question : quel est ton secret ?
— Se mettre à sa place.
— Pas évident pour un homme de la proche cinquantaine, hétéro et pas du tout fan de musiques électros.
— J'imagine que cela ne doit pas être drôle tous les jours de l'élever tout seul.
— En fait, le plus dur est surtout d'essayer de deviner ce qu'aurait fait, dit ou décidé Valé si elle avait été encore avec nous. Ce boulot me suce la moelle, mais je dois avouer que ça me permet aussi de m'enfuir de ce rôle monoparental qui s'avère bien plus complexe que l'autre. On n'est jamais sûr d'avoir bien fait, Tam. C'est horrible. Les gens ont beau me rabâcher qu'elle est bien élevée, ça ne suffit pas à m'apaiser. Rien ne m'apaise en réalité. En plus, je me figure qu'ils disent ça par pitié, parce que je suis le pauvre veuf qui élève sa gamine tout seul, la pauvre petite fille qui a perdu sa maman. Ça te colle à la peau, ce genre d'étiquette de victime du sort qui s'acharne et ça m'emmerde.

— Fais attention, je vais tout cafter à Jade et tu devras mettre une pièce dans la cagnotte à gros mots !

— Espèce de traitre ! Je me doutais bien que vous finiriez par vous liguer contre moi ! Tu sais que tu commencerais presque à te montrer hilarante par moments, Tamara.

— Et toi, tu deviendrais presque geignard si tu ne fais pas gaffe.

— C'est à ton contact, je crois ! Bon, allez au lieu de se chamailler, viens plutôt reprendre une autre coupe avec moi. Je pourrai dire plein de gros mots et toi, tu ne répèteras rien, bien trop saoule que tu seras pour t'en souvenir.

## 43

Depuis que j'étais avec Fred, je fuyais Noël. Elle ne le fêtait pas. À sa décharge, avec une famille comme la sienne, Noël n'avait rien de féérique. J'avais réussi à m'en accommoder et faisais un passage éclair durant cette période avec la mienne pour glaner quelques étoiles bienfaisantes dans les prunelles de mon neveu et de me réchauffer au cœur de ma grisaille parisienne.

L'an dernier, avec mon accident, la magie ne m'a pas davantage contaminée. J'étais dans un tel marasme émotionnel que j'en ai même presque oublié d'acheter les cadeaux. Je repense aujourd'hui à cette sombre époque avec beaucoup d'empathie pour moi-même. Bien que le quotidien ne soit pas toujours simple, je mesure le chemin parcouru. J'envisage un nouveau métier, j'ai renoué avec ma famille et je guéris peu à peu de mon chagrin d'amour. Seulement, je ne peux m'empêcher de me demander si j'ai pris les bonnes décisions.

J'arrive chez les parents après être allée boire un café avec Suzie en terrasse. On nous aura peut-être vues. Tant pis. Cette relation demeure simple, mais ne me comble pas. Je me persuade être passée à autre chose en étreignant un nouveau corps, mais une partie de moi n'est pas dupe. *Un pas après l'autre, comme à la rééducation*, je me répète souvent.

Florence a lancé sa playlist *Christmas* de Dean Martin qu'elle nous impose chaque année. Le refrain de *Let it snow* m'arrache un sourire. Sans doute d'avoir des enfants nous permet de rester en contact avec notre enfant intérieur, ce qui pourrait justifier la différence entre l'euphorie de ma sœur et mon indifférence. Encore une phrase de psy, me direz-vous ? Néanmoins, je me sens vieille quand je la vois se déhancher au milieu du salon des parents, une guirlande de Noël autour du cou et un bonnet rouge sur la tête. Elle porte une jupe écossaise en laine et un pull angora blanc à col roulé. Je la trouve magnifique.

Je me tiens dans l'entrée, en retrait. Je réalise qu'elle a dû renoncer à ses rêves elle aussi, sans même avoir pu les poursuivre. Elle s'est jetée à cœur perdu dans son couple, dans la maternité et ensuite ? Son fils grandira, quittera la maison, cette maison déjà vidée de son mari. Et alors, elle comprendra qu'elle aurait pu, qu'elle aurait dû...
— Tu en fais une tête !
Tellement absorbée par mon scénario catastrophe, je n'ai même pas remarqué la présence de ma sœur. J'enfile un sourire de circonstance avant d'accepter la tasse de chocolat chaud qu'elle me tend avec un rictus de vendeuse de centre commercial. On s'installe l'une en face de l'autre dans le canapé après qu'elle ait demandé à son cher Dean de ravaler son enthousiasme, histoire de s'entendre sans se hurler dessus façon boîte de nuit.
— Alors, à quoi pensais-tu quand tu es arrivée tout à l'heure ?
— À toi.
Flo se redresse. J'ai toute son attention et son sourire de lutin du père Noël vient de fondre comme un bonhomme de neige au soleil.
— Je t'écoute.
— Pourquoi quand tu m'interroges, ai-je régulièrement l'impression d'être une gamine qui va se faire gronder ?
Elle se détend, prend une gorgée de chocolat chaud avant de poser sa tasse sur la table basse et de s'adosser au canapé.
— Je me disais que tu avais un talent fou pour t'habiller et m'habiller depuis toujours.
— C'est très gentil.
— Ce n'est pas gentil, Flo. C'est vrai de vrai et tu n'en as rien fait.
— Et ? Tu vas porter plainte ? Te suicider avec une guirlande clignotante ? C'est la vie, Tamouille.
— Tu me fais penser à maman.
— Tu ne veux pas nous lâcher la grappe à maman et moi ? Ce n'est pas parce que tu es en pleine crise existentielle depuis ton accident que tu dois révolutionner la vie de tout ton entourage.

— Mais tu ne te dis jamais que tu serais plus épanouie ?
— C'est ça ton problème, Tam. Tu crois toujours qu'on serait plus heureux en ayant fait *l'autre choix*. Le fameux qui aurait réglé tous nos soucis, qui aurait comblé toutes nos attentes et nos désirs. Mais Tam, ce choix-là n'existe pas. Le bonheur n'est pas ailleurs. Le bonheur est juste là.

Elle pose sa main sur sa poitrine. Elle me parle tout doucement, comme si je risquais de ne pas comprendre si elle parlait plus vite ou plus fort.

— Tu crois que je suis vouée à demeurer insatisfaite ?
— Je ne sais pas, Tam. Tu t'es toujours posé mille questions et c'est aussi ce qui fait ton charme, mais pour une fois, fous-moi la paix et fous-toi la paix. Juste vis. Tu as failli y passer. Je crois que si cela m'était arrivé, je sauterais en parachute, je danserais toute la nuit jusqu'à épuisement, je partirais en voyage avec les gens que j'aime le plus. Mais je dis bien *je crois*, car on ne sait jamais comment on va gérer ça. Moi, ton accident m'a terrifié d'abord. Ensuite, je me suis sentie remplie de gratitude d'être en vie, que tu le sois aussi et Mathieu, Bastien, les parents. À quoi ça sert la mort si ce n'est pas pour faire prendre, à ceux qui restent, la mesure de la vie, de ce cadeau si précieux qui peut nous être repris à chaque instant ? Je dis ça, mais je ne m'en sens pas vraiment le droit. Je ne sais pas grand-chose de tout ça, finalement.

— Je trouve que tu en parles très bien, au contraire.
— Depuis que je suis mère, j'ai très souvent peur de mourir. Je repense régulièrement à Valérie, la femme de Sylvain, à Jade qui a dû continuer à grandir sans sa maman et Sylvain sans l'amour de sa vie. À côté de ça, pas grand-chose ne paraît grave, Tam. Ça, j'en suis sûre.

— Je me sens souvent honteuse de me plaindre de mes petits problèmes alors qu'ils font tous les deux face à cette absence depuis des années.

— Tam, ce n'est pas parce que les autres traversent des drames que tu n'as plus le droit d'exister ou de vivre des problèmes à ta mesure. Sylvain est intelligent. Il ne t'en tient pas rigueur.

— Je t'aime, sœurette. Tu as toujours eu le don de m'aider à me remettre dans l'axe, me recentrer quand je m'égare.

— Je me souviens d'une époque où tu appréciais beaucoup moins...

— Je crois que je vous ai pas mal fait souffrir.

— C'est du passé tout ça, Tam. C'est le présent qui compte. Tu me parles sans cesse de mes rêves. Mais toi, quel rêve un peu fou aurais-tu aimé réaliser ? Un rêve superflu aux yeux des autres, mais accessible aux tiens.

— Tu vas rire... J'ai toujours voulu habiter sur une péniche.

— C'est marrant. Tu ne m'en as jamais parlé. En même temps, ça t'irait bien, je trouve.

La porte claque, des pas se font entendre dans l'entrée et les cris d'excitation de Bastien découvrant le sapin, caractéristiques de son âge titille mon cœur sensible. J'aimerais tant savoir m'émerveiller d'un rien, simplement goûter l'instant présent et me sentir comblée de ce que je possède. Un jour, peut-être.

Mon neveu me saute dessus et j'en profite pour plonger mes narines dans son cou. J'inspire son odeur, son gloussement tandis que mon nez le chatouille et décide de commencer dès aujourd'hui à savourer ce genre de moment présent.

Un magazine télé traîne dans les toilettes chez mes parents et me sape mes bonnes résolutions de fin d'année. Isabelle en grand sur la couverture. Petit pincement. Je l'ouvre et cherche la page malgré moi. *Bim*. Je parcours l'article des yeux, elle est en plein tournage. Elle raconte qu'elle apprécie cet air de colonie de vacances, les longues tablées avec l'équipe technique et les comédiens. Deuxième pincement. *Mais moi aussi Isabelle, je l'adorais cette ambiance ! Si on m'avait attendue...* C'est sûr que la salle de soin avec les flacons de formol, c'est moins la colo. Je sens que cela m'appelle encore. Comme une famille avec qui je serais brouillée et dont je me souviendrais avec nostalgie, je caresse par moments le désir d'y revenir pour m'y réchauffer.

## 44

Si on m'avait demandé de deviner le cadeau de Noël que ma sœur allait m'offrir cette année, je n'y serais jamais parvenu.

Florence a toujours eu le don de devancer les désirs que j'ignorais moi-même jusqu'au moment où elle me les révélait. C'est ainsi que je me suis mise à porter du rouge qui devint très vite ma couleur préférée après qu'elle m'ait acheté une veste en velours vermillon. Quelques années plus tard, elle m'a arrangé une sortie entre *copines* avec, entre autres, *la* fille sur laquelle je lorgnais. Elle occupait toutes mes pensées depuis des mois et se trouvait être dans sa classe. Encore aujourd'hui, je me demande comment elle a bien pu le deviner alors que je n'avais ô grand jamais montré aucune forme d'intérêt pour sa camarade. De la même manière, je me retrouve aujourd'hui à garer ma voiture à côté du paddock des Écuries d'Anjou, mon bon cadeau en main. Florence me l'a offert hier midi. J'ai tellement craint de changer d'avis que j'ai appelé à la première heure ce matin pour réserver mon créneau.

Je reste un moment sur le parking, adossée à mon véhicule. Le froid exhale les odeurs de crottin mêlées de foin qui m'étreignent les narines et le cœur. Comment ai-je pu ne pas revenir plus tôt ? Sitôt cette question formulée dans ma tête refont surface les images de ma dernière chute. Je revois la peur dans les yeux de mes parents, la gravité dans ceux du chirurgien et le torrent de larmes dans lequel j'ai bien cru me noyer en laissant partir ma jument Bulle avec sa nouvelle propriétaire. La fillette n'avait pas plus de onze ans. Elle rêvait de devenir cavalière. *Elle en a les capacités,* avait déclaré sa mère tandis que la mienne cachait mal sa peine. J'ai eu l'impression de trahir Bulle et n'ai pas pu me résoudre à remonter, ne serait-ce que pour une toute petite balade. Je ne remonterais pas, point final. C'était il y a plus de vingt ans et j'ai tenu ma promesse à Bulle jusqu'à aujourd'hui.

Sur les plateaux de tournage, ce ne sont pas les occasions qui ont manqué. Les dresseurs n'étaient pas dupes, ils percevaient ma connexion avec leurs chevaux rien qu'à ma façon de les aborder, de les regarder. Ces rencontres me fendaient le cœur, mais j'ai tenu bon. Aujourd'hui, ma sœur m'offre la permission que je ne me serais jamais donnée.

On me demande souvent pourquoi je n'ai pas d'amie proche, de *meilleure amie*, comme on dit. À vrai dire, depuis toujours, je réplique avec une pirouette humoristique, ignorant moi-même la réponse. C'est seulement maintenant que je pleure de les retrouver, ces odeurs, ces piaffements d'impatience et cette famille équine que j'accède enfin à la résolution de l'énigme. C'est Flo, c'est ma sœur. Depuis le début, c'est elle ma *bestie*, ma BFF, celle qui me connait par cœur et m'aime quand même. Je lui envoie un selfie avec les chevaux en arrière-plan, histoire de lui montrer que je suis aujourd'hui déjà bien plus loin grâce à elle.

Une jument alezane s'approche de moi et je ressens immédiatement quelque chose de très fort. Je sais que c'est elle que je vais monter. Elle me le demande, elle semble m'attendre en quelque sorte. Une voix douce derrière moi interrompt notre dialogue silencieux.

— Elle vous aime bien.
— Comment le savez-vous ?
— Elle me l'a dit.
— Elle vous parle ?
— Oui. Mais à vous aussi, n'est-ce pas ?

Je demeure muette. Cette femme que je découvre pour la première fois vient de mettre des mots sur quelque chose que je n'avais jamais verbalisé ainsi. Je parle aux chevaux et ils me répondent. Bien évidemment. J'ai toujours fait ça.
Je me revois enfant expliquer cela le plus simplement du monde à ma monitrice et elle de me ridiculiser devant tout le groupe. Je l'entends glousser comme une dinde de Noël qui aurait réussi à s'échapper de la fête in extremis. Je suis sidérée.

— Vous allez bien ?
— Je crois.
— Êtes-vous prête ?
— J'espère.

— Elle va t'aider. Laisse-la faire et tout se passera bien.

Nous nous approchons. Véronique lui parle à l'oreille avant de s'effacer.

— Je ne suis pas loin, si tu as besoin.

— Merci Véronique.

Je regarde ma nouvelle amie à quatre pattes avant de me tourner vers la directrice du centre.

— Commet s'appelle-t-elle ?

— Laska.

— Qu'est-ce que ça veut dire ?

— C'est du russe. Ça signifie *amour* et *tendresse*.

— C'est exactement ce dont j'ai besoin.

Elle me lance un sourire qui dit *je sais*. Je tends la main vers Laska. Il est temps. Je contrôle ma respiration que je fais de plus en plus lente tandis que je la laisse me sentir en tournant autour de moi. Comme une danse apprise par cœur me revenant d'instinct : ce premier contact physique, la chaleur de sa peau, la poussière qui flotte dans l'air, le souffle chaud et humide qui sort de ses naseaux. Je la prépare tout doucement, elle me laisse faire. Tout est prêt. Je pose ma botte droite dans l'étrier et me hisse jusqu'à son dos. Me voilà calée contre elle qui commence à trouver ces préparatifs un peu longuets. Je lui fais signe de partir et elle avance au pas vers le chemin qui mène aux bois. Véronique m'a prévenue que c'était sa balade préférée. Je ressens le plaisir de retrouver ces gestes, ces sensations, ce contact évident, comme retourner chez moi. De la vapeur d'eau lui sort des naseaux à chaque respiration. Je bénis ma mère de m'avoir offert cette écharpe en mohair hier, elle rend cette balade plus confortable. Je nous sens prêtes et propose mentalement à la jument d'aller plus vite. Elle trotte sur quelques mètres. À croire qu'elle n'attendait que ça puisque la voilà déjà partie au galop à l'orée du bois. Une partie de mon cerveau me dit de la freiner tandis que l'autre se régale de cette initiative. Je prends de grandes respirations afin de me libérer des dernières appréhensions, tel que me l'a enseigné Héléna. Plus je me détends, plus Laska est souple dans ses mouvements. C'est comme reprendre une conversation avec une vieille amie. Nul besoin de se donner les sous-titres : on sait, on se comprend.

Nous regagnons le chemin du centre après une balade qui m'a semblé durer vingt minutes tandis que ma montre m'informe qu'il s'est écoulé deux heures depuis notre départ.

Véronique vient à notre rencontre, tout sourire.

— Eh bien, les filles. J'ai bien cru que vous ne reviendriez pas !

— On était tellement bien ensemble, dans la forêt.

— Ça se devine. Tu n'as plus du tout le même visage qu'en arrivant. Laska t'a littéralement transfigurée. Elle a souvent cet effet-là sur ses cavalières.

Je sens une pointe de jalousie ridicule à l'idée qu'elle puisse entretenir une intimité semblable avec d'autres.

— Elle n'est montée que par des femmes ?

— Oui. Et tout le monde ne trouve pas grâce à ses yeux.

— J'ai eu de la chance, alors.

— Elle t'attendait.

— Comment ça ?

— Depuis ce matin. Elle était nerveuse, cet état sensible des jours où elle sait que quelqu'un de spécial va venir pour elle.

Je souris, faute de trouver une réponse appropriée. Je ne veux pas blesser cette femme qui parait croire dur comme fer à ce qu'elle affirme. Après tout, je parle bien à mes morts et aux chevaux.

## 45

Nue sous les draps de Suzie, je regarde les volutes de fumée que j'expire s'échapper vers le plafond. Suzie revient, deux cocktails à la main, l'air espiègle.
— Et deux Gins To pour la quatre, deux !
Elle me tend un des verres et propose de trinquer à cette nouvelle année qui commence. Je la laisse m'embrasser, mais je sens bien que je n'y suis pas. J'ai cette impression que je n'ai rien à faire là. Je soupire.
— Quelque chose te tracasse, ma biche ?
Je déteste quand elle m'appelle ainsi, qu'elle prend son air qui dit *je ne suis pas attachée* alors que son regard fiévreux et son corps me hurlent le contraire. C'est triste, je suis peinée pour elle. On a au moins ce point en commun d'avoir le don de se mentir à soi-même. Mais de là à lui mentir à elle…
— Écoute Suzie…
Sa mine réjouie dégringole de dix étages.
— Ne te fatigue pas, Tam. Je sais. Tu crois que je n'ai rien vu venir ?
Prise de court, je bafouille :
— Disons que comme je n'ai rien vu venir, moi, j'ai supposé que toi non plus.
Je hausse les épaules avec une moue désolée en signe de bonne foi. Elle ricane devant mes pitreries.
— Tam, on a qu'à décider qu'on se fait une nuit d'adieu et que tu te faufileras demain matin dehors comme un chat avant mon réveil. Qu'en penses-tu ?
— *Moi vouloir être chat*[8], j'entonne en me glissant contre elle.

Comme promis, je retrouve la fraîcheur de la liberté peu après le lever du soleil. Je lui ai toutefois laissé des viennoiseries et un petit mot. *Merci Suzie*. Pas très original,

---

[8] Chanson des années 90 du groupe Pow Wow

mais je ne voulais pas qu'elle se réveille seule avec mon absence. Je me suis dit que le bruit du sachet et des deux mots sur un ticket de carte bleue serait toujours mieux que rien du tout.

Cette fin de non-relation me laisse un goût désagréable de *à quoi bon ?* Depuis mon accident, je m'étais imaginé que j'allais vivre une existence qui aurait du sens. J'éprouverais tout plus intensément, la gratitude d'être en vie me porterait plus haut et plus loin, au-delà de mes peurs, mes doutes ou mes faiblesses. Finalement, les événements ne rendent pas les gens meilleurs ou pires, ils révèlent ce qu'ils sont capables de donner à ce moment-là, impossible de présager du résultat. J'ai beau espérer devenir une meilleure version de moi-même, je reste cette femme qui a la trouille d'être seule sans pour autant tolérer une trop grande intimité avec l'autre.

Je rentre chez les parents. J'ôte mes chaussures sur le pas de la porte, la maisonnée semblant encore endormie. Je dépose un sachet de viennoiseries avec mention *Bonne année* dessus et monte sur la pointe des pieds me recoucher. Je laisse la lumière éteinte malgré les volets fermés. Je m'amuse à retrouver, comme enfant, les repères tactiles menant jusqu'à mon lit. Je m'assieds au bord et sens quelque chose bouger dans mon dos. Je hurle et allume la lampe de chevet en bondissant sur mes pieds.

Je découvre mon Bastien, les yeux emplis de sommeil, hirsute dans son pyjama-combinaison Stitch que je lui ai offert à Noël.

— Oh pardon, mon Bastounet. Je ne savais pas que tu dormais ici. Encore moins sous ma couette !

— Papa et maman sont partis faire la fête en amoureux et Mamie a dit que tu restais chez une copine. Elle a dit oui pour que je m'installe dans ta chambre.

Je lui frotte tendrement la tête avec un sourire.

— Je veux bien que tu dormes dans mon lit, à condition que…

Il hausse les sourcils. Je me délecte de sa mine inquiète. Il sait que mon imagination en matière de gages n'a pas de limites.

— ... tu me fasses une place pour que je finisse ma nuit avec toi !

Il relâche son inspiration et se recule avec plaisir contre le mur en ouvrant la couette afin que je m'y glisse. Je fourre mon nez dans ses cheveux et plonge dans un sommeil insouciant et bienheureux.

## 46

La journée se poursuit dans la bonne humeur communicative de Bastien. Mes parents paraissent si épanouis dans le rôle qu'il leur a attribué. Ma mère a toujours eu la délicatesse de ne pas commenter mon choix de non-maternité et de me préserver de sa déception, car je suis consciente qu'elle existe. Elle possède cette fameuse fibre, cet instinct infaillible et surtout ce plaisir de donner à l'autre l'attention, l'amour, l'importance dont il ou elle a besoin. Pour elle, je le sais, aucun bonheur n'est plus immense que de perpétuer la lignée. Ma mère est une sainte femme.

J'en veux pour preuve qu'elle s'astreint à inviter sa charmante belle-sœur Babeth. Ma tante, divorcée avec trois enfants, se joint à nous tous les premier janvier au soir, car *la famille, c'est sacré*, se justifie-t-elle.

Babeth débarque toujours en avance et s'installe à la table de la cuisine en grinçant. Elle nous regarde nous agiter dans nos préparatifs, avec force soupirs, comme si regarder les autres bosser s'avérait finalement plus éreintant que de leur donner un coup de main.

Pendant ce temps, entre deux jérémiades concernant sa pauvre carcasse, elle nous vend ses enfants et leur interminable lignée comme s'ils avaient inventé la navette allant sur la lune tandis qu'ils se gardent bien de l'inviter *parce que tu comprends, ils sont déjà très nombreux et j'habite loin.*

Ma tante représente un bel exemple de déni maternel. Sa vie entière tourne autour de proches ne semblant pas vraiment l'être vis-à-vis d'elle. Cependant, elle persiste à nous montrer les photos du petit dernier qui compte déjà jusqu'à trois et de l'aînée déscolarisée parce que *tu comprends, elle est précoce et c'était trop compliqué avec les autres à l'école.*

— Et toi, Tam, toujours pas de mari ni d'enfant ?
— Eh non, Babeth, toujours pas.
— Que cela doit être triste une vie sans enfant, tout de même !

— Lâche-lui la grappe, tata, intervient ma sœur, visiblement plus agacée que moi.

— Mais c'est vrai, non ? Flo, toi qui as Bastien, tu es d'accord avec moi, n'est-ce pas ?

— Tata, tu nous fatigues, râle ma sœur.

— Tu verras, l'horloge biologique va te travailler et tu feras comme tout le monde, tu trouveras le papa et feras le petit dans la foulée. Une petite fille, ce serait bien. Hein, Armelle ?

— Babeth, Tamara aime les femmes, réplique ma mère, stoïque.

— Et du coup, tes charmants enfants, tu les as vus il y a combien de temps, tata ? Trois, six, neuf mois ? balance Flo.

Oups. Tata rougit, comme prise en flagrant délit de boulimie, un éclair au chocolat fourré jusqu'au fond de la gorge.

— Je les vois tous les dimanches sur Whatsapp, plaide-t-elle.

— Qui voudra son café avec le dessert ? Je m'en occupe.

Je file vers la cuisine avant d'entendre leurs réponses. Ma tante me fascine plus qu'elle ne me blesse. Je remarque que j'ai évolué, car la regarder se prendre les pieds dans le tapis à tenter de se persuader combien sa vie est formidable ne me fait même plus plaisir.

Je reviens les bras chargés d'un énorme plateau et constate que ma sœur, elle, n'est pas du tout passée à autre chose. Elle profite du fait que Mathieu soit parti avec Bastien et notre père pour ouvrir les vannes.

— Mais tata, ce n'est pas parce qu'on est mère qu'on est plus épanouie. Tu vas me faire croire que la maternité n'a pas précipité ton mariage à sa perte ? On sait bien que tonton ne voulait pas spécialement d'enfant et que c'est toi qui as insisté pour en avoir. On sait bien aussi que l'arrivée du petit troisième a donné le coup de grâce. Et puis, c'est bien connu, dormir avec les enfants entre papa et maman, c'est le remède pour un couple qui dure.

— Florence, ça suffit !

— Mais maman, ça suffit. Ça suffit, tata. Ça suffit de juger Tam parce qu'elle aime les femmes et veut privilégier sa carrière. Si tu avais exercé un métier passion, ça t'aurait évité de devoir réclamer une prestation compensatoire à ton futur ex-mari pour t'en sortir avec les trois enfants à nourrir qu'il n'avait pas voulus. Ça suffit de jouer les victimes quittées alors que ton mari n'a jamais eu son mot à dire sur combien ou quand avoir des enfants, ni sur comment les éduquer. Bien sûr qu'il a lâché l'affaire. Tu prenais toute la place, tata. C'est pour ça qu'il est parti, pour te laisser toute la place. Et tes enfants aussi d'ailleurs. Tu voulais tout régenter dans leur vie. Tu aurais presque choisi leur conjoint s'ils s'étaient laissé faire. Parce que Mickaël, quand il avait vingt-deux ans, qu'il était tatoué des deux bras ne ressemblait pas trop à ton idéal. Heureusement, il a monté sa boîte et fait fructifier son activité. Aujourd'hui, tu es bien contente que le petit voyou dont ta fille aînée était raide dingue ait bien tourné, comme tu dis.

— Florence, s'il te plaît.

— Laisse, Armelle. Ta fille a une vie difficile. Je sais ce que c'est. Elle élève toute seule Bastien et se fait sans doute harceler par son patron dans un travail qui ne lui plaît pas pour se persuader qu'elle est émancipée de son mari. C'est comme ça qu'on dit maintenant, non ? Tu comprendras en vieillissant ma petite Florence que la vie est ingrate, mais je ne regretterai jamais d'avoir eu mes trois merveilles. C'est ce qui est important pour moi.

— Mais tu peux entendre que ce soit différent pour Tamara, non ?

— Laisse, sœurette. Chacun est persuadé que sa façon de vivre et de penser est la meilleure, c'est humain. Babeth souhaite le meilleur pour moi et c'est pour cela qu'elle a du mal à imaginer que cela soit l'exact opposé de sa vision. Bon, qui voulait un café, du coup ?

## 47

Les fêtes de famille ont été turbulentes entre l'épisode avec ma tante et ma fâcheuse tendance à donner mon avis sans qu'on me le demande. Mes vieux réflexes ont la dent dure. Je vais finir par croire que c'est ma présence qui crée ce climat de tensions. Je me gare sur le parking à côté de la Volvo de Sylvain. Jean m'a proposé un contrat de trois mois après mon diplôme, ayant partagé avec lui mes craintes de m'engager pour de bon dans cette voie. D'autres diraient que j'ai achevé le plus difficile : les études. Seulement, pour moi, le plus compliqué demeure de me projeter dans ce quotidien au milieu des morts tout le reste de ma vie.

Je salue Sylvain d'un signe de tête tandis qu'il est en train de décharger son matériel. J'en déduis qu'il a commencé sa journée très tôt. Le connaissant, il a dû tourner dans le lit puis partir au travail, fatigué de ne pas dormir. Je lui raconte l'épisode de ma tante. Je nourris le secret espoir qu'il m'aide à en rire avec son sens inné de la dérision. Il me lâche des borborygmes en guise de réaction. Je n'insiste pas et me concentre sur le défunt qu'il commence à préparer. J'enfile mon masque. Je le vois soupirer, visiblement agacé.

— Dis donc, tu as mangé du clown ce matin, toi ?

— J'ai le droit comme tout le monde de ne pas être forcément de bonne humeur trois-cent-soixante-cinq jours par an. Tu te le donnes bien, toi, ce droit.

— OK, OK. Je vais nous chercher des cafés.

— Bonne idée.

Je commence à me demander qui est Sylvain. Est-il l'homme que j'ai trouvé condescendant et arrogant de prime abord ? Est-ce plutôt celui qui m'a attendrie, proche de sa fille, profondément sensible et humain ? À moins que ce ne soit celui qui m'envoie promener aujourd'hui, maintenant que je suis diplômée et qu'il n'a plus besoin de me vendre du rêve ?

Je suis perdue. Je reviens dans la salle de soin. Il me lance un regard crispé.

— Qu'est-ce que tu as contre moi ce matin ?
— Rien du tout. Je n'aime pas les accidents de la route. D'ailleurs, si tu pouvais préparer le suivant, ça m'aiderait bien, car tu es censée bosser toute seule désormais.
— C'est encore dur, tu sais. Je préfèrerais attendre un peu.
— Je ne serai pas toujours là pour te couvrir, Tamara.
Sa remarque me gifle. Ma gorge se noue.
— Ce n'est pas ma faute si je sens tout plus fort qu'avant, Sylvain. C'est terrible. C'est comme être à poil à me peler à côté des autres habillés comme en hiver.
— C'est bon ? Tu as fini de te plaindre ? On peut bosser ?
— Sympa... On dirait vraiment que tu m'en veux ce matin.
— C'est simplement que j'en ai marre de te regarder refuser tout ce que la vie peut t'offrir, Tamara.
— Mais je n'en veux pas de cette vie ! Pourquoi me montrerais-je reconnaissante ? Cet accident m'a pris tout ce que j'avais. Tout ! Mon couple, ma santé physique, mentale, mon argent, mon taf, tout.
— Et alors ?
— C'est facile pour toi. Tu es resté dans ton boulot où tu maitrises tout.
— Je t'interdis de dire ça, OK ? Tu crois peut-être que ça a été simple quand Valérie est morte ? Pas la place pour s'appesantir trop longtemps. J'ai dû me montrer fort pour la petite et retourner dare-dare travailler pour qu'on puisse garder la maison et tout ce qui nous restait de notre vie d'avant. Regarde un peu autour, plus loin que ton nombril. Tu constateras que d'autres aussi ont souffert et se sont relevés et te tendent la main au lieu de leur cracher ta colère à la figure à chaque occasion. Tu pourrais vivre en fauteuil, tu pourrais être morte.
— Parfois, je préfèrerais.
— Ce métier ne te plait pas ? Changes-en ! Ma tête ne te revient pas ? Libre à toi d'aller travailler ailleurs. Seulement, je pense que tous les conflits et obstacles que tu vois devant toi, Tam, se trouvent juste à l'intérieur. Alors, tu pourras bien t'enfuir ou opter pour un nouveau décor, tant que tu ne

changeras rien dedans, tu garderas cette frustration de gamine trop gâtée. Regarde les choses en face. Ta sœur me l'a dit quand tu as eu ton accident. Tes amis si formidables ne se sont pas bousculés pour venir te soutenir. Et ta grande famille du cinéma, elle t'a vite trouvé une remplaçante, non ? Je crois que tu te racontes que tout cela te manque parce que tu es trop fière pour reconnaître que ce n'était pas si idéal. Certes, c'est moins reluisant de nettoyer les fesses des maccabées, dans l'ombre, mais tu fais désormais quelque chose de noble, qui compte.

Je le laisse terminer sa leçon de morale avant de quitter la pièce en silence. J'envoie un message à Jean lui indiquant que je suis souffrante et que je repars chez moi. *Chez moi.* Chez mes parents, comme une *gamine pourrie gâtée*, m'a-t-il dit. Je sens la colère crisper tout mon corps. De quel droit se permet-il de me juger ? Il a raison sur un point, je ne me sens pas plus heureuse dans cette nouvelle vie. Nouveau décor, nouveau métier, même amertume.

## 48

Je regarde les annonces pour une location sur Paris. J'active un peu mon réseau comme on lance quelques lignes à l'eau, voir ce qui pourrait mordre. Certains me servent du *désolé de ne pas avoir pris de tes nouvelles bla-bla-bla* tandis que d'autres plaident la surcharge de travail. J'ai envie de leur hurler que s'ils en avaient trop, pourquoi diable ne pas m'en avoir proposé ? J'écris à Fred, recule, efface, fume une cigarette à la fenêtre de ma chambre avant d'envoyer un banal *Coucou ça va ?* que je regrette dans l'instant. Sa réponse ne se fait pas attendre.

Salut ! Tiens, une revenante ;)
Je bosse sur le dernier Gotesman. C'est la folie, ce tournage ! On n'arrête pas de se marrer. Et toi ? J'ai appris par Aurore que tu avais fini ta reconversion et que tu étais diplômée. Félicitations ! On pourra fêter ça autour d'un verre si tu viens sur Paris.

Je suis déboussolée. Fred s'adresse à moi comme on écrit à une vieille copine perdue de vue. Je m'attendais à souffrir de sa froideur, de la distance. Finalement, c'est son accueil familier et nonchalant qui me heurte.

Avec plaisir. Tu sais, j'hésite encore à reprendre mon ancien boulot. Ça me manque.

Deuxième SMS, deuxième regret. Trop tard, le message est parti, demande indirecte qu'elle comprendra si elle le souhaite. Sinon je resterai avec *mes maccabées*, comme dit l'autre grand goujat.

OK, c'est bon à savoir. Je vais tendre l'oreille et te ferai signe. Prends soin de toi.

Je lui réponds avec une émoticône qui envoie un bisou comme aux copines puisque visiblement, c'est ce que nous sommes devenues.

Mon téléphone vibre de nouveau. Mon cœur bat un peu fort à l'idée qu'elle ait fini par m'adresser un message plus personnel. Raté.

> Salut Tamara !
> Papa m'a dit qu'il s'était comporté comme un énorme crétin (euphémisme). Sache que je l'ai enguirlandé comme il se doit. J'imagine que tu ne voudras plus le voir jusqu'à nouvel ordre (du moins, c'est ce que je lui ai laissé croire, car il faut bien qu'il comprenne la leçon). J'espère qu'on pourra quand même se retrouver toutes les deux comme prévu demain pour la soirée Tim Burton aux *400 coups*[9] ? Bises, Jade.

J'avais oublié cette satanée soirée. Jade parle d'y aller toutes les deux, j'en conclus que Sylvain travaille. Après tout, je le lui avais promis et déteste faillir à ma parole. J'aime aussi passer du temps avec Jade. Pour finir, elle n'est en rien responsable des tensions avec son père. Je lui confirme notre rendez-vous. J'ai envie, je le fais. Point.

Mes parents sont sortis dîner chez des amis. Je suis soulagée de passer la soirée juste avec moi, non pas que je me juge d'une fréquentation sensationnelle pour moi-même, mais je n'ai pas le cœur à faire la conversation avec qui que ce soit. Je me prépare un plateau télé et parviens le temps d'un film à m'extraire de mon état d'anxiété. Mon téléphone vibre sur la table basse. Sans doute Jade.

> Tam, je voulais que tu saches que je suis avec quelqu'un. Elle est enceinte. J'avais dit à Aurore de ne rien te dire, mais je ne trouve pas très correct que tu l'apprennes par n'importe qui, maintenant que tu reprends un peu contact avec tout le monde. Je te souhaite tout le bonheur que tu mérites. Sincèrement.

Je porte la main à mon cœur. Je jurerais avoir entendu des

---

[9] cinéma d'art et d'essai à Angers

débris chuter à terre. Les larmes roulent sur mes joues. C'est comme si elle me quittait une deuxième fois. En plus fort. Pour de bon, en quelque sorte. Étais-je donc dans le déni jusque là ? Elle a fini par la trouver la mère de son enfant, celle que je n'ai pas su être.

J'éteins l'écran de télévision. Mon nez coule, je me lève au prix d'un énorme effort pour attraper la boîte de mouchoirs. On toque à la porte. Je jette un œil à la pendule : vingt-deux heures trente. Ma sœur ne se donnerait pas la peine de frapper, mes parents non plus. J'hésite à faire la morte, mais les lumières du salon et de la cuisine étant allumées, mieux vaut se manifester. Avec un peu de chance, avec la tête de déterrée que je dois avoir, je ferai peur à mon assaillant.

Je prends mon courage à deux mains et me dirige vers la porte d'entrée. J'attrape au passage un parapluie. C'est bien connu, en cas d'agression, c'est l'idéal ! J'ouvre la porte et lance un regard ahuri à mon visiteur mystère tandis que je baisse le bras qui brandissait, quelques instants plus tôt, un dangereux parapluie arc-en-ciel.

## 49

— Je te dérange, peut-être ?
— Oui. Comme tu peux le remarquer, je partais participer au concours du plus beau parapluie. Je pense que j'ai toutes mes chances avec celui-ci.
Il sourit. J'aurais dû me montrer plus revêche.
— Je vois que tu as retrouvé ton humour.
— Et toi, ton amabilité.
— Tam, je suis venu te demander pardon.
— Tu as eu raison, Sylvain. Tu t'es montré horrible d'un bout à l'autre, mais tu as raison. Savoure bien, tu n'entendras pas souvent cette phrase dans ma bouche.
— Je n'aurais pas dû te le dire de cette façon.
Je soupire. C'est pénible tout de même cette incapacité à ressentir de la rancœur. Je me décale et lui fais signe d'entrer. Tandis qu'il examine chaque bibelot avec soin, je réalise que c'est la première fois qu'il vient. Quelques décorations de Noël trainent encore çà et là. Je soupçonne ma mère d'espérer ainsi prolonger l'atmosphère de cette fête qu'elle affectionne tant.
— Comment as-tu su où j'habitais ?
— J'ai mes sources, mon p'tit.
Il prend son accent de *tonton flingueur* en m'adressant un clin d'œil. C'est à mon tour de sourire.
— OK. C'est marqué sur ton contrat, confesse-t-il. Je n'ai réveillé personne, j'espère ?
— Mes parents sont sortis. Et moi, je me morfondais.
Il me suit jusqu'au salon en enlevant sa parka et lance dans mon dos :
— Décidément, tu ne peux pas t'empêcher de te morfondre dès que je suis dans les parages.
— Je vois que tu as retrouvé ton humour pourri toi aussi. Tu veux boire quelque chose ? Café, thé, tisane ?
— Tu n'aurais pas quelque chose de plus corsé ?
Je sors la bouteille de vodka entamée avec ma sœur et deux shooters. J'y verse le liquide transparentnavant de m'installer à côté de Sylvain dans le canapé.

— Ça fait dix ans aujourd'hui, lance-t-il après avoir vidé son verre d'une traite.

Je suis en train de recharger une buche dans le poêle avant de faire volte-face.

— Quoi ?

— Ça fait dix ans que Valé est morte. Aujourd'hui.

J'ai beau n'avoir jamais rencontré cette femme, Sylvain m'en a tant parlé que j'ai l'impression de l'avoir connue. Je rembobine le film de la journée, sa mauvaise humeur sans raison apparente, le clash. C'était donc ça. Je reprends place à côté de lui avant de murmurer :

— Je suis désolée, Sylvain.

— Moi aussi, je suis désolé. J'ai conscience que ce n'est pas une excuse, mais je te jure, j'aimerais dire que c'est bon, que c'est digéré, mais non. Et cette année, c'est particulier. Notre fille sera bientôt majeure et elle n'est toujours pas là pour voir ça. Encore une étape sans elle. Je sais, c'est ridicule, je parle comme si j'espérais qu'elle revienne de voyage. Dans ces moments-là, je peux me comporter comme un con. Je refuse que les gens ayant la chance d'être vivants et maitres de leur destin se plaignent et se gâchent les occasions d'être heureux. D'où ma réaction tout à l'heure.

Nous enchaînons les verres dans un silence entendu, côte à côte, sans échanger un regard avant que je tourne la tête vers lui et découvre qu'il a les yeux humides. Je décide de lui poser la main sur l'épaule en signe de soutien, comme il l'a maintes fois fait pour moi. Il la recouvre avec la sienne en souriant, hypnotisé par la danse des flammes dans le poêle. Je constate que sa paume est étonnamment chaude malgré la fraîcheur ambiante. Cette proximité m'embarrasse autant qu'elle m'apaise. Je me surprends à fermer les yeux un instant, une sorte de trêve que je m'octroie, une fêlure dans cette armure que je m'oblige à porter en sa présence.

— Je suis désolé, Tam. J'aimerais accueillir tes doutes et tes inquiétudes avec davantage de douceur, mais la vérité, c'est que je nage moi-même au cœur d'un trouble qui me dépasse. Jean m'a proposé de prendre des parts dans leur entreprise familiale. C'est un grand honneur et je n'ai personne à qui demander conseil. Sans parler de Jade qui va quitter la maison l'an prochain pour voler de ses propres ailes à Paris. Cela me terrifie.

— J'étais loin d'imaginer que tu pouvais douter toi aussi. Tu sembles si sûr de toi, si solide.

Il s'apprête à ôter sa main de la mienne, je la retiens. Je plonge mon regard dans le sien, un poil trop longtemps. Nos doigts s'entremêlent. Nos visages s'approchent si bien que je peux deviner le parfum sucré de son haleine. Il se recule et lâche ma main.

— Tam, je crois qu'on a un peu trop bu, non ?

Je secoue la tête comme pour finir de revenir à moi. Prise d'un vertige, je me sens rougir.

— Désolée. J'ai trop bu, oui.

Je me lève d'un bond. Sa remarque a le mérite de m'avoir fait dessaouler immédiatement. Je me dirige à la hâte vers la porte d'entrée, une façon peu élégante de lui dire de filer afin d'abréger la gêne occasionnée. Mes mains tremblent tandis que je l'observe, enfilant son manteau. J'aimerais qu'il reste et parte en même temps : c'est officiel, Tamara, tu es complètement schizophrène. Une fois dans le hall, il tente de détendre l'atmosphère en se retournant vers moi.

— C'est bon, soit tranquille, Tamara. Ce sont des choses qui arrivent. Et puis, je comprends, avec mon charme naturel, tu ne peux que...

Je ne lui laisse pas le loisir de finir sa blague. Sans réfléchir, je me jette sur lui et l'embrasse à pleine bouche. Passé l'effet de surprise, il me rend mon baiser. C'est délicieux. C'est n'importe quoi. Je recule, ouvre la porte, le pousse dehors et lâche un énième *désolé* avant de la lui claquer au nez. Je m'y adosse, haletante. Mon téléphone vibre dans ma poche.

Tam, tu veux vraiment que je parte ?

Oui, s'il te plaît. Je n'aurais pas dû.

Comme tu veux. Bonne nuit.

Bonne nuit, Sylvain.

C'est inouï, cette capacité que j'ai à trop réfléchir lorsqu'il serait bon d'agir et de foncer tête baissée quand il faudrait penser aux conséquences de mes actes. Je me fatigue.

## 50

Arrive le moment formidable où j'attends Jade devant le cinéma. Je sors les mains de mes poches le temps d'allumer une cigarette et fourre de nouveau la gauche bien au chaud. Depuis le réveil, je me demande si Sylvain lui a parlé de notre baiser de la veille. Je me raisonne en me répétant qu'un père n'est pas censé se confier à sa fille sur ce genre de choses, a fortiori lorsque l'issue s'avère aussi foireuse. Elle m'a dit qu'il n'avait connu personne depuis sa mère et semble parfaitement s'en accommoder. Quand je repense à la chaleur de ses mains sur ma nuque et à la fougue de son baiser, j'ai du mal à y croire. Je me surprends à rougir en y songeant et décide de regarder mes mails de façon à me distraire de moi-même. Au milieu d'innombrables messages pour des offres promotionnelles de voyages et autres services, je reconnais le nom de Pascal Chaumeil avec lequel j'ai bossé à plusieurs reprises, notamment pour l'*Arnacoeur*[10]. J'ai toujours eu beaucoup de plaisir à travailler avec son équipe. Je n'ai activé mon réseau qu'hier, je suis étonnée que ça morde si vite. Il me propose de les rejoindre en cours de tournage. Il a fait un essai avec une nouvelle, c'est une véritable catastrophe. Il a besoin d'une réponse samedi, c'est-à-dire demain. C'est pour attaquer le tournage dès lundi.

Je n'ai pas le temps de paniquer que je reconnais la voix de Jade qui éclate de rire au téléphone sur le trottoir d'en face. Cette mélodie joyeuse me réchauffe instantanément. Elle m'adresse de grands signes en venant à ma rencontre.

— Tu en faisais une tête ! Tu as appris la mort de quelqu'un ou quoi ?

— Non, non. Je suis juste très fatiguée, c'est tout.

— Tu peux me le dire si tu es encore contrariée à cause de papa. Je le connais par cœur, je suis bien placée pour dire qu'il peut se montrer vraiment odieux quand il s'y met.

---

[10] film réalisé en 2010 avec Romain Duris, Vanessa Paradis et François Damiens.

— Je suis pas mal dans mon genre aussi.
— Je sais.
Je hausse les sourcils.
— Comment ça, *je sais* ?
— Je ne suis plus une gamine, Tamara. Mon père me parle souvent.

Mon Dieu ! Que sait-elle ? C'est quoi ce sous-entendu et ce regard malicieux ? Et si finalement, il lui avait tout révélé en rentrant hier soir ? Après tout, elle m'a tout l'air d'être coriace, la petite. À mon avis, quand elle a envie de savoir quelque chose, elle ne doit pas lâcher le morceau facilement.

— Tamara, ça va ? Tu as l'air complètement paniquée. On dirait que je t'ai annoncé que j'étais enceinte.
— Non, c'est juste que j'ai mes règles. Je me sens un peu patraque.
— Veux-tu qu'on rentre à la maison ?

Je dois la dévisager comme si elle me proposait d'aller ensemble en club échangiste. Je hurle presque :

— Chez toi ?
— Bah oui. Tu seras plus confortable et puis papa pourra te faire un soin. Il est très doué pour les douleurs de règles.
— Comment ça, *un soin* ?

Le seul genre de soin que prodigue Sylvain ne me dit rien qui vaille. J'ai la sensation angoissante d'avoir perdu le fil de la conversation et que j'aurais peut-être dû intervenir plus tôt pour empêcher nos échanges de prendre ce tour si intime et surréaliste.

— Mon père soigne avec ses mains. Tu l'ignorais ?

Je songe soudain à la chaleur de ses mains, à son toucher qui m'a toujours déroutée. J'aimerais conserver encore quelques instants l'illusion que je garde le contrôle de la situation, mais déjà, Jade appelle son père.

— Allo, papa. Dis, ça t'embête si on vient à la maison ? Tamara se sent patraque. Cool. OK. Ah ouais, super ! Merci, papounet.

Elle raccroche, un sourire victorieux aux lèvres.

— C'est bon, il arrive dans dix minutes.

— Comment ça ?
— Bah, tu ne te sens pas bien. Alors, il a proposé de nous récupérer en voiture.

Je me prends la tête dans les mains. Visiblement, Jade interprète mon geste de travers puisqu'elle m'invite à m'asseoir sur le banc le plus proche. J'abdique. Ma priorité : gagner du temps et retrouver mes esprits avant qu'il arrive et que je perde tous mes moyens. Et tout cela en dix minutes : un jeu d'enfant !

Moins de dix minutes après, mon sauveur débarque au volant de sa fidèle Volvo et se gare en warning devant notre banc. Il sort de la voiture, la mine inquiète. Son regard tombe sur moi et m'interroge.

— Je suis désolée, je balbutie. J'ignore ce que Jade t'a dit au téléphone, mais tout va bien. C'est juste un peu de fatigue.
— Elle a ses règles, précise la jeune fille.
— Je suis ravi de le savoir, ma chérie et Tamara certainement enchantée que j'en sois informé.
— Oh, ça va, papa. Fais pas ton relou. C'est la nature !
— Si tu veux bien, on va néanmoins monter en voiture, histoire que cette conversation très passionnante se limite à notre petit cercle.

Je jette un œil à la foule qui se presse devant le cinéma et remarque un groupe de jeunes filles qui pouffent en me scrutant. De mieux en mieux.

## 51

Contre toute attente, le fait de m'installer dans la voiture de Sylvain me calme immédiatement ; à croire que cet endroit possède un pouvoir magique sur moi. Je jette un coup d'œil régulier et discret à mon chauffeur et constate qu'il garde les yeux rivés sur la route jusqu'à la fin du trajet. Je dois devenir folle, mais j'ai la sensation dérangeante qu'il me touche rien qu'en respirant à côté de moi.

Arrivée chez eux, Sylvain sert un jus de fruits à sa fille qui râle et deux shots de vodka *aux adultes*, articule-t-il à son intention. Je décide de parler du mail qui m'a troublée un peu plus tôt dans l'espoir de reprendre contenance et, pourquoi pas, d'obtenir un avis extérieur.

— Tu devrais y aller, Tam.
— Pourquoi dis-tu ça ?
— Parce que tu en crèves d'envie, parce que tu risques de le regretter et surtout parce que tu vas me mener une vie infernale si tu restes ici, sachant ça.

Il me conseille de m'éloigner. Sans doute espère-t-il que la distance et le temps dissiperont les malentendus et que tout rentrera dans l'ordre.

— Tu vas retourner vivre à Paris ? s'exclame Jade, revenant au salon avec un plateau rempli de bols à picorer.

Je perçois la panique dans sa voix. Elle me déstabilise.

— Je n'ai encore rien décidé, Jade.
— Tu vas bien habiter Paris, toi ! argumente son père.
— Ça n'a rien à voir. Moi, c'est pour...
— Faire ce que tu aimes ? Prendre ton envol ?

Sa fille reste muette et avale une poignée de cacahuètes grillées.

— Et si Tam repartait pour les mêmes raisons que toi, grosse maline ?
— Papa, même si elle est revenue chez ses parents, Tam n'a plus l'âge de *prendre son envol*, comme tu dis. Elle se tourne vers moi. Sans vouloir te vexer, Tamara !

J'acquiesce et souris en songeant au jugement que Sylvain doit porter sur moi. A-t-il compris avant moi que cette étape angevine n'était finalement survenue que pour mieux repartir plus loin ? Et si ce baiser n'avait servi qu'à me réveiller ? Je secoue la tête, consciente que je monologue intérieurement depuis un trop long moment. Toute cette conversation me met mal à l'aise, je bifurque sur ce que m'a révélé Jade devant le cinéma.

— Alors, comme ça, petit cachotier, tu ne pratiques pas que des soins thanatos ?

Je mime des guillemets autour du mot *soin* quand Sylvain marque un mouvement de recul.

— C'est moi qui lui ai dit, papa, plaide sa fille, en piquant du nez vers le tapis du salon.

Je perçois l'agacement sur les traits de son père. Jade souffle en se levant avec de grands gestes. Je confirme, la petite a de l'avenir dans l'art dramatique.

— C'est bon, papa. Tu es pénible avec tes secrets aussi ! Et puis, elle avait mal, j'ai pensé que tu pourrais lui faire du bien.

Je songe à ses mains. Le trac envahit ma gorge, ma poitrine. Soudain, je me fais l'effet d'une adolescente invitée à danser un slow.

— Tu sais très bien que je n'aime pas que tu en parles, Jade.

La jeune fille décampe et gravit les marches qui mènent à sa chambre comme un chat. Il se tourne vers moi, sans pour autant me regarder, triturant les perles de son bracelet.

— Veux-tu que j'essaie de te soulager ? Quitte à être au courant, autant que cela serve à quelque chose.

Il lève les yeux vers moi. J'ignore si c'est mon imagination, mais je jurerais qu'il est embarrassé.

— Je suis gênée. Tu avais prévu une soirée tranquille et tu te retrouves avec deux boulets sur les bras.

— Oh ! Tu sais, j'ai l'habitude... de vous avoir toutes les deux sur les bras.

Je lui jette une cacahuète. Il fait mine d'avoir été touché d'une balle en plein cœur et s'écroule contre le dossier du canapé en tirant la langue de travers. Je vois de qui tient sa fille pour le côté *Actor studio*. Je regarde autour de moi et une fois que je me suis assurée que Jade n'était réellement plus dans les parages, je passe aux aveux :

— Sylvain, je n'ai pas mes règles. J'ai menti à Jade.
— OK. Tu m'expliques ?
— Elle m'a vue perturbée et je ne pouvais pas lui révéler les vraies raisons.
— Pourquoi ça ?

Je plante mon regard dans le sien, prie pour qu'il percute sans que j'aie à lui faire un dessin. Bingo ! Ses yeux s'écarquillent. Il a compris.

— Tu es mal à cause d'hier soir ?

Je hoche la tête. Il recule dans le fond du canapé, s'étire les bras en l'air avant de les relâcher en soupirant. Il se frotte le visage, scrute quelque chose au plafond. Cette attente me semble interminable.

— Tamara, ce qui s'est passé chez toi...
— N'aurait jamais dû se produire, je le regrette et je suis au plus mal depuis.

Il se redresse, les coudes sur les cuisses et plante ses yeux dans les miens, sourcils froncés.

— Vraiment ?

Je n'arrive plus à décoder son expression. Est-il surpris, triste, en colère ou déçu ? Je me lève, mon cœur bat dans mes tempes. Je rêve de me téléporter dans ma voiture.

— Je vais y aller, Sylvain. Je ne veux pas qu'on se fâche davantage.
— Es-tu bien sûre que c'est ce que tu souhaites ?

Sa question sonne telle une menace à mon oreille.

— Je suis sûre.
— OK. Comme tu préfères, mais laisse-moi au moins te raccompagner.
— J'ai besoin de marcher.

Il se lève d'un bond en tapant dans ses mains avant de déclarer :

— Ça tombe très bien. Moi, j'ai envie de marcher avec toi.
— OK.

Il grimpe les escaliers quatre à quatre pour prévenir sa fille tandis que je l'attends dehors pour fumer. Il me rejoint, allume une cigarette à son tour et remonte le col de son caban, celui qui lui donne des airs de Corto Maltese. Cet homme est vraiment beau. Je refusais de le voir auparavant, tant j'avais décrété qu'il m'était antipathique. Nous marchons côte à côte un bon moment, le long de la Maine jusqu'à ce que je me décide à rompre le silence.

— Tu as raison. Je vais dire oui. La vie me tend une perche, je n'ai plus qu'à la saisir. Je ne peux plus vivre sans cesse ballotée entre passé et présent.

— Très bien, Tam. J'expliquerai à Jean, ne t'inquiète pas.

— Vous allez me manquer quand même, tu sais.

J'esquisse un geste vers lui avant de réaliser que je ne peux plus me permettre ce genre d'élan depuis hier soir. Ce serait déplacé. Je laisse mon bras retomber, ballant le long de mon buste.

— J'espère bien, murmure-t-il.

Nous arrivons sur le parking du cinéma où ma voiture m'attend sagement tandis que toutes les autres ont décampé. Il est tard. Je sens venir le moment de se dire au revoir. Je le redoute, il me torture. Que suis-je censée faire ? Sylvain pose ses mains à l'extérieur de mes bras, mon cœur cogne si violemment que j'en ai la nausée. Il m'attire contre lui et m'étreint doucement, avec force. Je m'abandonne contre lui, contre sa chaleur et son parfum aux notes d'agrumes et de cuir. J'aimerais étirer cet instant à l'infini. Nous nous tenons si proches qu'il me semble même percevoir les battements de son cœur contre le mien. Peut-être se chuchotent-ils en ce moment tous les mots qui nous échappent, enfouis derrière nos carapaces ?

Il se recule et me sourit avant de se retourner en direction de sa vie sans un bruit et sans moi. Tandis qu'il s'éloigne, il m'adresse de dos un signe de la main. Est-ce la pudeur qui l'empêche de dire ou de montrer ? Ou bien ai-je imaginé, mal interprété la nature de notre proximité ? Et moi, je le regarde partir, les bras ballants, espérant conserver quelques instants encore l'empreinte chaude de son corps contre le mien.

Je m'installe derrière le volant de ma vieille SAAB rouge et pianote un rapide message à Pascal pour confirmer ma présence sur le plateau dès lundi. Je démarre. Il faut marcher droit devant à présent.

## 52

Comme d'habitude, mes parents m'ont laissé partir sans objecter. Ma mère est la reine du *comme tu veux*. Avec ma sœur, c'est une autre mélodie. Quand j'arrive chez elle, Flo m'attend bras croisés sur la poitrine, sur le perron. J'ai l'impression d'être sa fille qui a découché sans prévenir.
— Comme ça, tu repars à Paris ? Tu plaisantes, j'espère ?
Et Bastien de poser sa petite cerise en haut du gâteau confectionné par sa mère.
— C'est vrai que tu nous laisses, tatam ?
— Mais non, mon Bastounet, voyons ! Dès que j'aurai un repos, je viendrai te préparer des crêpes, promis !
— Attention, Tamara. Pas de promesse que tu ne tiendras pas. Les enfants vivent ça comme une trahison, tu le sais.
— Mais enfin, Flo. Ne fais pas ta Dolto ! En plus, tu le sais toi que je vais tenir parole.
— C'est une question ou une affirmation ? Fut un temps, tu avais promis de revenir souvent et on ne te voyait que pour les fêtes de famille. Donc, *chat échaudé...* Tu connais la suite.
— Mais enfin, tu devrais être contente pour moi. J'ai l'opportunité de reprendre ma vie d'avant, le métier que j'adore.
— Je m'en fous. Je n'aimais pas celle d'avant. Je préfère la Tamara d'aujourd'hui.
— Mamoune, tu as dit un gros mot ! s'exclame mon neveu, dans les jambes de sa mère.
Ma sœur envoie son fils à l'intérieur regarder la télé. Une fois qu'il a filé rejoindre le salon, je me permets de hausser le ton.
— Ah oui ? Et peut-on savoir pour quelle raison ?
— Elle, au moins, reste fidèle à celle que je connaissais enfant.
Je reçois ses mots en plein plexus, incapable de répliquer. Flo ne me facilite pas la tâche. Je finis par prétexter des courses à faire avant mon départ afin d'interrompre cette conversation qui risquerait de nous fâcher pour de bon. J'entre chez

Florence et embrasse une dernière fois mon neveu qui s'accroche à moi comme si sa vie en dépendait. Ils se sont tous passé le mot, ma parole ! Je sais pourtant que Flo va se calmer et revenir vers moi avec tout son amour. Comme elle l'a toujours fait, fidèle au poste. Mon portable vibre dans la poche arrière de mon jean, peut-être ma sœur, prise de remords.

Salut Tam. Alors c'est vraiment vrai ? Tu t'en vas ? Je pourrai venir te voir à Paris, dis ? Tu me manques déjà. Biz. Jade

Je lui envoie un message succinct, mais qui se veut rassurant. Je devrais être soulagée de sentir tout cet amour, cet élan vers moi, tous ces gens à qui je vais manquer. Cependant, j'aurais préféré qu'ils soient contents, enthousiastes pour moi. Peut-être ai-je besoin qu'ils le manifestent à ma place pour me convaincre du bien-fondé de cette décision ? Le deuxième effet *kiss cool* ne se fait pas attendre du côté de ma chère petite sœur.

Je te déteste de partir, mais je t'aime, donc si ton cœur te dit d'y aller, suis-le. Et reviens-nous dès que tu pourras t'échapper quelques jours ! Love.

    Plus rien ne me retient. Je prends la route le dimanche en fin d'après-midi pour me poser dans l'appartement que je loue en *Air BnB* pour la durée du tournage, qui se passe exclusivement en région parisienne. Je présage que j'apprécierai de retrouver le calme à l'issue de mes longues journées de boulot.
    Je souris en découvrant le petit panier gourmand de bienvenue laissé par mes hôtes. Je visite les lieux et me sens immédiatement à l'aise : une décoration chaleureuse et colorée, un style hétéroclite et des meubles en bois naturel. Je suis satisfaite de mon choix. Pour une fois, les photos correspondent à la réalité. Je prends une douche rapide avec un fond musical pour compagnie avant de grignoter sur le bar de la cuisine en regardant mon téléphone. Je sursaute presque quand il vibre entre mes mains.

Je voulais te souhaiter une bonne « rentrée » et une douce nuit. S.

Je tergiverse plusieurs minutes pour formuler la réponse idéale à Sylvain. Tout ça avant d'opter pour quelque chose de simple et concis.

Merci Sylvain. Bonne nuit à toi aussi. T.

Je tourne un moment dans mon nouveau lit sans parvenir à trouver le sommeil et finit par m'écouter une des relaxations de ma sophrologue. Cela s'avère efficace puisque je ne me souviens de rien à mon réveil, le lendemain.

## 53

Les premiers rayons du soleil m'accompagnent sur le chemin du plateau. Je retrouve les bruits familiers du trafic parisien et profite d'être à l'arrêt sur le périphérique pour lancer une playlist aléatoire sur mon téléphone. Avishai Cohen et ses notes envoutantes emplissent l'habitacle et me rappellent ces moments suspendus avec Sylvain cette nuit où il m'avait emmenée dans son pub préféré. Je change de morceau, bien décidée à me mettre en joie pour que cette reprise soit une réussite. Curtis Mayfield et son *Move on up* me parait plus à propos. Je chante à tue-tête et découvre une présence côté passager qui me fait sursauter.

— Tu veux que j'aie un deuxième accident ou quoi ?
— Tu ne serais pas un peu tendue par hasard ?
— Si tu es venu juste pour me dire ce que je sais déjà, tu peux repartir.
— Je peux t'aider ?

Mes traits se détendent. Je souris en regardant la route. J'ai perdu l'habitude de conduire une voiture par ici. Même si j'ai encore l'appréhension de circuler en deux roues, je dois reconnaître que c'était assez idéal. Chaque chose en son temps.

— Non. Merci. Mais c'est gentil de me le demander.
— Je suis là pour ça. Tu as tendance à l'oublier ces derniers temps.
— Disons plutôt que j'ai essayé de me débrouiller toute seule.
— Et qu'est-ce que ça donne ?
— Pour l'instant, côté cœur, pas terrible. Côté pro, je t'en dirai plus à la fin de la journée.
— Comment te sens-tu ?
— Je te raconterai ce soir, je répète un brin agacée. Ce matin, je préfère ne pas me poser la question.
— OK. À ce soir, alors. Bonne rentrée.
— Merci.

J'arrive sur le plateau en avance. On ne change pas les vieilles habitudes. Je retrouve le grouillement qui m'avait tant manqué, mais perturbée les derniers temps. Néanmoins, j'ai beau scanner mon intérieur, tous les voyants restent au vert. On dirait bien que j'ai passé les premiers tests avec brio.

Je salue quelques techniciens croisés auparavant sur d'autres projets et rejoins l'espace des maquilleuses. Qui dit gros tournage dit grosse équipe. Je suis en joie de retrouver plusieurs de mes copines. Être entourée de plusieurs visages familiers me réconforte.

Pascal, le réalisateur, vient nous saluer en arrivant. C'est son petit rituel. Il aime travailler dans la proximité avec toute son équipe. Remettre le pied à l'étrier avec un gars comme lui, *c'est du pain béni*, comme on dit. Je ne connais pas plus attentif, respectueux et bienveillant que Pascal.

Les journées de tournage se suivent, ne se ressemblent pas, mais me confortent toutes dans l'idée que je suis sortie d'affaire, finis les malaises et les attaques de panique. J'envoie un message à la famille au bout de la première semaine pour officialiser ma guérison. *Amen.*

Je trouve également mes marques dans ma vie seule. Le soir, je me gave de cinéma d'auteur et m'astreins à écouter une relaxation avant de dormir, excepté les jours où je sombre devant le film. C'est à dire, de plus en plus souvent.

Ce soir, je sors avec une collègue boire un verre. Ça fait plusieurs fois qu'elle me propose. Elle souhaite me faire découvrir un bar qu'elle a adopté il y a peu et cela me plait de casser ma routine. Nous empruntons le métro et j'éprouve un pincement au moment où notre rame marque un arrêt à la station Goncourt à laquelle je descendais quand j'habitais encore près du Canal avec Fred. Et si je la croisais avec sa nouvelle copine ? Je chasse cette idée et me force à me concentrer sur les slogans des publicités étalées sur les murs de la station. On sonne le départ, les portes se referment. Je souffle.

Près de Belleville, nous pénétrons dans un bar à la décoration très moderne dont les formes anguleuses m'agressent dès l'arrivée. Je parviens à en faire abstraction et tente de me souvenir des noms de toute la brochette d'amis que Sophie, ma collègue, me présente en enfilade dans ce lieu trop étroit et bruyant. Je repense au *Nemrod*, le pub fétiche de Sylvain, aux antipodes de cet endroit, impersonnel et dénué de charme.

Je suis assise à côté d'un Marc, si j'ai bien saisi son prénom, conseiller financier d'une grande agence. Il me raconte avec force détails combien c'est intéressant de placer son argent plutôt comme ceci que comme cela. Je n'y comprends rien et m'en tamponne le coquillard. Il part aux toilettes. J'en profite pour me rapprocher de Ludivine ou Karine, me semble-t-il. Elle m'explique quant à elle qu'avec le réchauffement climatique, c'est du suicide de circuler autrement qu'à vélo de nos jours. Deux salles, deux ambiances. Mon téléphone vibre dans ma poche. Sauvée !

Coucou toi. Contente de ton retour à la capitale ? Donne des nouvelles. La petite me dit de te dire que tu lui manques. Et à moi aussi, elle m'ordonne d'écrire. Elle me tape, je ne suis plus maitre de ce que j'écris. Aïe ! Prends soin de toi, Tam. S.

Je ris, les imagine en train de chahuter avec les coussins du canapé, souris de plus belle. Je me représente Jade lui chipant son téléphone et Sylvain abdiquant au bout d'un tour de salon. Cet homme n'est pas sportif pour deux sous. Je soupire. Je regarde autour de moi. Je m'ennuie, c'est officiel. Je jette un œil à l'heure. Vingt-deux heures. Un peu tôt pour m'échapper. Je sors la carte du prétexte, comme dirait Jean-Pierre Bacri dans *Le Sens de la fête*.

— Sophie, je dois partir. J'avais promis d'appeler ma sœur ce soir. Elle vient de me relancer et risque d'être furieuse.

— Ah ! La famille... Ne m'en parle pas, mon frère ainé me traite encore comme si j'avais quinze ans. Je ne lui raconte presque rien sinon il aurait déjà eu un ulcère, tant il y a un monde entre sa vie et la mienne.

— On se voit demain au boulot ?

— OK, ma belle, rentre bien !

Je sors du bar avec grand bonheur. Le chahut de la rue n'est rien en comparaison avec le brouhaha superficiel qui régnait à l'intérieur. J'aimerais dire que j'ai passé une bonne soirée, mais j'ai trouvé ces gens d'un ennui mortel. Mes fréquentations étaient-elles différentes auparavant ? Nos relations se résumaient pour la plupart aux personnes rencontrées au travail ou aux amies de Fred. Beaucoup de femmes, la plupart avec qui elle avait probablement couché ou flirté. J'imagine que cela explique que je me sois sentie délaissée, voire abandonnée par la plupart d'entre elles au moment de mon accident puis de notre rupture. Elles ont choisi leur camp, comme on dit. *Ainsi soit-il.*

Ce soir, est-ce la fatigue, le froid de la nuit tombée trop vite ou cette ambiance bizarre dans ce bar, mais je ressens un grand vide. Je n'ai plus de vertiges, je gère parfaitement mon rôle professionnel, je dors mes huit heures, mange sainement. Pourtant, quelque chose me manque.

Coucou vous deux. Je vais très bien. Le travail se passe bien. Vous me manquez tous les deux et je vous jure que personne ne m'a frappée pour que je dise ça ! Prenez soin de vous. Bises. T.

Mon cœur bat à l'idée qu'il puisse me répondre ce soir. Pathétique. Je pose mon téléphone sur la table de chevet sans le couper. Il demeure silencieux jusqu'à ce que mon corps décide de lâcher prise. Cette nuit-là, je rêve de mon ancien métier : celui de thanatopractrice. Je me tiens aux côtés de Sylvain. Il m'apprend à apposer mes mains sur les défunts pour les guérir. Je lui réplique que c'est insensé puisqu'ils sont morts. Il me dit que je manque de foi, qu'à partir du moment où on a la foi, tout fait sens et tout devient possible. Mourir, vivre n'est pas qu'une question de corps. À la fin du rêve, nous nous embrassons.

## 54

Je me réveille perturbée par ce rêve incongru qui m'a pourtant semblé si réel. Je me prépare, mets de la musique, mais Sylvain et ses paroles persistent à me hanter. Je jette un œil à ma plante verte qui dépérit à vue d'œil. Je repense à ma mère et sa théorie sur le sujet. Elle prétend qu'on s'occupe de nos fleurs comme on se traite soi-même et que leur état refléterait souvent le nôtre. En voyant celle-ci, je me dis que l'univers m'envoie peut-être un signe pour que je me reprenne en main. Pourtant, avant ce rêve et ce fichu texto de Sylvain, tout se passait parfaitement bien. Non ?

D'instinct, j'appelle ma sœur sur le chemin pour me rendre sur le tournage. J'ignore ce que je vais bien pouvoir lui raconter, mais je sais que l'entendre suffira déjà à me changer les idées.

— Ça va, Tam ?
— Oui. Pourquoi ?
— Tu as une voix bizarre.
— Je suis sortie hier soir. C'est peut-être pour ça.
— À d'autres, ta camelote périmée. Crache le morceau !
— Tu es pénible.
— Pourquoi ? Parce que je devine toujours ce que tu ne dis pas ?
— Exactement.
— Avoue que c'est également pour ça que tu m'aimes et que tu n'as jamais trouvé d'amie qui te comprenne aussi bien que moi.
— C'est vrai. Je t'aime autant que je te déteste.
— Moi aussi, ma Tamouille. Bon, tu vas me dire à la fin ce qui te turlupine, oui ou crotte ?
— J'ai rêvé de Sylvain. On s'embrassait.

Je crois l'espace d'un instant que le réseau rencontre des problèmes tant c'est impensable pour moi que Florence reste sans voix.

— Flo ? Tu es là ?
— Oui, oui.

Je l'entends sourire avant de me répondre :

— Ce n'est pas trop tôt. Et quand comptes-tu passer à la pratique ? Je veux dire, pour de vrai.
— C'est déjà fait, Flo.
Deuxième tunnel, deuxième faille spatio-temporelle dans la tête de ma sœur. Dommage qu'on ne soit pas en visio, je donnerais n'importe quoi pour voir son expression.
— Tu es en train de me dire que vous vous êtes déjà embrassés et que tu ne m'as rien dit ?
— Ne nous emballons pas, sœurette. C'était rien qu'une fois.
— Alors ça, je suis bien placée pour savoir que même si ce n'est qu'une fois, ce n'est pas forcément rien.
— Pourquoi dis-tu ça ?
— Pour rien.
— Tu crois que je vais me contenter de ça ? Je te signale que moi aussi, je te connais par cœur, sœurette.
— J'ai embrassé une fois un collègue de boulot à une fête un peu trop arrosée. Mathieu n'en a jamais rien su. Pourtant, ça a bien failli mettre en péril notre couple.
— Et tu ne m'en as rien dit non plus. Tu peux me faire la morale !
— Tam, tu étais en Italie avec Fred pour un tournage puis des vacances et elle avait bien insisté sur le fait que vous ne vouliez être dérangées sous aucun prétexte.
— Oui, mais toi, c'est différent.
— À l'époque ? Tu crois vraiment ?
— Tu exagères...
— Tamtam, tu n'avais d'yeux et de temps que pour ton couple et ta carrière. Donc oui, je crois vraiment. Cela dit, comme des milliers de gens sur Terre. Alors, je ne peux raisonnablement pas t'en vouloir.
Je l'entends renifler à l'autre bout du fil.
— J'aurais préféré avoir cette discussion de vive voix.
— Ça t'a blessée que je ne sois pas plus présente pour toi.
— Oui, lâche-t-elle dans un murmure. Et quand tu es retournée chez les parents, j'ai cru que tout revenait.
— C'est le cas, sœurette.
— Tu en es sûre ? Tu ne vas pas encore t'éloigner ?

— Promis. *Croix de bois.*
— *Croix de fer, si tu mens, manges des vers de terre !*

J'entends le rire tonitruant de Flo dans l'habitacle de ma voiture, en écho au mien. Ce rire me réchauffe.

— Si tu crois que tu vas pouvoir faire diversion en me faisant chialer, tu te fourres le doigt dans l'œil ! Alors, c'est quoi cette histoire de baiser avec le thanato ?

Je lui raconte cette journée où Sylvain m'a balancé mes quatre vérités, encaisse le fait qu'elle le défende et lui narre sa visite chez les parents, la vodka et ma conduite irrationnelle après ce baiser. Je reviens sur ce dernier rêve quand elle se montre trop pressante au sujet de mes sentiments pour Sylvain. Sylvain est un homme et moi, j'aime les femmes. Ce n'est pourtant pas compliqué à comprendre.

Mon énervement à l'encontre de ma petite sœur aura eu le mérite de me distraire de mon malaise au réveil. J'arrive sur le plateau *pile à l'heure*, ce qui équivaut dans ma conception des choses à *un peu en retard*. Je me plonge dans le travail avec application et rigueur. En fin de journée, la comédienne qui tient le second rôle, une étoile montante du cinéma français selon mes pronostics, vient me trouver toute pâle dans la loge.

— Que se passe-t-il, Camille ?
— J'ai mes règles, c'est l'horreur. Tu n'as pas un truc magique, toi qui as toujours un remède pour tout ?

Je réfléchis, l'invite à s'allonger sur la mini bergère, laissée là faute de place dans l'espace des décors, et regarde mes mains.

— Tu veux que je te masse un peu ?
— Pourquoi pas. Ça ne peut pas me faire de mal, de toute façon.
— Tu me dis surtout si c'est le cas. OK ?

Elle hoche la tête avant de fermer les yeux. Je commence par des petits mouvements circulaires avec une main sur le haut de son ventre. Quand je vois qu'elle se détend, j'ajoute la deuxième en élargissant le cercle. Je marque une pause, elle m'attrape les doigts pour les immobiliser.

— Quoi, tu as mal, Camille ?

— Non, non. C'est juste que j'ai l'impression que ça me soulage davantage quand tu les laisses au même endroit, sans bouger.

Elle ouvre les yeux, me sourit.

— Ça ne te dérange pas de rester encore un peu comme ça, Tamara ?

— Bien sûr que non. Tu me dis quand tu as l'impression que c'est bon.

Elle hoche de nouveau la tête, referme les paupières et je sens mes paumes devenir de plus en plus chaudes sur son ventre. Je décide de laisser faire, faute de comprendre ce qui *se fait*, justement. Elle me remercie avant de quitter la loge avec une mine apaisée.

Je reste un moment assise, interdite. J'examine mes mains, comme si on m'en avait installé une nouvelle paire. J'ai toujours touché les gens dans mon métier. Sans parler de ma formation initiale d'esthéticienne où mes massages californiens avaient un succès fou à l'institut. Je me souviens combien j'aimais cela, mais aussi comme le rythme imposé par la patronne générait en moi frustration et agacement : nous pratiquions le massage à la chaîne. Elle me reprochait de rester plus que la durée règlementaire avec telle ou telle personne : *Elle a payé pour une heure, point barre*, justifiait-elle. Ça gâchait autant mon plaisir que celui des clientes qui se livraient sur ma table de massage plus vite que sur le divan d'un psy.

Je rentre à l'appartement, songeuse. Je pense à Sylvain, à ce rêve, à nos derniers moments ensemble, à ses mains magiques, aux miennes qui aiment soulager aussi. Je décide de lui envoyer un message pour partager cette expérience avec lui. Avec qui d'autre le pourrais-je, de toute façon ?

Coucou. Je crois que j'ai fait ce que tu appelles un soin avec mes mains.

Et alors ? Qu'as-tu ressenti ?

Une paix immense. La sensation de faire exactement ce que je devais faire.

Je comprends tout à fait. Je suis très heureux pour toi, Tam. Vraiment.

Bonne nuit, Sylvain. Et merci.

De quoi ?

De m'avoir « écoutée »

Je serai toujours là, tu sais. Bonne nuit, Tam.

*Je serai toujours là.* J'ignore comment interpréter cette dernière phrase qui sonne comme une promesse. Néanmoins, ma nuit est douce, sans rêves. Je me réveille énergique et sereine le lendemain matin.

# 55

Déjà un mois que je suis sur Paris. Je dine chez Lucette une fois par semaine. Son état a décliné depuis mon départ de Paris. Je débarque le plus souvent possible avec des sacs du traiteur pour qu'elle puisse se reposer. Je songe parfois au moment où elle partira elle aussi et cette idée me tord le ventre. Désormais, son chat me reconnaît et me raccompagne à la porte. Devrais-je lui demander si elle a pris ses dispositions à ce sujet, au cas où ? À force de travailler dans ce milieu, j'ai fini par oublier ce qui se disait ou pas en matière de prévention obsèques. Non pas que tout cela soit devenu banal, mais cela m'a réellement permis de lever des tabous. Je me promets de lui en toucher deux mots bientôt.

Nous échangeons régulièrement avec Jade. Hier soir, elle m'a proposé un appel vidéo que j'ai refusé alors qu'elle se trouvait avec son père. Je me suis trouvée bête, paniquée comme avant un premier rendez-vous. En parlant de rendez-vous, je sors pour faire comme si, mais je sens bien que je n'ai plus goût à séduire. Je pensais que j'avais progressé depuis ma petite aventure avec Suzie, mais je me demande si je ne finirai pas vieille célibataire et heureuse de l'être. C'est tata Babeth qui sera contente d'apprendre qu'en plus de ne pas avoir d'enfant, je ne serai plus jamais en couple. En attendant, depuis l'intervention musclée de ma sœur, elle n'a plus abordé, en ma présence, le sujet de la maternité. Florence l'a tout de même appelée, fortement poussée par notre mère, pour s'excuser.

Je ne me reconnais plus ces temps-ci. Dans ma vie personnelle, je me sens en marge. J'ai retrouvé mes marques et mon aisance dans mon rôle de maquilleuse, les collègues sont gentils et mon travail valorisé. Néanmoins, j'ai perdu le feu sacré, cette flamme qui m'animait autrefois à l'idée de commencer un nouveau projet avec des contraintes techniques, quelque chose qui me bouscule. J'aimais m'occuper de mes comédiens. Aujourd'hui, je ne peux pas dire que cela me déplaît. Seulement, tout cela manque cruellement de sens. J'ai refait quelques soins à des personnes sur le tournage, encouragée par Camille qui ne jure plus que par mes mains.

Elle me fait une pub d'enfer. Ce qui me flatte autant que cela m'effraie. Et si ce don venait à disparaitre comme il est apparu ? Si l'on m'avait dit que j'expérimenterais ce genre de pratiques un jour, j'aurais juré aux grands dieux que cela était impossible. La vie est décidément pleine de surprises. Ce retour au plateau m'aura au moins révélé cette aptitude singulière. Bien que je ne saisisse toujours pas comment cela fonctionne, je prends énormément de plaisir à soulager les gens en les touchant. Je crois même que cela me plait de ne rien comprendre, laisser faire et déconnecter le mental, pour une fois.

Ce soir, je mange seule. *Encore ?* pesterait ma mère. Elle n'a de cesse de me dire de ne pas m'isoler. Elle ne conçoit pas que je sois justement fatiguée de voir tout ce monde toute la journée, si gentils soient-ils. J'absorbe de plus en plus tout ce qui plane entre eux, entre nous tous. Je ne me rappelle pas m'être sentie si réceptive à l'époque. Je ne dirais pas que je me sens malheureuse, mais il me manque quelque chose, comme un détail essentiel. Dire que je geignais dans ma vie de thanatopractrice ! Certes, j'étais trop souvent ébranlée, mais tout ce que je faisais avait énormément de sens. Je servais une noble cause, dans l'ombre, loin des paillettes et des faux semblants.

Le rire de Sylvain me manque autant qu'il a pu m'agacer au début de ma formation. Aujourd'hui, j'exerce un métier pas sérieux où tout le monde se prend au sérieux. On partage bien deux ou trois fous rires par moments, mais ça ne me suffit pas. Suis-je vouée à demeurer une éternelle insatisfaite ? Est-ce à cause de cela que Fred m'a quittée ? J'ai entendu deux copines qui en parlaient l'autre jour. Elles disaient combien mon ex semblait épanouie depuis qu'elle savait qu'elle allait enfin être maman. Je devrais me sentir contente pour elle. C'est ce qu'on ressent quand un bonheur arrive aux gens qu'on aime ou qu'on a aimés, non ? Je ne peux m'empêcher de me comparer. Elle avait un objectif que je nommais obsession, mais au fond, je la jugeais alors qu'elle, elle est allée jusqu'au bout de ce qui comptait pour elle : devenir mère.

Quant à moi, mes projets professionnels tombent les uns après les autres comme des dominos, tantôt trop éprouvants, tantôt trop vides de sens. Est-ce si utopique de souhaiter trouver une place qui ne me malmène pas trop et qui me fasse vibrer ? *Demande à l'univers*, m'a souvent répété Héléna.

Je tourne en rond dans mon appartement, ressassant toujours les mêmes rengaines de gamine insatisfaite. Sylvain serait là, j'en prendrais pour mon grade. Je soupire en pensant à la recommandation de ma mère de voir du monde. Je saisis mon téléphone et propose à Aurore de dîner ensemble demain soir au restaurant japonais qu'elle aime tant. *C'est moi qui régale*, je précise. Elle répond dans la foulée un de ces messages enthousiastes qui ont le don de me redonner le sourire. Je me couche tôt avec un livre, satisfaite à l'idée d'avoir fait signe à mon amie, trop longtemps délaissée.

Nous arrivons en même temps devant le restaurant. Je la trouve rayonnante et décide de le lui dire tandis que nous nous étreignons avant d'entrer. Mon cœur se réchauffe dans ce contact. J'aime beaucoup cette fille. Aurore ne passe jamais par quatre chemins. Je pense que c'est pour cette raison qu'elle m'a de suite plu quand je l'ai rencontrée.

— Alors, comment se déroule ton come-back ?
— Plutôt bien, j'avoue.
— Mais ?
— Mais je n'y vois que peu d'intérêt, à vrai dire.
— Tu sais, je suis passée par là moi aussi, Tamara.
— Ah bon ? Tu veux dire, depuis qu'on se connait ?
— Absolument. Il se trouve que, par un drôle de hasard, ma mère est morte au moment de ton accident.
— Mais oui, évidemment, je me rappelle. Tu m'avais même gentiment dit qu'elle avait veillé sur moi pour que je revienne parmi vous.

— Ah, ça, en revanche, j'avais oublié. Tu te souviens quand je t'ai proposé de venir vivre à la maison ?
— Bien sûr ! C'était à ton tour d'être mon ange gardien.

Elle sourit et fait mine d'examiner le menu.

— En fait, ma mère me manquait horriblement et ta présence m'a beaucoup rassurée à ce moment-là, confesse-t-elle.

J'écarquille les yeux, baisse la carte que je tiens ouverte avant de la laisser reposer sur mon assiette.

— Mais pourquoi ne m'en as-tu jamais rien dit ?
— Je pense qu'à l'époque, je n'avais pas envie de me l'avouer à voix haute. Et puis, ce n'est pas rare chez les anges gardiens de s'occuper des autres pour faire diversion de ses propres problèmes.
— Je suis désolée. Je n'ai rien su voir. J'aurais aimé t'épauler, comme tu l'as fait pour moi.
— Mais tu l'as fait, Tamara. Seulement, sans le savoir ni le faire exprès, c'est tout.
— *Ange gardien malgré elle*. Ça ferait un bon titre de film, ça non ?

Le serveur nous apporte les plats. Nous lui proposons de tout poser au centre de la table puisque nous allons tout partager. La soirée se poursuit sur un ton plus léger, ponctuée entre deux bouchées par les anecdotes pittoresques de nos stars jusqu'au moment fatidique où je me décide à parler de Fred. Après tout, je ne peux pas en discuter avec grand monde : ma famille ne l'a jamais trop appréciée et mes autres amies ont disparu de la circulation.

— J'avoue que Fanny et moi avons été surprises qu'elles s'y mettent si vite toutes les deux.
— À sa décharge, je pense que j'ai dû user toute sa patience.
— Et toi, tu as rencontré quelqu'un ?
— Une petite aventure avec une collègue, qui m'a confirmé que je n'étais pas prête pour plus.
— Et...

J'ignore comment elle le sait ni quel philtre mon amie m'a fait boire, mais je lui déballe sans préambule l'épisode avec

Sylvain.
— Tu regrettes ce baiser ?
— J'avoue. Je me sens si embarrassée depuis. J'ai l'impression que cela n'a servi qu'à rompre la complicité que nous étions en train de créer. Et cette complicité me manque.
— Pourquoi ne pas le lui dire ?
— Ce n'est pas si simple, Aurore. Avec lui, tout est prétexte à moquerie, à boutade. Alors, je ne saurais pas s'il est sérieux. De toute façon, maintenant, je suis ici.

Le téléphone d'Aurore s'allume à côté de son assiette, abrégant ma confidence. Elle lève les yeux au ciel en prenant connaissance dudit message.
— Je parierais que c'est une de tes actrices.
— Bingo ! Elle a oublié son pull fétiche sur le plateau.
— Et bien sûr, tu as pensé à le lui mettre de côté ?
— Tout à fait, ma chère. Je vois que vous me connaissez bien.

Le destin a tranché, je suis soulagée que ce message offre une échappatoire. La discussion s'attarde ensuite sur son travail avant de bifurquer sur Tom et sa peur de vieillir. Je prends conscience qu'Aurore est peut-être la seule véritable amie digne de ce nom qu'il me reste. Je suis heureuse de la retrouver et qu'elle s'ouvre à moi. Je commence à comprendre sa théorie de l'ange gardien qui fait diversion.

## 56

Jade m'appelle. Entendre sa voix dessine un sourire sur mon visage. Elle propose de passer un week-end à Paris. Je lui dis *Et si tu venais aujourd'hui ?* Elle me répond *Chiche !* Le temps de pianoter sur son téléphone et son billet est réservé. Son train arrive à 10 h 12 à la gare Montparnasse. Ça me donne l'intervalle suffisant pour quelques courses et un brin de ménage avant d'aller l'accueillir sur le quai.

— Mon petit rayon de soleil !

La jeune fille me saute au cou. Elle ressemble à un baudet qui porte le barda d'une famille en randonnée.

— J'ai pris de quoi réviser le bac. C'était la condition sine qua non pour que papa me laisse venir, se justifie-t-elle.

— Quel rabat-joie, celui-ci !

— Ne m'en parle pas !

Nous passons la journée du samedi à jouer les touristes : une expo sur Gustav Klimt, le musée du cinéma et un apéro tapas en terrasse à Montmartre pour finir. Le soleil de printemps chauffe nos peaux encore vierges. Je me délecte de ces moments avec Jade. J'aime la voir légère, loin de son quotidien. Comme un parfum de vacances flotte dans l'air et ce n'est pas seulement la sangria qui me tourne la tête. Je suis grisée par l'instant. C'est bon de ralentir. Je réalise que c'est peut-être la première fois que je ressens cette langueur depuis mon retour à Paris. Pour une fois, je n'ai rien à me prouver, juste savourer. Jade possède cet effet sur moi. J'aime de plus en plus notre lien.

— Jade, je peux te poser une question ?

Elle hoche la tête tandis qu'elle engloutit une croqueta en une bouchée. Elle pouffe avec sa mine de cochon d'Inde qui fait des réserves, son rire m'embarque. Elle m'interroge du regard après avoir repris ses esprits.

— Comment as-tu fait pour aimer la vie après la mort de ta mère ? Je veux dire, tu devais en vouloir à la Terre entière, non ?

Cette gamine est tellement forte et surprenante que je ne suis même pas gênée. J'ai besoin de savoir, de comprendre, comment on continue avec l'absence.

— À vrai dire, je crois que j'en voulais surtout à toutes ces petites filles qui avaient encore leur maman, elles. En particulier, à celles qui s'en plaignaient. Elles, j'avais envie de les griffer au visage et de les taper.

— Et tu l'as fait ? je réplique avec un sourire sadique pour la faire rire.

— J'ai failli, une fois. Elle s'appelait Emilie Pialon. En plus d'avoir une maman, elle était très jolie et le garçon dont j'étais amoureuse lui avait offert son goûter.

— Ah ouais, dur !

— Tu te moques ?

— Non, je compatis. Je crois qu'on se ressemblait assez à cet âge, hormis que moi, j'avais ma maman. Et que je l'ai encore d'ailleurs.

Je sens que ma remarque la touche.

— Tu penses au moment où elle va partir parfois ?

— De plus en plus souvent. Elle vieillit, donc, c'est inévitable d'y songer, je suppose. Parfois, j'en ai très peur.

— Ça t'a aidée de travailler avec papa ? Par rapport à la mort, je veux dire.

— Sans doute, oui. Même si cela reste très éprouvant pour moi.

— Tu ne reviendras pas alors ?

— Je ne crois pas, Jade.

Un voile de tristesse traverse son regard clair.

— Il est redevenu absent depuis ton départ.

Je me redresse sur mon siège et fais signe au serveur de nous remettre une tournée.

— Comment ça ?

— Je le trouvais plus gai quand tu étais là.

— Ah bon ?

— Tu as l'air surprise.

— Disons que ton père est plutôt difficile à déchiffrer.

— C'est son côté féminin, après lui.

Elle sourit et une petite fossette se forme sur sa joue. La même que Sylvain. Je soupire.

— Papa prétend que tu as failli mourir. C'est vrai ?
— Il exagère un peu.
— Tu veux bien me raconter ?

Elle reste pendue à mes lèvres durant tout mon récit. Son visage, très expressif, traduit les états que je lui fais traverser.

— Je connais un super bouquin là-dessus, Tam. Ça s'appelle *La vie après la mort*. Tu en as entendu parler ?
— De Patrick Moody. Oui, je le connais. Mais toi, comment se fait-il que tu aies ce genre de lectures ?
— Ma copine Zélie se passionne pour ce sujet et moi, je suis curieuse. Et puis, avec une famille dans le funéraire depuis des générations, on s'intéresse, c'est normal.
— J'ai tendance à oublier que tu baignes dedans depuis toute petite.

Jade marque une pause avant de revenir sur mon vécu.

— Tu as vécu ce qu'on appelle une NDE ou expérience de mort Imminente[11].
— Il semblerait, oui.
— Sauf que toi, tu n'as pas traversé le tunnel de lumière et tout.
— Non. D'ailleurs, d'après ce que j'ai lu sur le sujet de mon côté, on ne voit pas tous la même chose.
— Et c'était cool ?
— En fait, je n'ai pas tout de suite compris que c'était ça.
— Et ça a changé quelque chose pour toi ?
— Sur le moment, je n'ai pas eu l'impression. J'étais obnubilée par la rééducation, mon corps à réparer, tout ça. Ça m'a pris pas mal de temps et d'énergie. J'avais surtout peur que ça dure et qu'on m'oublie dans le métier.
— Tu n'avais que ton boulot dans la vie ou quoi ?

Sa question me heurte. *Il n'y a que la vérité qui blesse.* Jade réalise qu'elle a jeté un froid tandis que je me mets à touiller ma sangria plus que nécessaire avec ma paille. Elle pose sa main sur mon avant-bras.

— Pardon, Tamara. Je ne voulais pas te blesser.

---

[11] expression désignant un ensemble de « visions » et « sensations » exceptionnelles vécues par des individus confrontés à leur propre mort.

— T'inquiète. J'avais déjà remarqué que tu avais le chic pour balancer la question qui fait plaisir. Tu dois tenir ça de ton père.

— Yep !

Elle me lance un clin d'œil. Nous trinquons avant de commander une nouvelle tournée de tapas. Je surprends le regard du serveur sur Jade qui se met à rougir. J'attends qu'il se soit éloigné pour la taquiner.

— Dis donc, je croyais que tu aimais les filles, toi ?

— Et toi, alors ?

Je pique un phare à mon tour, paniquée à l'idée que son père lui ait dévoilé notre petit secret.

— Comment ça, et moi ?

— Tu m'avais bien parlé d'un moment d'égarement avec un certain chef décorateur si ma mémoire est bonne. Non ?

Je relâche mon apnée, me rapproche d'elle et lui glisse sur le ton de la confidence :

— Tout juste, cocotte ! Je vois que mon anecdote t'a marquée.

— Disons que ça m'a rassurée. Mes copines sont tellement sûres d'elles : *moi j'aime les garçons, et moi, les filles*, que je me demandais si j'étais normal.

— Je comprends. Ça peut faire peur de se définir. On peut vite se sentir étriqué. C'est un peu ce que je ressens au niveau du boulot, finalement.

— Et aujourd'hui ?

— Quoi, aujourd'hui ?

— Que préfères-tu ? Même si tu as vécu cette histoire avec Suzie, je me dis qu'il n'y a que les imbéciles qui ne changent pas d'avis.

— Je suis plutôt perdue sur pas mal de sujets ces derniers mois, Jade. J'essaie d'accepter de ne plus avoir aucune certitude. C'est un grand poids en moins, en fin de compte.

— Tu dis ça comme si c'était surprenant.

— J'imaginais que mes convictions me protégeaient de l'insécurité et ce fut tout le contraire. Mon accident m'a obligé à balayer mes croyances sur celle que je pensais être. Je m'identifiais tellement à mon métier, à ma sexualité, à ma non-envie d'être mère. J'avais tout faux. Ça a été vraiment dur à admettre, mais au final, ça ouvre le champ des possibles.

— C'est génial ! Du coup, tu vas revenir à Angers et te mettre en couple avec un homme.

— Houlà ! On ne s'emballe pas, ma mignonne ! Ce que je sais pour le moment, c'est que désormais, je ne dirais plus *jamais de la vie* et c'est déjà pas mal.

— C'est vrai que, vu comme ça, ça ouvre plus de portes.

Jade lève le nez vers le ciel. À croire que les portes qu'elle vient d'évoquer s'y trouvent cachées derrière les quelques nuages suspendus au-dessus de nos têtes, entre lesquels les martinets s'amusent à slalomer en piaffant. La cloche de l'église de Saint-Pierre-de-Montmartre carillonne quelques rues plus loin. Je me perds dans la contemplation des passants. La vie semble ralentir autour de nous : un couple à sac à dos et casquettes, téléphone à la main a l'air de chercher le Sacré-Cœur, à moins que ce ne soit le fameux *mur des Je t'aime* ? Une mère, sans doute de retour du square, traîne distraitement un tricycle bleu d'un côté et un petit garçon fatigué de l'autre. Je l'imagine rompue, mais heureuse de sa journée. Les artistes de rue croquent les gens de tout âge venus glaner un souvenir typique de leur séjour parisien. Je songe qu'ici, maintenant, la vie est douce.

— Il me tarde de vivre ici ! soupire Jade.

— En t'observant, ton enthousiasme, je prends conscience que je pourrais aussi me laisser porter : cueillir les opportunités au jour le jour. Après tout, qu'est-ce qui m'oblige à prévoir et anticiper ? J'ai la chance de n'entraîner que ma petite personne dans mes décisions, alors pourquoi ne pas jouir tout simplement de cette liberté ?

— Mais grave ! je le dis toujours à papa. Il est tellement trop sérieux.

— Sans doute à cause de votre situation. Il a dû t'élever tout seul, Jade. Cela ne laisse pas trop de place à l'insouciance, j'imagine.

— Maintenant, je vais partir et il va se retrouver en tête à tête avec son chat, comme un vieux con.

## 57

Le lendemain matin, le réveil sonne de bonne humeur. Je saute du lit comme un point d'exclamation malgré le mal de tête qui ressuscite dès que je change de position. Merci la sangria !

Je me hâte dans la salle de bains, prépare un rapide plateau de petit déjeuner avant de venir m'asseoir au bord du canapé-lit. Jade s'étire, petit écureuil ébouriffé.

— Quelle heure est-il ?
— L'heure de décoller. Un gros programme nous attend.
— Un dimanche ?
— Eh oui, miss ! On mange ses toasts et à la douche. On part d'ici une demi-heure.

Elle croque dans une première tartine avec des bruits de contentement. Je retourne dans la cuisine me faire couler un café pour revenir le boire en sa compagnie. C'est agréable de partager ces moments simples avec elle.

Dans la voiture, Jade me demande de baisser le son, signe que son cerveau peine à refaire surface. Je lui tends un doliprane et avale le mien dans la foulée avec une gorgée d'eau. Je me gare sur le parking réservé. Elle tourne la tête de gauche et de droite, s'étire le cou pour tenter d'apercevoir un indice qui lui révèlerait notre destination tandis que je m'amuse de son petit manège.

— Bon, tu ne veux pas me dire où on va ?
— Tu le sauras dans une minute. Patience...

Nous sortons de la voiture et arrivons à un premier barrage gardé par un vigile avec un talkie-walkie. Elle hurle dans mon oreille en m'attrapant le bras :

— Oh ! Ne me dis pas que c'est ce que je crois que c'est ?

Silence. Je glousse. Elle resserre la pression autour de mon biceps. Je jubile. Elle me secoue par les épaules, au comble de l'excitation.

— Allez, dis-moi que c'est ce que je crois que c'est !
— Il faudrait savoir, jeune fille. Vous voulez savoir ou pas ?

— Tamara, par pitié ! Abrège mes souffrances ! Est-ce qu'on est bien sur un plateau de tournage de cinéma ?

Je hoche la tête, tout sourire. Elle me saute au cou, au bord des larmes.

— C'est la plus belle surprise qu'on m'ait faite de toute ma vie ! Je t'adore !

Elle me serre contre elle à m'en couper le souffle, mais je me garde bien de le lui faire savoir, tout à la joie de ce moment d'émotion partagée. L'arrivée d'un technicien dans notre dos rompt le charme et nous pousse vers l'étape suivante : la visite guidée des lieux. Pascal, le réalisateur, m'a autorisé à venir pendant mon jour de repos, enchanté de pouvoir exaucer le rêve d'une apprentie comédienne.

Après les présentations d'usage avec les différents membres de l'équipe croisés en chemin, nous nous installons derrière l'écran de contrôle, spectatrices privilégiées de la prochaine scène qui va se tourner.

— Et... action !

Jade reste en boule sur sa chaise, la main couvrant sa bouche, craignant, je suppose, de commenter à voix haute ce qui se joue sous ses yeux. Plusieurs essais s'enchaînent dans le calme avant que soit annoncée la pause déjeuner. Nous sommes invitées à nous joindre aux autres sous la tente du catering. Après un temps d'observation, Jade prend ses marques avec ses voisins de table et les mitraille de questions avec passion et pertinence, le sourire vissé aux sourcils.

Je l'invite ensuite à rester dans les coulisses des maquilleuses et lui explique en quoi consiste notre travail et combien il diffère du métier d'esthéticienne ou même de celui d'un plateau de télévision. Elle est dans son élément dans cet univers, je le sens. C'est une évidence.

Et moi, où se trouve mon évidence à présent ?

Nous saluons le vigile à la sortie et regagnons la voiture après avoir remercié Pascal pour son accueil. Il me propose de donner à Jade les coordonnées d'une amie directrice de casting pour qu'elles se rencontrent à la rentrée prochaine, une fois installée à Paris.

Sur le trajet du retour, Jade lâche le flot d'émotions contenues en public depuis le matin.

— C'est incroyable ! C'est encore mieux que ce que j'avais imaginé ! Tout le monde est tellement gentil, en plus.

Je me racle la gorge et me contente de fixer la route.

— Tu ne sembles pas aussi enthousiaste que moi.

— C'est juste que les tournages se suivent et ne se ressemblent pas, Jade. Ton engouement fait plaisir à voir, mais toutes les équipes ne sont pas comme celle de Pascal Chaumel.

— Il y a des cons partout, tranche-t-elle.

Je refuse de doucher sa joie.

— En fait, Jade, je ne suis plus sûre de vouloir travailler dans ce milieu. Je crois que c'est surtout pour cette raison que je ne partage pas ton excitation.

— Sais-tu pourquoi ? Tu veux redevenir thanato ?

— Peut-être... ou pas.

Je soupire en me passant la main dans les cheveux. Je me sens soudain épuisée.

— Tu n'as pas besoin de décider tout de suite. Papa me dit souvent qu'on n'est pas dans un jeu télé où c'est le premier qui appuie sur le buzzer qui gagne.

— Il a parfaitement raison.

Je profite d'un feu rouge et enclenche une playlist sur mon téléphone. Andrea Vanzo nous transporte dans son univers musical, une découverte faite grâce à Sylvain. Le piano m'a toujours apaisée. Je jette un œil à ma jeune copilote, déjà si mature pour son âge. Elle sourit à son reflet, la tempe posée contre la vitre côté passager, visiblement repue de bonheur.

Arrivées à la gare Montparnasse, je laisse ma voiture en *warning* le temps de l'aider à installer tout son barda et partager un gros câlin. Nous nous promettons de refaire ça très vite avant qu'elle ne file telle *Cendrillon* dans le dédale des escalators qui se succèdent.

J'adresse un signe d'excuse par la fenêtre ouverte à l'impatient qui me klaxonne et m'empresse de reprendre ma place dans le trafic me ramenant à ma solitude. C'est fou comme il suffit de ressentir l'absence d'une personne pour se sentir seule, même entourée de bruits et présences humaines autour. Je mets le morceau *Soulmate* d'Andréa Vanzo en mode répétition et laisse mon esprit se perdre dans le ciel qui traverse toutes les nuances de l'oranger au bleu en passant par le violet. Je visite toutes ces nuances dans mon cœur, à l'unisson avec le ciel et la musique.

Le week-end prochain, je reviens sur Angers pour les huit ans de Bastien. Je vais revoir la famille, ils me manquent. Et si finalement, ce qui comptait dans l'existence, ce n'était pas le métier, le lieu de résidence, mais plutôt les personnes avec qui on partageait tout ça ? Oui, j'aime travailler avec Pascal, mais je ne peux pas bosser qu'avec lui. Oui, j'apprécie d'aller à des expos ou boire des verres, mais les discussions me fatiguent si les gens ne parlent pas d'eux en profondeur. Jade m'a demandé ce que mon accident avait changé pour moi. Je me suis souvent posé la question.

Aujourd'hui, je fais le constat un peu difficile que je ne peux plus faire semblant. Je ne peux plus prétendre m'amuser dans une fête où je m'ennuie, je ne peux plus maquiller des gens qui ne s'intéressent qu'à eux-mêmes. Je ne peux plus me sentir inutile, entourée de personnes qui ne me demandent si ça va que par politesse ou automatisme. Je ne peux plus tout ça. Je ne peux plus ou ne veux plus ?

Quand j'ai repris, à la fin de ma convalescence, cela paraissait clair, je désirais ardemment retrouver ma vie d'avant. J'avais déjà perdu la femme de ma vie, hors de question que je perde mon job dans la foulée. Seulement, je n'ai pas pu. Mon corps, mon système nerveux faisait barrage, comme un cheval freinant des quatre fers devant un chemin qu'il refuse d'emprunter. Naïvement, j'ai mis cela sur le compte du traumatisme de l'accident. Du moins, c'est ce qu'on m'a suggéré. Je ne pouvais plus *pour l'instant*, pour une durée indéterminée. Trop de stress dans ce boulot, trop de monde, trop d'imprévus.

Aujourd'hui, je devrais me sentir rassurée et contente de constater que tout est enfin redevenu comme avant. *Comme avant...* La vérité est que plus rien ne pourra jamais être pareil puisque je suis différente. Profondément et viscéralement. Je suis bien obligée de l'admettre. Je ne veux plus de ce métier, car je ne veux plus de la vie qui va avec. Mais alors que faire ? J'ai la sensation étrange de revenir au même point encore et encore excepté cette impression finalement agréable d'avoir lâché une charge en route, telle la montgolfière jetant par-dessus bord un gros sac de lest. Je monte le son de l'autoradio et l'animateur m'indique que le trafic se présente plus fluide jusqu'à l'arrivée à mon appartement.

Une fois posée en tenue décontractée dans le canapé, je découvre un message de Sylvain.

> Merci infiniment pour ces deux jours avec Jade. Elle flotte encore sur son petit nuage. Peut-être pourrais-je t'offrir un verre pour te remercier ? J'ai cru comprendre que tu serais angevine le week-end prochain. Je t'embrasse. S

Je décide de répondre avant de trop réfléchir. J'aimerais avoir une deuxième fois dix-huit ans et me jeter dans la vie sans retenue, à moins que ce ne soit davantage un état d'esprit qu'un âge ?

> Avec plaisir. Moi aussi je t'embrasse. T

## 58

Vendredi, milieu d'après-midi. Je prépare ma valise à la va-vite, arrose les plantes et charge ma voiture. La semaine a filé vite entre le travail et les courses pour préparer l'anniversaire de Bastien. J'ai proposé à ma sœur de gérer la décoration de la salle ainsi que la vaisselle à thème. Le coffre de ma petite citadine est rempli à ras bord et le sourire aux lèvres, je m'insère à vive allure sur l'autoroute A11. Florence s'occupe plus facilement d'elle depuis quelque temps et m'a même annoncé la semaine dernière qu'elle avait commencé un suivi depuis un mois avec Héléna, ma sophrologue. Depuis, elle a décidé de réduire son temps de travail. Elle compte reprendre des études à distance. Aussi, elle est parvenue à dire à Mathieu qu'elle avait besoin et envie qu'il soit plus présent à la maison. *À suivre...*

La route passe vite en écoutant le podcast *Change ma vie* de Clotilde Dusoulier, conseillé par ma sophrologue. Elle traite d'un thème différent à chaque épisode qui nous donne un éclairage et des astuces à mettre en place au quotidien pour changer sa vie et surtout son regard. Je sais bien que c'est une mode. Cependant, je me sens peu à peu sortir du brouillard grâce à tous ces outils. Donc, *tant que je gagne, je joue !*

Les jours se sont succédé sans que je reçoive de nouvelles de Sylvain. Je ne pourrais pas dire si je redoute que son invitation soit innocente ou au contraire qu'elle ne le soit pas. Décidément, cet homme me déroute. Je l'ai détesté autant qu'il m'attire, c'est même à se demander si je ne le déteste pas de me faire éprouver cette attirance. Je ne veux pas pour autant qu'il s'imagine que quelque chose est possible entre nous, quelque chose de charnel, tout au plus. Enfin, Tamara, ressaisis-toi, bon sang ! Mon téléphone chante *Don't worry be happy.*

— Alors, tout est prêt ?
— Bonjour, ma sœur. Merci, je vais très bien. Et toi ?
— Oh, c'est bon. On a passé le stade des civilités barbantes,

non ?
— Je pourrais avoir eu une dure journée et avoir besoin de…
— Oh, ça va, Caliméro, hein ! Si tu avais eu une dure journée, comme tu dis, tu n'aurais pas attendu que je t'appelle, tu l'aurais fait avant.
— C'est vrai. Mais bon, quand même.
— OK. Tu as gagné. Alors ma Tamouillette, comment vas-tu ? Ils ont été gentils avec toi tes petits camarades ?
— Ma foi, bof bof. D'abord, des problèmes sur la ligne treize. Enfin, tu me diras, comme d'habitude, sauf que là c'était à l'aller *et* au retour. Ensuite, la maquilleuse en chef était malade donc il a fallu courir partout et…
— Tam !
— Oui, j'ai tout. Puisque seul ton nombril t'intéresse.
— Super ! J'espère que ça va lui plaire.
— Comment va-t-il, d'ailleurs ?
— Il est chaud comme une baraque à frites ! Il compte les jours. J'ignore ce qui le rend le plus impatient : sa fête d'anniversaire ou ta venue.
— Petit bonhomme… J'ai hâte de le retrouver.
— Et ton week-end avec Jade, au fait ? C'était comment ? Elle était contente ?

Je lui raconte rapidement notre programme en omettant de préciser que nous avons convenu avec Sylvain de boire un verre ce week-end. Je connais trop bien Florence pour savoir qu'elle m'obligerait à faire une énième séance d'essayage, en mode *Pretty woman*. Je refuse de préparer d'une quelconque façon ce rendez-vous. C'est un café entre amis, rien de plus.

Cette fois-ci, je dors chez Florence et Mathieu. Bastien a insisté pour que pour une fois, je reste tout le temps chez lui. Je me souviens encore du jour de sa naissance. Nous nous tenions autour du lit de ma sœur, à pleurer tandis qu'elle donnait le sein à ce petit bout de rien du tout. Il nous avait fait la surprise d'arriver avec trois semaines d'avance. Pour une fois, j'avais fait passer le travail après et filé en direction d'Angers dès l'annonce des premières contractions.

Je gare ma voiture juste en face de chez eux. La meute de

chiens de son voisin m'accueille en fanfare suivie d'un bruit de porte qui claque et de la voix de mon beau-frère demandant à son fils d'enfiler ses chaussures avant de sortir. Je devine, à travers les branchages de la haie, ses pas précipités sur les graviers du chemin menant au portillon, au-dessus duquel s'enlacent les ramures d'un joli rosier jaune à pompons. Mon neveu surgit sur le trottoir et commence à m'escalader.

— Attaque de bisous, attaque de bisous !

— Non, non ! Au secours ! Je n'ai pas mis mon armure spéciale. Commandant, nous sommes fichus ! Nous devons nous rendre à l'ennemi. Il est bien trop fort pour nous !

— Ça va, tatam ?

— Bien sûr, mon Bastounet. Ça va toujours quand je suis avec toi.

— Pareil, réplique-t-il en fourrant son nez dans mes cheveux que j'ai laissé pousser jusqu'aux épaules.

Mathieu nous rejoint sur le trottoir, tout sourire.

— Je vais prendre tes bagages, car je vois que tu es déjà bien chargée.

Florence nous accueille tous les trois sur le perron et soudain, la ressemblance physique avec notre mère me frappe. Elle a cette même façon de se poster à l'entrée, appuyée sur le chambranle de la porte, jambes et bras croisés, arborant un contentement flagrant. Je jurerais l'avoir vécu mille fois, à chacun de mes retours, à vrai dire.

— As-tu fait bon voyage, sœurette ? Je nous ai préparé des muffins.

— Même que j'ai aidé maman, précise fièrement mon neveu.

— Et même qu'ils sont délicieux ! affirme mon beau-frère.

Flo lui fait les gros yeux. Mathieu abat sa carte maitresse :

— Si j'osais, je dirais même qu'ils sont meilleurs que ceux de Mamia.

Ma sœur écarquille les yeux, Bastien bombe le torse.

— Bon, je crois qu'il ne manque plus que je les teste pour donner mon avis d'experte. Qu'en dis-tu, mon chéri ?

— Je dis que c'est tout à fait une bonne idée, tatam. Et je peux même t'aider si tu veux !

Nous nous installons au jardin, sous la tonnelle recouverte de glycine blanche pour déguster ce merveilleux goûter. Je confirme les allégations de Mathieu et me ressers avec plaisir sous le regard enchanté de la pâtissière. Je lui ai apporté son thé Milky qu'elle aime tant et que je ne trouve que dans le vingtième, dans une toute petite boutique[12].

J'admire les papillons et les abeilles qui volètent autour de nous et butinent les sauges en fleurs, les fleurs roses de Valériane et autres merveilles colorées du jardin de Florence et Mathieu. Ma sœur y a mis tout son cœur sous l'œil attendri maternel. Notre mère prodigue volontiers conseils et encouragements à quiconque dans la famille aurait des velléités de plantations.

Les parents se joignent à nous pour le dîner et à la tombée du jour, je découvre avec bonheur les guirlandes suspendues dans les différents recoins, créant un charmant espace de rêverie nocturne. Je me surprends à songer à Sylvain dont je n'ai pas reçu de nouvelles depuis plusieurs jours. Aurait-il changé d'avis ou d'envie et n'oserait-il pas me le faire savoir ? On a franchement passé l'âge de *faire le mort*, non ? À croire que ma mère lit dans mes pensées puisque, sans préambule, elle déclare en posant le plat d'entrée sur la table :

— Tiens, j'ai vu Sylvain au supermarché. Il a demandé de vos nouvelles.

— Comment va-t-il ? l'interroge Florence.

— Je lui ai trouvé une petite forme. J'ai failli l'inviter à la fête, mais je me suis dit que ce n'était pas à moi de le faire. Je ne savais pas si tu serais d'accord, ajoute-t-elle à l'adresse de Florence.

Mon père affiche une mine ébahie tandis que ma sœur lui lance un regard complice.

— Quoi ? Qu'ai-je dit encore ?

— Non, c'est juste que nous sommes très impressionnés, mon amour.

— Tu t'es retenue de l'inviter. Je te félicite, maman. Même si pour le coup, tu aurais pu puisque nous l'apprécions tous

---

[12] *Le temple du thé*, rue de la cour des noues, Paris 20e

beaucoup.

— Ah. Mince. Pour une fois, comme tu dis, c'est dommage. C'est vrai qu'il est charmant. Si Tam aimait les hommes, je la verrais bien avec quelqu'un comme lui.

Je manque de recracher la gorgée de vin rouge que j'ai en bouche sur le dos de mon neveu, installé sur mes genoux. J'adresse à ma mère un regard réprobateur.

— Ça va, maman ? Je ne te gêne pas trop, là ?

— Quoi, c'est vrai ! Ça ne me dérange pas que tu préfères les femmes, Tam, tu le sais très bien. Seulement, reconnais que Sylvain s'est montré très généreux avec toi.

— C'est vrai, maman.

— À t'entendre, tu lui suggérerais presque de le remercier en nature ! glousse Florence.

— Ça veut dire quoi *en nature*, mamoune ?

— C'est des bêtises de grands, mon bonhomme, intervient mon père en riant ouvertement.

Je tente de ne pas rougir. L'idée que cet homme aurait pu venir ici sans que j'en sois informée accélère mon rythme cardiaque. Je me sers un morceau de pain, y mord de bon cœur avant de reprendre contenance, jouant la carte de l'humour.

— Flo, va donc chercher le plat principal à la cuisine au lieu de dire n'importe quoi, je propose en lui jetant un torchon à la figure.

La soirée se passe en douceur. Bastien s'est endormi dans le divan contre moi. Je le porte jusqu'à son lit avant d'aller à tâtons me brosser les dents et me nettoyer le visage. Ma routine du coucher. Je reviens dans le salon à pas de loup, déplie le canapé qui me servira de lit pour le week-end et attrape mon portable afin de mettre mon réveil pour la longue journée qui nous attend demain. Mon téléphone vibre, je sursaute. Sylvain m'a envoyé un message. Finalement.

Salut Tam.
J'espère que le week-end a bien commencé. Je t'avais proposé un café ce week-end, mais Suzie est malade et plusieurs décès viennent de tomber. J'espère que tu ne m'en voudras pas. Je t'embrasse. S.

Pas de problème. Bises. T

    Réponse d'automate dont les émotions se carapatent. Puis, elles débarquent en masse sans frapper : la déception, la tristesse, la colère. J'ai envie de me relever, je sais qu'il reste quelques muffins. Je respire. J'aimerais feindre l'indifférence, mais je n'arrive pas à me défaire de l'état dans lequel son message me plonge. Je contracte les poings, les mâchoires puis tout le corps comme pour m'extirper de toutes ces pensées qui me disent combien je suis bête et nulle. J'enchaîne avec quelques exercices de respiration. Mes yeux balayent la pièce, la bibliothèque débordant de livres et bibelots, le bouquet de roses posé sur le buffet, le jeu d'échecs en bois trônant sur la table basse. Je nomme mentalement chaque objet sur lequel mon regard s'attarde jusqu'à l'étourdissement. Ivre d'images et de mots, j'éteins la lampe posée sur le guéridon tout près du canapé. Je tourne et vire un trop long moment, cherchant réconfort dans les senteurs fleuries de mes draps frais.

    Je finis par m'endormir, les intonations chaleureuses d'Héléna dans mes oreilles. Seul moyen pour moi de museler l'autre voix, celle qui revient de l'adolescence me dire combien je ne mérite pas d'être aimée. Mon hypnothérapeute m'invite à faire grandir la lumière, à changer de programme mental et enveloppe ainsi mon sommeil d'ondes bienveillantes et réparatrices.

## 59

Au cœur de ma colère hier soir, j'ai envoyé un message à Véro pour réserver une heure avec Laska ce matin. Hors de question que je me laisse abattre à cause de ce fâcheux contretemps avec Sylvain. Je me suis réellement fait peur. Cela ne doit plus pouvoir se produire.

J'arrive au centre et constate au nombre de voitures sur le parking que la météo clémente a motivé beaucoup d'autres cavaliers. J'aperçois Laska au loin. Mon cœur se réchauffe en la découvrant. Je n'aurais pas pensé m'y attacher si rapidement. Je la vois qui s'approche du fil de son enclos avec entrain. Je sens de belles sensations d'amour m'envahir. Cette jument est magique, ma parole ! Je ne sais pas laquelle de nous deux se sent la plus heureuse de retrouver l'autre.

Mon enthousiasme est vite séché quand je consulte ma montre connectée et que j'y découvre un nouveau message de monsieur Thanato.

Tam, je pense pouvoir me libérer finalement demain matin vers 9 h. Et toi ? Bises S.

Finies la quiétude et les bouffées d'amour. À l'intérieur de mon corps, c'est le hammam. Non, mais pour qui se prend-il celui-là ? *Et un coup, j'annule et un coup, je reviens...* Il me fatigue ! Je me force à ne pas lui répondre pour le moment. Je décide de me promener avec Laska d'abord. Héléna, ma sophrologue, me dirait que *la colère est toujours mauvaise conseillère*.

J'observe Laska qui piaffe, rue et se met à galoper, m'offrant le parfait miroir de mon état émotionnel. Je lui souris en pénétrant dans son enclos.

— OK, ma belle. J'ai compris. Je me calme. Tu m'aides ? Tu viens me faire un câlin ?

Elle arrête net son petit manège, reste quelques secondes immobile à souffler. Je respire, je me connecte à son cœur. Elle redresse la tête, les oreilles et progresse dans ma direction tandis que je répète ma phrase ressource. Je sens mes tensions couler le long de mes bras et au fur et à mesure que la jument réduit la distance entre nous, je la soupçonne de chercher à m'apaiser. Je comprends qu'elle veut que je me calme avant d'approcher davantage. Je m'assieds en tailleur dans l'herbe et continue à me concentrer sur ma respiration en fermant les paupières. Je perçois alors, au bout de quelques instants, son souffle chaud. Il fait voler mes cheveux, caresse ma joue. Je tends lentement la main vers son visage et elle vient doucement s'y lover. J'ouvre les yeux et me perds dans l'éclat de son regard. Les larmes coulent.

— Tu as raison, Laska. Je devrais arrêter de lutter. Mais c'est tellement dur cette impression de ne plus rien maitriser, tu sais...

Je soupire. J'ai cette sensation d'avoir déposé un lourd fardeau au terme d'un trop long voyage. J'enserre doucement ma nouvelle amie par l'encolure. Les mèches de sa crinière me chatouillent le visage. Je retrouve le sourire. Mon cœur s'ouvre, fleur de printemps appréhendant les derniers froids.

— Bon, tu crois qu'on est prêtes à y aller maintenant ?

En guise de réponse, la jument se libère de mon étreinte et me pousse du bout du nez, signe évident qu'elle m'ordonne de me lever. Elle me suit jusqu'à la sellerie comme des gestes routiniers, effectués ensemble tous les jours, depuis des années.

La promenade se termine. Je n'ai pas vu l'heure passer. Après avoir pansé Laska et l'avoir raccompagnée dans son enclos, je reconnais Véronique qui a dû finir son cours collectif et vient à ma rencontre.

— Alors, je vois que vous vous êtes retrouvées comme de vieilles amies : peu importe la durée de l'absence, les liens demeurent intacts.

— Tout à fait. Cette jument est une vraie rencontre.

— Elle est spéciale.

— Oui, je confirme, non sans émotion.

— C'est pour cette raison que je voulais te prévenir que son propriétaire souhaite la vendre. Un homme de Nantes m'a contactée. Cela pourrait l'intéresser pour sa fille, mais je pressens que Laska ne l'acceptera pas.

Je sens malgré moi mon cœur battre plus fort. L'idée que Laska parte, que je ne puisse plus la monter, ni même la voir provoque en moi un arrachement physique.

— C'est soudain. Je ne sais pas quoi dire...
— C'est pour ça que je t'en parle. Je te laisse réfléchir, Tam.
— OK. Merci Véro d'avoir pensé à moi.
— Ce n'est pas moi, c'est elle, précise la monitrice en désignant du menton la jument qui s'est rapprochée de nous. Tu le sais déjà, Tamara, c'est toi qu'elle veut. Tout comme tu sais que toi aussi, tu as besoin d'elle.

Des frissons parcourent mon corps. J'ai l'intuition fugace qu'elle a raison, que Laska et moi devons travailler ensemble. Pourquoi, comment ? Aucune idée. Tout ceci me parait soudain complètement surréaliste. Je parle à une jument qui me demande de l'acheter. Ma santé mentale s'améliore de jour en jour.

Véronique repart pour donner son prochain cours au moment où ma montre m'indique un nouveau message.

Toc-Toc Tam, tu es fâchée ? :/

Je souris malgré moi. L'homme qui tombe à pic. Toujours. J'abdique. Décidément, rien à faire, je ne parviens pas à lui en vouloir.

Non, juste perdue. Complètement. Besoin de prendre de la hauteur et j'avoue que je ne sais vraiment plus comment faire.

J'ai ce qu'il te faut ! Rejoins-moi demain à 9 h sur le parking du boulot. On prendra ma voiture ensuite. Je t'embrasse.S.

OK. À demain, alors. Je t'embrasse aussi. T.

La fête d'anniversaire de Bastien est une vraie bouffée de joie et d'amour. Ses camarades sont adorables et chacun lui a confectionné lui-même un cadeau. Je suis touchée de voir mon neveu si bien entouré et aimé. Florence me coule des regards interrogateurs de temps à autre. Aussi, je m'arrange pour ne jamais me retrouver seule avec elle. Je sais qu'elle me cuisinerait jusqu'à ce que je me mette à table.

Ma décoration *Pirates* connait un franc succès, davantage auprès des adultes qui mesurent les efforts que toute cette installation nous a demandés. Mon père et Mathieu enchaînent les animations avec les petits diables : course en sac, chamboultout, jeu de Kim, chasse au trésor. Ma sœur a confectionné elle-même la piñata pour le final. Bastien passe son après-midi à bout de souffle, galopant d'un stand à l'autre, d'un copain à l'autre entre éclats de rire et crise de nerfs. Merci le sucre !

La fête se prolonge jusque tard le soir avec quelques parents devenus amis avec Florence et Mathieu au fil des années scolaires. Nous convenons de concert que la poignée d'enfants encore présents soit regroupée au salon devant un dessin animé. À chacun son tour de se détendre, maintenant, place aux grands !

Mes parents sont les premiers à nous faire faux-bond. Je les regarde saluer l'assemblée, la main ferme de mon père autour de la taille de son épouse et me surprends à les envier. La prochaine grande fête de famille se déroulera pour leurs noces d'argent : quarante années de mariage. Cette complicité évidente, cette sécurité affective qui traverse les embûches semble insuffler une telle force à chacun d'entre eux. Bien sûr, je sais que mon père vit difficilement sa retraite, que parfois ma mère ressent le besoin de s'éclipser chez ma sœur, tant il peut se montrer pénible, mais ils s'aiment. Vraiment. Ce ne sont pas deux solitudes qui s'unissent ou restent côte à côte par défaut. Non, c'est un supplément d'âme.

## 60

8 h 45. Moi et ma fichue manie d'arriver toujours en avance. Je balaye des yeux les bâtiments de mon ancien lieu de travail, un petit pincement au cœur. Je suis soulagée de constater que ma voiture est la seule garée sur le parking. Je consulte mes mails en attendant Sylvain. Il arrivera pile à l'heure, je le connais. En vrac, je découvre que le planning va une fois de plus être décalé sur le prochain Ozon et un mot de remerciement d'une enseigne cosmétique partenaire. J'entends des pneus crisser sur les gravillons tout près de mon véhicule. Je lève les yeux au ciel et réprime un ricanement. Pire qu'un gosse !

Au volant de sa Volvo, Sylvain me fait signe de monter côté passager. Il me sourit comme si on s'était quittés la veille. De mon côté, je rêverais que ce soit aussi simple pour moi qu'avec Laska hier matin, mais je ne parviens pas à lâcher prise sitôt qu'il se tient à mes côtés. Néanmoins, je me laisse gagner peu à peu par sa bonne humeur et commence par prendre des nouvelles des collègues. Au détour d'une remarque ironique dont mon chauffeur a le secret, il me regarde à la dérobée, de plus en plus excité au gré des kilomètres avalés.

— Tu ne me demandes même pas où on va ?

— On ne va pas boire un café ?

— Absolument pas.

Il jubile, éclate de rire. Le stress monte d'un étage dans ma poitrine. Je sais qu'il peut ne pas avoir de limites.

— Tu ne me prépares pas un sale coup, au moins ?

— Non, mais c'est bien toi qui voulais prendre de la hauteur, n'est-ce pas ?

— Euh, oui...

Il ménage son effet, tourne à gauche et je découvre ébahie un aérodrome avec plusieurs appareils sur le tarmac.

— C'est celui-ci, me désigne-t-il du doigt.

— Je ne comprends pas.

— L'avion jaune et blanc. C'est le mien. Crois-moi, rien de

mieux que de voler pour prendre de la hauteur.

Il sourit devant mon air ébahi, content de son effet, stoppe net le véhicule le long du bâtiment principal et s'en extrait en trombe comme un gamin arrivé à la fête foraine. Il vient m'ouvrir la portière avec une révérence qui ressemble plus à celle d'Arlequin que de d'Artagnan. Je me laisse gagner par son enthousiasme et lâche un éclat de rire avant de sortir de la voiture en m'étirant.

— Tu as déjà volé ?

Je fais signe non de la tête. J'ignore si je suis hyper impressionnée ou carrément flippée. Sylvain parait si ravi de partager sa passion avec moi. J'ai plaisir à le découvrir ainsi. Je me surprends à paniquer. Et si je n'aimais pas ? Comment lui faire comprendre sans le blesser ? Devrais-je seulement le lui dire ? Me reviennent soudain en mémoire les trop nombreux épisodes vécus avec Fred. Je devais sans cesse user de stratagèmes pour qu'elle ne se braque pas. Elle était coutumière du fait, sous prétexte que je lui avais gâché sa surprise à cause de ma *soit-disant*, je cite, allergie aux fruits de mer ou peur du noir, par exemple.

Sylvain m'explique comment nous allons procéder. Il me tend un casque comme dans la série *Supercopter* muni d'un petit micro qui se place en face de la bouche. Je m'en saisis. Devant mon air de poule qui a trouvé un couteau, il me précise :

— Une fois là-haut, avec le bruit du moteur, c'est le seul moyen de communiquer de façon confortable.

Il m'aide à l'ajuster et m'invite ensuite à prendre place côté passager. Mon pilote regarde son tableau de bord et effectue plusieurs vérifications. J'ose intervenir une fois que je sens qu'il a terminé son tour d'horizon.

— As-tu déjà emmené Jade ?

— Une vraie cata, elle a le vertige. J'avoue que ça m'arrange.

— Pourquoi ?

Il marque une pause et confesse :

— Au moins, je n'ai aucun scrupule à y aller sans elle. C'est mon moment rien qu'à moi.

— Mais alors, je te gâche un de ces moments si tu as l'habitude d'y venir seul. Non ?

— Disons que je choisis avec qui j'ai envie de les partager. Et quand tu as parlé de ton état hier, cela m'a paru évident que c'était le timing parfait pour te le proposer. Et puis, c'est aussi pour me faire pardonner de t'avoir abandonnée au dernier moment.

— Oh, ce n'est pas grave. Je connais les aléas du métier.

— Menteuse ! Je sais que tu m'en as voulu à mort.

Il ricane. Je le tape comme la gamine que je redeviens à son contact. Je me redresse pour regagner mon sérieux.

— Et peut-on savoir ce qui te fait dire ça ?

— Rien de spécial. Je te connais, Tamara. C'est tout.

Il me lance un regard appuyé qui me fait plonger les yeux sur la piste. L'appareil commence à rouler pour se positionner correctement. Je perçois son regard qui s'attarde sur moi et m'embarrasse.

— Arrête de me fixer comme ça, Sylvain.

— Bien, chef ! De toute façon, je vais devoir me concentrer sur la route le temps de décoller. Es-tu prête ?

— Je crois.

— Tu me fais confiance, Tam ?

— Aussi dingue que cela puisse paraitre, oui.

— OK, c'est parti ! *À l'infini...*

— *Et au-delà !* je crie comme à la fête foraine, tandis que la terre ferme s'éloigne sous nos pieds.

Sylvain a raison. J'oublie tout, même le temps qui passe pendant le vol. Il me laisse tenir le manche quelques minutes sur le trajet du retour. Quelle sensation inouïe à la fois de lâcher-prise et de puissance ! Nous parlons peu, tout à la beauté du spectacle qui s'offre à nos yeux. Tout est minuscule vu d'en haut. C'est si magique et grisant de se sentir inaccessibles aux autres, si petits dans l'immensité du ciel. Cela me donne une idée plus précise de ce que perçoivent les oiseaux. Je prends quelques photos avec mon téléphone pour immortaliser ce moment unique, mais les plus belles images resteront ancrées dans ma rétine. Sylvain me demande plusieurs fois si ça me plait, comme si j'allais soudain changer d'avis sur la question.

Le silence perdure dans la voiture. Je nous sens ivres de bonheur, comme l'été après une bonne baignade dans l'océan.

— J'ignorais les vertus du ciel sur la santé, je le taquine.

— Eh oui, on garde jalousement le secret entre pilotes.

— Les bouchons aériens gâcheraient sacrément le paysage, c'est certain.

Il gare son véhicule sur le parking de l'entreprise, serre le frein à main et détache sa ceinture. Il tapote le volant.

— Que vas-tu faire, Tam ?

Sa question me surprend, me désarçonne. Un violent retour à la terre ferme et à la réalité de mon horizon bouché. Je mise sur l'honnêteté.

— Je serais ravie de pouvoir te le dire, Sylvain. Malheureusement, je crois qu'il me faudra plus qu'un tour en ULM pour le savoir. J'ai vu une petite annonce, quelqu'un qui vend sa péniche, face au château d'Angers. Je pourrais y loger quand je rends visite à la famille et la louer en AirBnB le reste de l'année, en tant qu'hébergement insolite. Ça me fait rêver depuis si longtemps d'habiter sur l'eau. J'ai envie de faire quelque chose de spontané, d'un peu irrationnel pour une fois. J'en ai assez de peser sans cesse le pour et le contre. J'aimerais me sentir légère plus souvent, comme tout à l'heure.

— Je vois tout à fait de quoi tu parles.

— Mais on ne peut pas toujours rester perchés, n'est-ce pas ?

— Moi, tout seul avec Jade, ça fait bien longtemps que je ne peux plus. Mais toi, qu'est-ce qui t'en empêche ?

— La peur, j'imagine.

— Je suis vraiment content que tu sois venue, Tamara.

— Moi aussi. Merci d'avoir voulu partager ton ciel avec moi.

Il esquisse un geste dans ma direction et au dernier moment, se ravise. Je pose ma main sur son épaule.

— Merci d'être là, Sylvain. Même si je suis compliquée à suivre.

— Ça me va, Tamara. Je ne suis pas simple non plus, tu le sais.

*Tu le sais.* Je repense à Véro, à ses paroles inspirées et au sort de Laska. À mon tour, je partage mon univers avec lui. Je lui parle de cette proposition, de combien elle ravive la douleur de la séparation d'avec *Bulle*, la jument adorée qui m'a vue grandir. Cette nouvelle opportunité ouvre une brèche et me replonge au cœur de l'année 2000 qui m'a arrachée à l'insouciance de mes quinze ans. Mes rêves d'enfant sont morts ce jour-là.

— Que te dicte ton cœur, Tam ?
— Mais on ne peut pas toujours écouter son cœur.
— Et pourquoi pas ?
— Mon cœur me dit de l'adopter, bien sûr. Je l'aime tellement déjà.
— Alors, fais-le.

Il s'approche. Je n'ai pas la force de le repousser. Il m'embrasse, effleurant à peine mes lèvres, comme pour attendre avant de prendre plus. Il recule, se justifiant avec un sourire.

— Tu t'es bien jetée sur moi comme une furie la dernière fois. Alors, j'ai le droit moi aussi, juste un peu, juste une fois.

Il sonde des yeux ma réaction. Ma voix grele trahit mon état.

— Est-ce que c'est ça pour toi, *écouter ton cœur,* Sylvain ?
— D'après toi ?
— Arrête de répondre à mes questions par d'autres questions. J'ai besoin de réponses. Je suis déjà assez perdue comme ça.
— Que t'imagines-tu ? Moi aussi, je suis perdu, Tam.

Il caresse lentement ma joue puis ma mâchoire. Mon corps s'embrase à son contact. Je soupire.

— Je n'avais pas embrassé un homme depuis des lustres. Cela ne rime à rien...
— Et moi, je n'ai jamais embrassé un homme du tout et est-ce que j'en fais tout un plat ?
— Arrête de plaisanter !
— Tu sais très bien que je ne sais faire que ça.
— Qu'est-ce qu'on va faire, Sylvain ? Que veux-tu ?
— Je ne sais pas. Se perdre ensemble ? Si tu veux bien...

# 61

Florence nous sert le thé dans la cuisine. Je contemple par la fenêtre le spectacle de Mathieu et Bastien qui jouent au football dans le jardin. C'est la fin d'après-midi. Il fait doux. Je suis supposée repartir à Paris avant le dîner. Ma petite sœur touille le miel dans son mug depuis déjà plusieurs bonnes minutes en silence quand elle finit par lancer :
— Je sais que tu l'as vu.
— Qui donc ?
— Tamtam, cesse de faire l'idiote et balance !
— Que veux-tu que je te dise ? Il m'a fait voler. C'était très chouette.
— Alors, que lui as-tu dit ?
— Rien.
— Et lui ?
— Rien. Que voulais-tu que je lui dise ?
— Vous êtes vraiment deux abrutis. Vous me fatiguez !
— Mais c'est lui qui a commencé !
— Tu l'embrasses et tu t'en vas aussi, toi. Alors, que crois-tu qu'il comprenne ?
— Ah, tu le défends maintenant ? Carrément !
Je fais mine de bouder avant de lâcher ma bombe, incognito.
— Bon, et sinon, il m'a embrassée.
Florence recrache littéralement le contenu de sa bouche sur mon t-shirt blanc. Charmant.
— Non, mais tu n'aurais pas pu le dire avant ? Bécasse, va !
Mathieu et Bastien entrent dans la pièce, essoufflés et ravis. Ma sœur bondit aussitôt vers eux en les poussant vers l'escalier. Mathieu m'adresse un regard ahuri.
— Allez, les gars ! Vous sentez le fennec après tout ce sport. Maintenant, à la douche !
— Eh, mais j'ai soif, moi ! gémit mon neveu.
— Tu boiras dans la salle de bains, *une pierre deux coups* tout ça, tout ça.
— Mais enfin, mon cœur, qu'est-ce qui te prend, chuchote

Mathieu dans le dos de Bastien qui a commencé à rejoindre l'étage.

— Truc de filles. OK ? ! Allez, du balai !

— OK, OK.

— Qu'est-ce qu'elle t'a dit, maman ? j'entends une petite voix conspiratrice provenant du haut de l'escalier.

— *Trucs de filles*, lui répond son père avec le plus grand sérieux.

— Ah, d'accord.

Je glousse, imitée par ma sœur qui se ressaisit aussitôt.

— Hep, hep, hep, jeune fille ! Vous n'allez pas vous en tirer comme ça. Je veux *tous* les détails.

— Rien à dire de plus. Nous sommes tout aussi perdus l'un que l'autre, je crois.

Elle hausse les sourcils en levant les bras en l'air.

— Cette équipe de bras cassés, ma parole !

— Tu me fais marrer, Flo. Pour toi, c'est facile, tu sors avec Mathieu depuis tes seize ans. Et à part une mini entorse avec tu sais qui et une expérience avec une fille, ta vie amoureuse est plutôt limpide, non ?

Je dois avoir raison puisque ma sœur ne répond rien. Miracle, instant de grâce dans lequel je m'engouffre.

— Depuis cet accident, l'ex-femme de ma vie m'a abandonnée, j'ai lâché mon job de rêve, ai dû en apprendre un autre. Et dernièrement, j'ai découvert que je pouvais soigner avec mes mains, embrassé un homme et décidé d'acheter une jument.

— Tu vas acheter une jument ?

— Je te dépeins les marasmes de ma vie en perdition et tout ce que tu retiens, c'est que je vais avoir un cheval ?

— Mais, enfin Tamouille, tout le reste je le sais déjà. Je pense même en savoir plus que toi.

— Ah oui ?

Je me redresse avec un air de défi, le même que je prenais quand elle me menaçait de gagner aux *mille bornes*. Pourtant, nous savions toutes les deux que j'allais la battre et qu'elle pleurerait dans les jupes de maman. Pour information, elle

non plus n'a jamais aimé perdre.
— Tamara, tu es amoureuse de Sylvain. Et ça ne date pas d'hier si tu veux mon avis. Je l'ai vu bien avant que tu lui sautes dessus pour l'embrasser.
— N'importe quoi ! Au mieux, j'ai une attirance physique, c'est tout. Va comprendre, c'est peut-être les hormones ou un truc du genre qui me dérègle tout.
— Tam, cesse de faire l'enfant. Pourquoi crois-tu que je vous ai installés l'un à côté de l'autre lors de mon dîner improbable ?
— Parce que tu savais que ça ferait des étincelles et tu avais parfaitement raison.
Je croise les bras en signe de satisfaction avant de réaliser le double sens des mots que je viens de prononcer.
— Non, mais ce que je voulais dire, c'est que...
— Laisse tomber. C'est comme ça. Dans ces cas-là, inutile de lutter.
Je fonds sur ma chaise, la tête entre les mains.
— Mais c'est la cata, Flo ! Qu'est-ce que je vais faire ?
— Le rappeler, lui proposer de lui faire plein de bébés et être heureux jusqu'à ce que la mort vous sépare ?
— Flo ! Sérieusement ! Penses-tu qu'il ait des sentiments pour moi ? Ce serait tellement humiliant si... Il peut se montrer si cynique parfois.
— Tam, bien sûr que je suis certaine !
— Mais bon sang, comment fais-tu, en général, pour être sûre ?
— Je ne sais pas, l'instinct, les tripes, tout ça.
Mon neveu descend l'escalier avec la grâce d'un troupeau d'hippopotames. Il arrive en trombe dans la cuisine, vêtu d'un pyjama écossais rouge, cheveux mouillés, coiffés en arrière comme Macaulay Culkin dans *Maman, j'ai raté l'avion*.
— Tu as la ref, sœurette ? me lance Flo.
— *Kévin !* je réponds comme dans un jeu télévisé.
— Pourquoi vous rigolez ? J'ai rien compris !
Bastien nous dévisage telles deux aliens en train de danser le tango. Le fou rire que nous offre ce souvenir me permet de

relâcher toute la tension accumulée pendant ce week-end qui s'est avéré beaucoup plus éprouvant que je ne l'aurais imaginé.

Après moult tergiversations, je décide de regagner la capitale après le dîner. Bastien est aux anges que je lui fasse le bisou au lit. Cela vaut bien une heure de sommeil en moins, non ? Et puis, ce fichu thanatopracteur qui squatte ma tête me l'aurait volée, cette heure-là, de toute façon ; donc autant la sacrifier à la bonne cause de mon petit d'homme préféré.
Tandis que ma voiture avale les lignes blanches de l'A11, mon téléphone vibre sur le siège passager. Je résiste quelques secondes avant de m'en saisir.

C'était doux, Tam. De te voir, te toucher, voler à tes côtés. J'ai peur, mais j'ai envie. Et toi ?

Mon cœur rate un battement, ma gorge est sèche tout à coup. Je me raisonne, respire et enclenche la climatisation. Je quitte l'autoroute, m'arrête sur l'aire de repos suivante et pianote sans réfléchir. *Écouter son cœur*, il paraît.

Tout pareil, Sylvain. Tout pareil. Douce nuit...

Je sens qu'elle sera courte, tant j'ai envie de la passer à rêver éveillé de toi, de nous. Douce nuit Tam.

J'ai repris la route et enclenché la musique. Un accident est si vite arrivé, j'en sais quelque chose. Une fois chez moi, je reçois une multitude de messages tout aussi enflammés et poétiques que les premiers. Je découvre un homme sensible, vulnérable et je crois que j'aime encore plus celui-ci que tous ceux qu'il a bien voulu me présenter jusqu'à présent. Cet éloignement forcé va nous permettre de nous effleurer un peu avant la prochaine rencontre. Pourvu que la raison ne reprenne pas le dessus.
Avant de risquer de changer d'avis, j'envoie un message à Véronique pour lui dire que j'ai décidé d'acheter Laska et que je souhaiterais qu'elle reste en pension chez elle, si elle est

d'accord. Je la sens épanouie là-bas et après tout, c'est grâce à elle que nous nous sommes rencontrées à Noël dernier.

Cette nuit-là, je rêve que je cours main dans la main avec Sylvain quand soudain, il se transforme en oiseau et moi en cheval et que nous évoluons, côte à côte, dans une joie immense. Je me sens baignée d'amour et en pleine forme à mon réveil malgré mes quatre heures et demie de sommeil.

## 62

Je m'étire et attrape mon téléphone à tâtons sur ma table de chevet pour vérifier l'heure quand celui-ci se met à sonner. Je me redresse en constatant que cet appel provient d'un numéro inconnu.

— Tamara ?
— Oui, c'est moi, je réponds en m'éclaircissant la voix.
— Je suis Martine, la fille de Lucette Belin. Ma mère m'a demandé de vous joindre. Elle est à l'hôpital. Ça ne va pas fort. Elle veut que vous veniez la voir. Elle a insisté.

J'envoie un message à ma collègue, la prévenant que j'ai une urgence personnelle avant de disparaitre dans la bouche de métro. Dans la rame qui me ballote parmi les autres usagers, les larmes roulent sur mes joues, je leur laisse le champ libre. Je sais que je vais devoir me montrer forte tout à l'heure, devant mon amie.

À Barbès, je bondis de mon strapontin et marche d'un bon pas jusqu'à l'hôpital Lariboisière. Je progresse dans le dédale de couloirs et arrive à la chambre 411. Je toque et ouvre la porte sans attendre l'autorisation. La pièce est plongée dans la pénombre. Seule une veilleuse au-dessus du lit auréole le visage de Lucette qui me sourit en me reconnaissant. Elle tapote du plat de la main la place vide au bord de son lit. Je descends la barrière de sécurité et m'y installe avant de saisir sa main.

— Ma petite, tu as pu venir. Merci.
— Voyons, c'est normal. Combien de temps ont-ils prévu de vous garder ?
— Tamara, c'est la fin. Tu le sais bien. Ne faisons pas semblant, veux-tu ?

Je hoche la tête tandis que quelques larmes coulent. Je les essuie d'un geste sec et lui offre un sourire désolé.

— C'est mon tour, c'est tout.
— Avez-vous peur ?
— Je ne crois pas. Parfois, je me dis qu'il n'y a peut-être rien,

mais finalement, le rien, cela peut s'avérer reposant aussi, non ?

— Moi, j'ai peur, Lucette.

— Je vais te faire la leçon comme à l'école une dernière fois, tu veux bien ?

J'acquiesce en reniflant. Je caresse la peau diaphane de son avant-bras.

— Ton problème, Tamara, ce n'est pas l'appréhension de la mort. Ton problème, c'est que tu as peur de vivre. Peur d'aimer, peur d'être heureuse. Comme la chanson de Jane Birkin : *fuir le bonheur de peur qu'il ne se sauve*. Demande-toi plus souvent : et si je devais ne plus être là demain, qu'aurais-je envie de faire aujourd'hui ? Cela peut se résumer à dire *je t'aime* à quelqu'un ou bien à aller manger une glace au bord de la mer. Peu importe. Même si cela semble débile, fais-le. Promis ?

— Promis.

Je dégage quelques mèches blanches collées à son front par la chaleur. Elle me sourit avec tendresse dans un silence enchanté. Elle prend une grande inspiration.

— Bon, je ne t'ai pas juste fait venir pour te sermonner ou te faire pleurer. J'ai une demande un peu particulière à te faire.

— Je vous écoute, ma Lucette.

— J'ai envie que ce soit toi qui me prépares. J'ai prévenu ma fille. Tu veux bien, s'il te plaît ?

Une nouvelle tempête de larmes m'ensevelit.

— J'en serais honorée, je murmure, la voix étranglée par l'émotion.

— Mais attention ! Je compte sur toi pour me faire belle à en faire pâlir Isabelle Huppert de jalousie, d'accord ?

— Vous pouvez compter sur moi, Lucette.

— Ah oui, autre chose... Voudras-tu bien t'occuper d'Archimède ? Madame Gramond, ma voisine de palier, l'a pris en charge dans l'urgence, depuis mon départ avec les pompiers, mais il finirait obèse avec elle et puis je vois bien qu'elle ne le comprend pas.

— J'irai le chercher dès ce soir, si vous préférez.

— Tu es mignonne. J'ai tout de suite su que tu l'étais avec ton grand cœur caché derrière tes poils ébouriffés de chatte sauvage.

Nous sourions en chœur, à défaut d'avoir la force de rire.

— Maintenant, Tamara, tu vas tâcher d'être heureuse. C'est le seul projet qui compte, qui vaille le coup. Peu importe le moyen, du moment qu'il a du sens. Quand Aimé est parti, c'était ma fille, ma boussole. C'était lui montrer là-haut que je pouvais m'en sortir sans lui, que je serais capable de le rendre fier.

— Je suis persuadée qu'il l'a été.

Elle pleure à son tour, sans un bruit. J'essuie ses larmes du bout des doigts.

— Et puis, qui sait ? Si c'est vrai ce qu'on raconte, je pourrai bien le retrouver et ensuite, de temps en temps, venir te faire un petit coucou de là où je serai.

— Qui sait, oui. Ça me plairait beaucoup.

Bien que cette idée m'arrache le cœur, je quitte l'hôpital avec la certitude que la prochaine fois que je verrai mon amie, ce sera pour la préparer.

En effet, ma chère Lucette, ma vieille amie, s'est éteinte dans son sommeil ce soir-là pendant que je dormais avec son Archimède pour la première fois. De mon côté, ma nuit sans rêves fut aussi paisible qu'un ciel bleu sans nuages.

## 63

J'admire les reflets des nuages dans la Maine. L'espace d'un instant, je pourrais croire que je marche au bord du ciel. Je sors de la visite de la péniche amarrée à la Cale de la Savatte, face au château d'Angers, conquise par l'endroit. Tout s'est précipité dans ma tête avec la mort de Lucette. Je me suis laissé guider. J'ai l'impression d'avoir trouvé mon refuge comme en séance d'hypnose. L'omniprésence de l'eau, de la nature à chaque fenêtre et dehors, la terrasse en bois aménagée sur le pont, le hamac bariolé, cette ambiance de bohème : tout cela me plait. C'est exactement tel que je me l'étais imaginé, tel que je l'aurais rêvé : de petits espaces colorés et boisés, décorés avec goût et fonctionnels pour un quotidien tout en douceur. Nous sommes tombées d'accord sur un prix. Il ne manque plus qu'à formaliser tout cela devant le notaire. Pas besoin de prêt à la banque. Je sens que cet argument achève de séduire la vendeuse. Elle semble pressée de conclure et offre même que je garde ses meubles et accessoires pour le moment. Comme elle perçoit que sa proposition m'interpelle, elle finit par m'expliquer, des trémolos dans la voix, qu'un événement récent a précipité son envie de voyager, trop longtemps relégué à un *demain* qui n'arrivait jamais. Elle me dit craindre de changer d'avis si elle tarde trop à partir. J'accepte. Après tout, je m'y sens déjà chez moi telle quel.

Je songe à la mort de Lucette, à ma promesse de vivre, à cet accident et aux conséquences qu'il a eues dans ma vie depuis. Même si je ne suis pas partie comme cette femme à l'autre bout du monde, j'ai eu la sensation d'explorer moi aussi des espaces jusqu'alors inconnus. J'ai encore peur, mais moins fort, moins souvent. Je vais le vivre ce rêve. Nous convenons de nous contacter au plus vite avant qu'elle s'éloigne. Je m'apprête à envoyer une photo de la péniche *Doux nid d'amour* à Sylvain, mais me ravise. Je lui ferai la surprise plus tard.

J'échange plusieurs fois via Whatsapp avec Martine. Je reprends ma casquette de thanatopractrice avec aisance et cela me surprend. Je profite du statut d'amie de la défunte pour m'entretenir directement avec sa fille afin de connaitre ses préférences.

Une fois la paperasse expédiée avec les pompes funèbres choisies par la famille, je décide de me rendre à la morgue dans la foulée afin d'effectuer les soins à ma chère Lucette. Heureusement, j'avais gardé tout le matériel nécessaire *au cas où*. Le cœur lourd, je charge les caisses dans mon coffre et sur la banquette arrière. Je n'aurais pas pu imaginer m'en resservir de cette manière.

Je conduis telle une automate en direction de l'hôpital Lariboisière quand je sens une présence à mes côtés. Je lui souris.

— Je n'allais quand même pas te laisser y aller toute seule.
— Merci. Ça faisait longtemps.
— Tu n'as pas sollicité son aide ?
— Je lui ai envoyé un SMS pour le prévenir. S'il avait voulu, il n'avait qu'à me proposer.
— Tu comptes toujours attendre que les autres te donnent ce que tu espères obtenir d'eux ou te décideras-tu un jour à le leur demander ? Tout simplement.
— Depuis qu'on a volé ensemble, hormis le premier soir où il m'a mitraillé de messages plus romantiques les uns que les autres, il a repris le ton du bon ami qui vient aux nouvelles. C'est à n'y rien comprendre. Donc, tu vois, ce n'est pas ma faute !
— Et toi, bien sûr, quand il t'a envoyé tous ces messages, tu y as répondu avec ardeur ?
— Je n'allais pas déballer tout comme ça par texto non plus.
— Il aurait dû deviner ce que tu taisais et demeurer romantique malgré ta froideur ? C'est bien ça ?
— Oh, tu m'agaces, à la fin. Tu n'es pas censé m'aider normalement, toi ?
— Et que crois-tu que je sois en train de faire ?
— OK. Je l'appellerai après le soin. Là, tu es satisfait ?
— Très.

## 64

Je retrouve ma solitude pour le reste du trajet, suivant avec attention les indications données par la voix désincarnée du GPS. L'agent de chambre mortuaire m'accueille avec un sourire chaleureux puis me donne accès à la salle de soin dans laquelle il a installé Lucette. Passée la surprise de la trouver là, inerte, j'approche et caresse son visage. Ses traits reposés et l'aspect de sa peau me confirment qu'elle est partie sereine.

— Coucou, ma Lucette. Je vous avais promis que je m'occuperais de vous. Me voilà. Pour votre dernière petite toilette et mise en beauté. Je vais avoir besoin que vous y mettiez du vôtre. D'accord ?

Je décide d'écouter la chanson préférée de Lucette avant de commencer le soin pour me donner du courage : *Il nous faut regarder*[13] de Barbara. J'enfile ma blouse, mes gants après avoir sorti deux grands flacons, un vide pour recueillir les fluides corporels et un rempli de formol. Mes trousses à outils et maquillage gisent grandes ouvertes sur un chariot à côté de moi. Aujourd'hui, je fais tout toute seule de A à Z. Je dois donc anticiper et tout avoir à portée de main.

Tandis que je rentre dans le vif du soin, l'émotion me submerge. Je marque une pause, respire. J'ai promis. Les paroles déversées par la bouche de mon enceinte portable me bouleversent. Elles disent l'espoir qui doit rester plus fort que tout, plus fort que la douleur, que la peur.

Je sanglote si fort que je sursaute en sentant une main dans mon dos. Je fais volte-face, paniquée. Il se tient devant moi, si beau, si puissant. Ses yeux brillent d'un éclat singulier.

— Comme tu ne m'as pas demandé, j'ai hésité à venir t'aider. Et puis, je me suis dit que je pouvais bien prendre le risque... que tu me jettes.

Je m'abandonne dans ses bras en sanglotant de plus belle. Il me serre fort. Je réalise combien ils me sécurisent. Je m'y

---

[13] paroles et musique de Jacques Brel. Texte intégral des paroles en fin de roman

fonds jusqu'à m'y perdre, épuisée d'avoir tant pleuré. Je finis par me défaire de son étreinte. Il hausse les sourcils, m'examinant :

— Préfères-tu qu'on termine plus tard ?
— Non, je veux finir maintenant. Avec toi, s'il te plaît.
— Bien sûr.

Nous effectuons les gestes les uns après les autres avec fluidité, ces gestes mille fois répétés. Pratiquer un soin ensemble avec tout ce que je sais de lui désormais se transforme en acte intime et puissant.

— Je ne pensais pas que tu viendrais.
— Pourquoi ?
— Je ne me suis pas montrée très engageante dans mes messages, les derniers temps.
— Certes.

Je l'observe et retrouve son air amusé et son ton ironique qui prouvent qu'il n'est pas fâché.

— Je m'excuse. J'ai été nulle. J'ai le don d'envoyer les signaux aux antipodes de ce que je ressens.

Il demeure silencieux. Nous finissons d'habiller Lucette. Elle a choisi une petite robe rouge à fleurs blanches, de celles qu'elle aurait mises, j'imagine, pour se rendre au bal du quatorze juillet au bras de son Aimé.

— Quand je t'ai dit que je serais toujours là, ce n'était pas des paroles en l'air, Tamara.
— C'est ce que je vois.

Sylvain recule le temps que je finalise le maquillage de ma star préférée. C'est le moment le plus important pour moi, l'ultime coup de pinceau sur la toile qui peut tout sublimer ou tout gâcher.

— Magnifique, déclare-t-il une fois le travail achevé.
— Merci, Sylvain.

Nous nous activons pour nettoyer et ranger tout le matériel, là aussi, selon une mécanique bien huilée. Dernier geste rituel qui indique que le soin est fini : nous ôtons nos gants et nos blouses.

— Sylvain, merci d'être venu.

Il me sourit en s'approchant de moi. Ce sourire...
— Sylvain... Je connais ce sourire. C'est celui que tu fais quand tu vas te moquer.
— Absolument pas. Archi faux.
— Ah oui ?
Il me prend par la taille, m'attirant à lui avec force et plonge ses yeux dans les miens, comme pour interroger mon regard avant de poursuivre. Je perds pied.
— Je dirais que j'ai plutôt la tête de celui qui s'apprête à faire ceci.
Il se penche vers ma bouche quand la porte s'ouvre avec fracas sur l'agent de la chambre mortuaire qui s'empresse de se confondre en excuses en comprenant ce qu'il vient d'interrompre.
— Je voulais juste voir si tout se passait bien, bégaie-t-il en claquant la porte dans l'autre sens.
Sylvain éclate de rire et s'écarte pour me laisser conclure à ma façon ce moment sacré. J'offre une dernière caresse à mon amie avant de sortir et faire signe à l'agent que nous avons terminé. Nous avons tout chargé dans la voiture pendant que l'homme installait Lucette dans sa case frigorifique. Ainsi, elle restera toute belle jusqu'au jour J. Je la retrouverai d'ici quelques jours, du côté des proches endeuillés, cette fois.
— Comment te sens-tu ?
— En paix. J'ai tenu ma promesse. Grâce à toi.
— Je suis convaincu que tu y serais arrivée sans moi.
— Je t'invite à dîner pour te remercier ? J'ai découvert un restaurant pakistanais, tu m'en diras des nouvelles.
— Tu sais parler aux hommes, toi !
Son humour m'avait manqué. Je prends conscience que ce trait de caractère m'aide aujourd'hui à gagner en hauteur dans les moments où j'ai besoin de lâcher du leste. Un message fait froncer les sourcils de Sylvain. Je comprends que le restaurant et la suite que j'avais imaginée sont compromis. *Les aléas du métier*, comme on dit. Il reprend la route après avoir partagé un baiser sur le parking.
Je repense à la vendeuse de la péniche et son empressement

à vivre sa nouvelle histoire. Moi aussi, je crains que chaque contretemps m'empêche de l'écrire avec le cœur et que la peur m'incite à me réfugier une nouvelle fois vers cette vie qui ne me convient plus.

# 65

Les obsèques de Lucette sont à sa mesure : grandioses et sobres. Sa fille a opté pour la coupole du Père-Lachaise, ne sachant si la plus petite salle suffirait. Elle n'aurait pas aimé que nous soyons à l'étroit pour la célébrer, a-t-elle justifié.

Les places assises sont toutes occupées. Lucette connaissait du monde. Je devine aux bribes de conversation avant la cérémonie que plusieurs de ses anciens élèves sont venus lui rendre hommage. Cela me touche de me dire qu'elle a côtoyé ces adultes alors qu'ils jouaient encore aux billes ou à la corde à sauter. C'est toujours étrange de pleurer ensemble quelqu'un avec qui nous avons partagé une intimité sans rien savoir de la personne à côté de laquelle nous sanglotons. J'ai déjà vu des inconnus se consoler en se prenant dans les bras en de pareilles circonstances. La mort rapproche parfois de parfaits étrangers tandis qu'elle déchire certaines familles dans d'autres cas. Toutes les réactions sont possibles. Je retrouve le coach et Valentine que je n'avais pas revus depuis ma sortie d'Asnières. Une autre vie.

Lucette m'avait expliqué qu'elle entretenait avec le coach une relation épistolaire relativement suivie. Après avoir pris de mes nouvelles, c'est la première chose qu'il me dit et combien il se sent chanceux de l'avoir connue, tant elle était formidable. Je pleure de plus belle.

Valentine me glisse à l'oreille qu'elle est allée à la mise en bière[14] et qu'elle a trouvé que, je cite, *notre Lucette était aussi belle qu'une star de cinéma*. Cela nous rappelle nos séances de maquillage improvisées et me réchauffe le cœur. Après avoir offert les salutations d'usage à la famille et raccompagné le coach à la station de métro Gambetta, je propose à Valentine de nous retrancher au *Bistrot Père*, avenue du Père-Lachaise. Je n'ai pas envie de rester seule, envie de finir cet hommage en buvant un petit ballon de rouge à la santé de notre Lucette. Se

---

[14] Moment où le corps du défunt, placé dans son cercueil par les pompes funèbres, est visible pour les proches qui souhaitent se recueillir avant la fermeture.

caler dans un vieux troquet à refaire le monde et se souvenir joyeusement, s'offrir une parenthèse suspendue entre sa mort et notre vie, vivre un moment qui lui ressemble.

Valentine me donne des nouvelles du centre, des nouveaux aménagements extérieurs et bifurque rapidement sur son état intérieur.

— Ce métier se révèle de plus en plus difficile, Tamara. Jusqu'à présent, je voyais des collègues plus âgées, celles proches de la retraite, se mettre en arrêt maladie et trouvais cela légitime. Toute une vie à prendre soin des autres, tu te rends compte de ce que cela représente ? On évoque les agriculteurs, les gens à l'usine, mais on en parle des soignants qui portent à bout de bras leurs patients ? Les problèmes de dos, de canaux carpiens, d'épaules ? À ce train-là, ce sont elles que je vais finir par soigner au centre.

— Et toi ? Tu tiens le coup ?

— Ça dépend des jours. Malgré le fait que ce soit un centre privé, on commence à être en sous-effectif ici aussi. Je n'ose pas me plaindre par rapport à mes collègues du public, mais ce n'est pas satisfaisant. Ce n'est pas ainsi que je l'imaginais. J'envisage de partir ailleurs.

— Tu as déjà une idée ?

— Soit faire de l'humanitaire, soit moins audacieux, en soins palliatifs. Une copine m'a dit qu'ils cherchaient du monde au centre Jeanne Garnier, dans le quinzième. Elle s'y sent bien et les résidents aussi. Je vais voir.

— Tu passerais tes journées avec des mourants, Valentine. Cela ne t'effraie pas ?

— Tamara, ce sera difficile. Où que je sois, quoi que je fasse. J'ai choisi un métier où j'accompagne les gens qui souffrent vers une guérison pas toujours accessible. Je côtoie la mort, la déchéance, sans filtre. Il faut bien que quelqu'un s'en occupe. Alors, autant que ce soit quelqu'un qui a le cœur de tenir ce rôle. C'est dur, je dois l'accepter. Donc, quitte à ce que ça le soit, je préfère œuvrer pour quelque chose qui compte. Tu comprends ?

Ses paroles résonnent tellement. Je me remets à pleurer.

— Moi aussi, je veux faire quelque chose qui compte, Valentine. Le soin pour Lucette, c'était éprouvant, mais ça comptait. Seulement, je n'ai pas ton courage. Je ne me sens pas la force de remplir ce rôle tous les jours, toute la journée et je le regrette.
— Alors, fais autre chose. Qu'est-ce qui te fait le plus vibrer ?
De fil en aiguille, je lui raconte mes dernières expériences. Une idée prend forme, puis une autre, une véritable toile d'idées se tissent entre elles. Valentine m'interroge comme le ferait ma sophrologue, dessinant peu à peu dans mon esprit des chemins pourtant déjà débroussaillés, mais jamais sérieusement envisagés. Mon cœur bat fort. Sylvain serait là, il me dirait que je dois l'écouter.

Je rentre tard, à pied. L'air du mois de mai se montre doux et me facilite la tâche. Je m'étends sur le lit toute habillée et chaussée, ivre de vin et de nouvelles perspectives. Je prends néanmoins le temps de coucher toutes ces idées sur un petit carnet de peur qu'elles se soient, comme les vapeurs d'alcool, évaporées au petit matin.

Au moment de sombrer dans le sommeil, j'envoie un dernier message, un sursaut, comme on se jette dans le vide.

Tu me manques, Sylvain. À bientôt ? Je t'embrasse.

# 66

La fin d'année scolaire apporte toujours son lot de spectacles et de fêtes d'écoles. Aujourd'hui, j'y participe. À la fin du mois de juin, j'irai à la kermesse de Bastien. Je le lui ai promis. Mais pour l'heure, me voici dans la pénombre à me faufiler entre les rangées de chaises de la salle théâtre du lycée Chevrollier d'Angers. Nous avons décidé de faire la surprise à Jade et d'assister ensemble à sa dernière pièce, celle qu'elle a présentée au bac avec tous ses complices sur scène : *Angel's in America*[15]. Je connais déjà l'adaptation cinématographique[16] avec Al Pacino et Meryl Streep et il me tarde de voir la version théâtrale avec Jade dans le rôle d'Harper, le personnage féminin le plus important. C'est l'histoire du SIDA dans les années quatre-vingt, de l'homosexualité, des fantômes, des anges, tout ça dans l'Amérique de Ronald Reagan.

Nous prenons place, le rideau s'ouvre sur une scène divisée en deux parties. La scénographie s'appuie sur des bandes-son de l'époque qui m'obligent à me dandiner sur ma chaise. Des vidéos de la chute du mur de Berlin ainsi que des images d'hommes s'embrassant à pleine bouche servent de toile de fond. Cette représentation s'avère captivante, tellement intemporelle et Jade y apparait époustouflante dans le rôle de la femme rongée par ses névroses et ses visions.

La salle comble ovationne les apprentis comédiens quand la lumière réapparait. Je mesure et imagine les heures de travail à faire et refaire sans cesse la même scène, chercher le costume qui ressemblerait à tel ou tel personnage sans tomber dans les clichés. Jade rayonne, les larmes aux yeux et le sourire grand ouvert tandis qu'elle salue le public, main dans la main avec ses camarades. C'est leur dernière. L'an prochain, chacun suivra sa propre route, avec plus ou moins de conviction et de chance en chemin.

---

[15] Pièce de Tony Kushner, écrite en 1991.
[16] Mini série réalisée en 2003 par Mike Nichols.

Son visage s'éclaire au moment où elle me reconnaît aux côtés de son père et ses yeux s'écarquillent lorsqu'elle s'aperçoit que nous nous tenons la main comme deux adolescents. Elle progresse vers nous, fendant la foule, interrompue à plusieurs reprises tantôt par une amie qui l'étreint en pleurant, tantôt par un professeur venu la féliciter pour sa performance. Quand enfin, elle se tient devant nous, elle semble épuisée.

Son père me lâche pour l'étreindre. Il lui glisse un mot à l'oreille, déclenchant un éclat de rire avant de la bercer plus doucement. Leur amour me touche. Jade s'écarte de lui et m'ouvre les bras. Il se décale pour la laisser se lover contre moi tout en conservant une main protectrice au creux de mes reins. Jade demande si elle peut rester dormir chez sa copine Lou. Sylvain ronchonne, nos regards se croisent et se comprennent. Ce pourrait être enfin l'opportunité de vivre cette intimité sans cesse reportée. Il obtempère, elle saute de joie, nous embrasse et court rejoindre un groupe de jeunes filles qui s'exclament avec elle de la bonne nouvelle. Je remarque que Jade semble plus proche de l'une d'elles.

Nous repartons tous les deux chez lui. Je suis surprise de découvrir de nouvelles guirlandes lumineuses dans le jardin et constate que d'autres sont restées allumées un peu partout dans la maison, comme autant de petites lucioles qui nous montreraient le chemin.

— Autant Jade que moi n'aimons pas arriver dans une maison vide et sombre. Nous avons besoin de nous sentir toujours accueillis et contents de rentrer.

— C'est une très bonne idée, je trouve. J'installerai la même déco à la péniche. C'est décidé !

Il nous sert deux verres de vin avant de s'asseoir dans le canapé. Il allume une bougie sur la table basse puis se tourne vers moi en s'adossant lourdement.

— Au fait, as-tu du nouveau pour la péniche justement ?

— Nous avons signé le sous-seing privé et comme je ne contracte aucun prêt bancaire, nous devons simplement attendre le délai légal d'un mois pour signer l'acte de vente. Je vais donc pouvoir emménager avant la fin de l'été.

— J'adore te contempler quand tu en parles, j'aime comme la vie danse dans tes yeux brillants de joie, si belle animée par la passion. Je crois que c'est la première fois que je te vois ainsi.

Il se penche vers moi, comme s'apprêtant à me faire une confidence. Le scintillement dans ses prunelles raconte une autre histoire. Elle me plait beaucoup même si elle me fait peur.

— À ce propos, mademoiselle, n'avions-nous pas des projets pour ce soir ?

Je rougis, hoche la tête tandis qu'il glisse vers moi. C'est idiot, nous nous sommes déjà embrassés, plusieurs fois. Pourtant, rien qu'à l'idée que ses lèvres touchent les miennes, je suis tétanisée. Il le perçoit, marque une pause, son regard enflammé cherche l'assentiment au fond du mien.

— Tamara, là, ça va aller. Je ne suis pas un prédateur qui plonge sur sa proie sans défense. Si tu n'es pas prête, on peut attendre.

Mon corps se relâche. Je crois que j'avais besoin d'entendre cette phrase pour me sentir en confiance. Je lui souris avant de l'enfourcher. Mon geste déclenche la surprise et le contentement dans ses prunelles. Nos baisers se font de plus en plus appuyés, nos mains s'explorent tandis que le souffle commence à me manquer. Il m'interrompt, saisis mon menton entre son pouce et son index, m'obligeant à le regarder dans les yeux.

— Nous avons tellement attendu, Tam. Nous pouvons bien prendre notre temps. Moi aussi, j'ai peur, tu sais. Pour moi aussi, cela fait longtemps. Nous avons toute la nuit devant nous.

— Tu as raison, nous avons le temps, je répète avant de lui ôter son t-shirt en semant des baisers sur son torse.

Je ne saurais dire si je préfèrerais me précipiter ou ralentir, mais je sais une chose : mon corps est prêt et a envie du sien.

Alors que le soleil se lève, nous continuons entre deux

étreintes notre conversation un brin décousue au sujet de mon futur chez moi. La joue calée contre son torse, je dessine des arabesques invisibles tout autour de son nombril.

— C'est fou. Je ne pensais pas que ce projet on ne peut plus matériel insufflerait en moi tant d'énergie et participerait tant à redonner un sens.

— Ce n'est pas un simple investissement immobilier, Tam. C'est ton lieu de vie et manifestement un endroit dont tu rêvais en secret depuis longtemps. Donc, ce n'est pas rien.

— C'est vrai. Je ne peux pas trop me l'expliquer, mais je le sens. C'est important.

— Quand Valé est morte, le fait de garder la maison m'obsédait. Mes beaux-parents ne comprenaient pas, mais c'était vital pour moi.

— Lorsqu'on perd l'essentiel, on a besoin de se raccrocher à quelque chose qu'on maitrise. Quand Fred m'a quittée, je ne songeais qu'à reprendre le travail. Personne n'a compris, là non plus.

— Tu vas arrêter le cinéma, alors ?

Je soupire. Je ne peux m'y résoudre même si je sais que je devrais trancher tôt ou tard. Je pense néanmoins que ce milieu me rassure comme une famille imparfaite dans laquelle j'ai ma place toute trouvée. Et puis, c'est une réelle sécurité financière.

— Je l'ignore encore, je confesse cependant.

— Quoi qu'il en soit, je suis heureux que tu oses lancer ton cabinet. Et je sens que ta péniche va plaire aux gens et les aidera à mieux déconnecter même.

— Quand j'en ai discuté avec Valentine, cela m'a paru évident que c'était là et pas ailleurs.

— J'avoue que je suis un peu jaloux aussi. Je te regarde t'installer à ton compte sans hésiter alors que j'ose à peine parler de tout ça au travail.

— Toute ma vie, j'ai beaucoup réfléchi. C'est pour ainsi dire la première fois de ma vie que je m'autorise à foncer. Et toi, de quoi as-tu peur ?

— Tout le monde m'imagine cartésien et pragmatique, alors

si je leur dis que je suis magnétiseur et que j'entends des voix pendant mes soins, j'appréhende leur réaction.

— Pourtant, cela fait partie de toi, non ?

Sylvain resserre son étreinte et dépose un baiser dans mes cheveux.

— Tu as raison. D'autant plus que la plupart ont dû le deviner, depuis le temps.

— Parfois, nous sommes les seuls à ne pas voir l'évidence.

— C'est vrai que tu as été un peu longue à comprendre, de ton côté.

— À comprendre quoi ?

— Que j'étais absolument et irrémédiablement fou de vous, mademoiselle.

Je me tortille contre lui, troublée par cette révélation sans détour.

— Restez tranquille, mademoiselle, je vais vous montrer.

Il pivote doucement vers moi, me fait basculer sur le dos et prend tout son temps pour illustrer ce qu'il vient de m'annoncer. Mon cœur et mon corps chavirent jusqu'à l'extase. J'espère que nous aurons une multitude d'autres nuits pour qu'il me l'expose encore et encore, car je ne suis pas certaine d'avoir absolument tout compris dans les détails.

# ÉPILOGUE

L'eau a coulé sous les ponts traversant la Maine depuis que j'ai emménagé dans mon *Doux nid d'amour*. Enfin, je pourrais presque dire que notre doux nid d'amour. Depuis le départ de Jade sur Paris, Sylvain passe plus de temps chez moi que chez lui. Moi qui appréhendais une nouvelle vie à deux, je constate avec plaisir combien tout est simple et fluide avec lui.

Jade a été admise en prépa théâtre au conservatoire régional de Paris. En parallèle, elle fait déjà un peu de figuration grâce aux contacts que je lui ai donnés en début d'année scolaire. Elle s'éclate. Sylvain peine à lui lâcher la bride, mais à force d'organiser des petits week-ends parisiens, il se rassure, se déride et parvient de plus en plus à profiter et vivre pour lui. Pour nous.

Mon cabinet marche bien. À ma grande surprise, je reçois également beaucoup de demandes à distance, ce qui nous laisse le loisir de nous échapper plus facilement. Sylvain a soif de tous les voyages qu'il n'a pu faire dans sa vie de papa solo. Je me partage aussi avec les consultations en communication animale au centre équestre de Véro. Laska continue à beaucoup m'enseigner.

Ma mère a créé une association proposant des ateliers d'art floral et prend plaisir à transmettre sa passion en dehors du cercle intime. Florence a repris des études de coach en image, la baisse d'activité de Mathieu lui ayant bien facilité la tâche. Leur dernière crise durant les grandes vacances a été un véritable déclic. Cela leur a permis pour l'un de réinvestir ses rêves et pour l'autre, de redonner du temps à l'essentiel pour lui, à savoir ses proches. Bastien mitraille Sylvain de questions au sujet de son métier à chaque occasion. Une vocation se profilerait-elle dans la tête de mon petit d'homme préféré ? De son côté, mon père semble avoir accepté le nouveau but de sa vie : vivre. Tout simplement.

Mais pour aujourd'hui, place à la fête ! Nous sommes tous

réunis pour célébrer leurs noces d'argent. Je ne fais que pleurer depuis ce matin. Il y a beaucoup trop de témoignages d'amour pour mon petit cœur sensible. Mes parents ont opté pour une tenue écrue. Mon père, très chic dans son costume en lin, ne lâche pas ma mère d'une semelle qui porte, elle, une robe simple et élégante en coton et dentelle fine. La reine de la fête a été habillée et maquillée par ses deux petites nénettes. Je les surprends à plusieurs reprises au cours de la journée tantôt échangeant une œillade tendre, tantôt un baiser dans le cou. L'amour que nos parents célèbrent aujourd'hui ainsi que celui de ma sœur et Mathieu viennent nourrir l'espoir en moi de pouvoir suivre leurs traces, à ma façon toute singulière, bien entendu.

Sylvain me couve des yeux tout en faisant connaissance avec les membres de notre famille élargie. Je l'observe rire, trinquer, courir après mon neveu pour le chatouiller. J'aime percevoir cette fougue en lui qui semble s'éveiller à chaque fois que nos regards se croisent.

Il a levé le pied, lui aussi. Il veut, je cite, *être un peu moins avec les morts et profiter davantage des vivants*. Il forme à présent les professionnels qui assureront sa relève.

Jade est venue pour l'occasion accompagnée de son chéri du moment. Elle suit son envie sans se sentir obligée de choisir et je m'en réjouis pour elle. J'aurais adoré m'autoriser cette liberté d'être à son âge. Enfin, mieux vaut tard que jamais !

De temps en temps, la lampe installée dans mon cabinet clignote. J'aime à penser que c'est ma Lucette qui m'envoie un petit signe que tout va bien avec son Aimé.

★

*Je suis fatiguée. Je l'attends. Je sais qu'il va venir me chercher. Il ne raterait ce moment pour rien au monde. Je ferme les yeux et me force à faire défiler les meilleures scènes de ma vie sur l'écran derrière le rideau de mes paupières fripées. Je devine sa présence et lui souris avant d'ouvrir les yeux.*
*— Es-tu prête, Tamara ?*
*— Et toi, mon vieil ami ?*
*Mon ami porte son éternel manteau sombre.*
*— Depuis toujours. Je t'avais dit que je serais toujours là, à chaque étape. J'ai tenu promesse.*
*— J'ai eu beaucoup de chance de t'avoir. Je pense que c'est le moment idéal pour te remercier, non ?*
*Il sourit à son tour. Je ressens une bouffée d'amour m'envahir, je la reconnais, la même que lors de mon accident. Ma respiration se fait plus saccadée. Je me sens partir. Je perds contact avec mon corps. Je me retourne et aperçois ce qui était moi, mon enveloppe étendue, paisible. Mon ange me fait signe de me dépêcher de le suivre. Je vais enfin savoir ce qui se passe après.*

# FiN

## Merci ma tribu d'amour

Je tiens à remercier tout particulièrement **Cindy Tripière et Caroline Bertheau** ainsi que les Pompes funèbres Bertheau de Samatan qui m'ont accueillie avec chaleur et montré avec passion leurs métiers respectifs de thanatopractrice et maitresse de cérémonie. J'ai pu voir l'envers du décor et la délicate dévotion de ces personnes de l'ombre qui œuvrent avec cœur pour la dignité humaine. Un grand grand merci pour tout ce que vous faites.

Un immense merci à **Lise Gaillaguet**, maquilleuse de cinéma qui m'a offert de son temps précieux pour me conter ses aventures et sa passion des gens dont elle s'occupe avec soin et amour.

Un petit mot tout spécial à ma grande amie/sœur d'âme **Célia** avec qui nous avons traversé de bien difficiles tempêtes début 2024. Une pensée tendre et aimante à Gary et Cassius.

Ce livre plus que tout autre a été difficile, douloureux par moments. Il m'a ébranlé dans ma foi et fait grandir et j'espère qu'il vous aura offert à vous aussi le meilleur.

La vie est et doit rester précieuse, sacrée et nous nous devons de la célébrer pour ceux qui sont partis et avec ceux qui restent.

Merci à ma **Janoune** pour sa bêtalecture et qui m'a encouragée à donner plus. Merci à **Gaëlle** qui a accepté cette relecture de dernière minute ! Merci à **ma famille de sang et de cœur** de croire en moi, toujours, dans ma singulière façon d'être au monde et avec les autres. **Un câlin à chacun.e**

**Merci à toi, nouveau lecteur ou ami fidèle** de ma tribu qui a osé découvrir un roman indépendant. J'espère que tu as pris plaisir à lire l'histoire de Tamara et qu'elle viendra nourrir la tienne.

Et enfin Immense **MERCI à la vie, à l'univers** à qui j'offre ma plus grande gratitude d'être ici, maintenant, moi-même.

Après tout ça, je pensais ne plus pouvoir le dire, mais finalement, **tout est parfait, quoiqu'il arrive.**

Je vous embrasse, vous câline et vous AIME GRAND ! ♡♡♡

## *Il nous faut regarder*

    Derrière la saleté s'étalant devant nous
Derrière les yeux plissés et les visages mous
Au-delà de ces mains ouvertes ou fermées
Qui se tendent en vain ou qui sont poing levé
Plus loin que les frontières qui sont de barbelés
Plus loin que la misère
Il nous faut regarder
    Ce qu'il y a de beau, le ciel gris ou bleuté
Les filles au bord de l'eau, l'ami qu'on sait fidèle
Le soleil de demain, le vol d'une hirondelle
Le bateau qui revient, l'ami qu'on sait fidèle
Le soleil de demain, le vol d'une hirondelle
Le bateau qui revient
    Par-delà le concert, des sanglots et des pleurs
Et des cris de colère des hommes qui ont peur
Par-delà le vacarme des rues et des chantiers
Des sirènes d'alarme des jurons de charretier
Plus fort que les enfants qui racontent les guerres
Et plus fort que les grands qui nous les ont fait faire
    Mais il nous faut écouter l'oiseau au fond des bois
Le murmure de l'été, le sang qui monte en soi
La berceuse des mères, la prière des enfants
Et le bruit de la Terre qui s'endort doucement
    La berceuse des mères, la prière des enfants
Et le bruit de la Terre qui s'endort doucement
    Il nous faut écouter
Il nous faut regarder

*Paroles et musique de Jacques Brel,
interprétée par Barbara.*

## Pour continuer à écrire notre histoire

cecileblancheauteur@yahoo.com
Facebook : Cécile Blanche Auteure Sophrologue
Instagram : @cecileblancheauteure
www.cecileblanche.com

## Soutenez les auteurs indépendants !

Chers lecteurs, vous ne le savez peut-être pas, mais ce sont (aussi) vos commentaires sur Amazon (ou sur les Réseaux si vous préférez) qui font connaître nos histoires en leur donnant une meilleure visibilité au milieu de la jungle d'Internet. Alors, merci à ceux qui prendront cinq minutes pour écrire leur ressenti après leur lecture. C'est précieux. Nos histoires existent grâce à vous !

## Où acheter mes livres

Tous mes livres sont disponibles sur Internet (BoD, Fnac, Decitre, Cultura, Amazon, etc.) et sur commande chez votre libraire préféré.

## Pour les exemplaires dédicacés pour (vous) offrir un cadeau,

merci d'envoyer votre demande par mail à :
cecileblancheauteur@yahoo.com

Retrouvez aussi toutes les infos sur mon activité de thérapeute/sophrologue sur mon site Internet **www.cecileblanche.com** et sur **ma chaîne YouTube** (relaxations en écoute libre pour petits et grands).

*Ma plus belle histoire, c'est la nôtre*